———— 阅读之前 没有真相

午夜文库

阿加莎·克里斯蒂
赫尔克里·波洛系列

阿加莎·克里斯蒂
Agatha Christie (1890—1976)

无可争议的侦探小说女王,侦探文学史上最伟大的作家之一。

阿加莎·克里斯蒂原名为阿加莎·玛丽·克拉丽莎·米勒,一八九〇年九月十五日生于英国德文郡托基的阿什菲尔德宅邸。她几乎没有接受过正规的教育,但酷爱阅读,尤其痴迷于歇洛克·福尔摩斯的故事。

第一次世界大战期间,阿加莎·克里斯蒂成了一名志愿者。战争结束后,她创作了自己的第一部侦探小说《斯泰尔斯庄园奇案》。几经周折,作品于一九二〇年正式出版,由此开启了克里斯蒂辉煌的创作生涯。一九二六年,《罗杰疑案》由哈珀柯林斯出版公司出版。这部作品一举奠定了阿加莎·克里斯蒂在侦探文学领域不可撼动的地位。之后,她又陆续出版了《东方快车谋杀案》《ABC谋杀案》《尼罗河上的惨案》《无人生还》《阳光下的罪恶》等脍炙人口的作品。时至今日,这些作品依然是世界侦探文学宝库里最宝贵的财富。根据她的小说改编而成的舞台剧《捕鼠器》,已经成为世界上公演场次最多的剧目;而在影视改编方面,《东方快车谋杀案》为英格丽·褒曼斩获奥斯卡大奖,《尼罗河上的惨案》更是成为几代人心目中的经典。

阿加莎·克里斯蒂的创作生涯持续了五十余年,总共创作了八十余部侦探小说。她的作品畅销全世界一百多个国家和地区,累计销量已经突破二十亿册。她创造的小胡子侦探波洛和老处女侦探马普尔小姐为读者津津乐道。阿加莎·克里斯蒂是柯南·道尔之后最伟大的侦探小说作家,是侦探文学黄金时代的开创者和集大成者。一九七一年,英国女王授予克里斯蒂爵士称号,以表彰其不朽的贡献。

一九七六年一月十二日,阿加莎·克里斯蒂逝世于英国牛津郡沃灵福德家中,被安葬于牛津郡的圣玛丽教堂墓园,享年八十五岁。

阿加莎·克里斯蒂 侦探作品年表

波洛系列

1920　The Mysterious Affair at Styles《斯泰尔斯庄园奇案》
1923　Murder on the Links《高尔夫球场命案》
1924　Poirot Investigates《首相绑架案》
1926　The Murder of Roger Ackroyd《罗杰疑案》
1927　The Big Four《四魔头》
1928　The Mystery of the Blue Train《蓝色列车之谜》
1932　Peril at End House《悬崖山庄奇案》
1933　Lord Edgware Dies《人性记录》
1934　Murder on the Orient Express《东方快车谋杀案》
1935　Three-Act Tragedy《三幕悲剧》
1935　Death in the Clouds《云中命案》
1936　The ABC Murders《ABC 谋杀案》
1936　Murder in Mesopotamia《古墓之谜》
1936　Cards on the Table《底牌》
1937　Dumb Witness《沉默的证人》
1937　Death on the Nile《尼罗河上的惨案》
1937　Murder in the Mews《幽巷谋杀案》
1938　Appointment with Death《死亡约会》
1938　Hercule Poirot's Christmas《波洛圣诞探案记》
1940　Sad Cypress《H 庄园的午餐》
1940　One, Two, Buckle My Shoe《牙医谋杀案》
1941　Evil Under the Sun《阳光下的罪恶》
1943　Five Little Pigs《五只小猪》
1946　The Hollow《空幻之屋》
1947　The Labours of Hercules《赫尔克里·波洛的丰功伟绩》
1948　Taken at the Flood《顺水推舟》
1952　Mrs. McGinty's Dead《清洁女工之死》
1953　After the Funeral《葬礼之后》
1955　Hickory Dickory Dock《山核桃大街谋杀案》
1956　Dead Man's Folly《弄假成真》
1959　Cat Among the Pigeons《鸽群中的猫》
1960　The Adventure of the Christmas Pudding《雪地上的女尸》

阿加莎·克里斯蒂 侦探作品年表

1963　The Clocks《怪钟疑案》
1966　Third Girl《第三个女郎》
1969　Hallowe'en Party《万圣节前夜的谋杀》
1972　Elephants Can Remember《大象的证词》
1974　Poirot's Early Stories《蒙面女人》
1975　Curtain—Poirot's Last Case《帷幕》

马普尔小姐系列

1930　The Murder at the Vicarage《寓所谜案》
1932　The Thirteen Problems《死亡草》
1942　The Body in the Library《藏书室女尸之谜》
1943　The Moving Finger《魔手》
1950　A Murder Is Announced《谋杀启事》
1952　They Do It with Mirrors《借镜杀人》
1953　A Pocket Full of Rye《黑麦奇案》
1957　4.50 from Paddington《命案目睹记》
1962　The Mirror Crack'd from Side to side《破镜谋杀案》
1964　A Caribbean Mystery《加勒比海之谜》
1965　At Bertram's Hotel《伯特伦旅馆》
1971　Nemesis《复仇女神》
1976　Sleeping Murder《沉睡谋杀案》
1979　Miss Marple's Final Cases《马普尔小姐最后的案件》

其他系列及非系列

1922　The Secret Adversary《暗藏杀机》
1924　The Man in the Brown Suit《褐衣男子》
1925　The Secret of Chimneys《烟囱别墅之谜》
1929　Partners in Crime《犯罪团伙》
1929　The Seven Dials Mystery《七面钟之谜》
1930　The Mysterious Mr. Quin《神秘的奎因先生》
1931　The Sittaford Mystery《斯塔福特疑案》
1933　The Witness for the Prosecution and Other Stories《控方证人》
1934　Why Didn't They Ask Evans?《悬崖上的谋杀》

阿加莎·克里斯蒂 侦探作品年表

- 1934　The Listerdale Mystery《金色的机遇》
- 1934　Parker Pyne Investigates《惊险的浪漫》
- 1939　Murder Is Easy《逆我者亡》
- 1939　And Then There Were None《无人生还》
- 1941　N or M?《桑苏西来客》
- 1944　Towards Zero《零点》
- 1945　Sparkling Cyanide《闪光的氰化物》
- 1945　Death Comes as the End《死亡终局》
- 1949　Crooked House《怪屋》
- 1950　Three Blind Mice and Other Stories《三只瞎老鼠》
- 1951　They Came to Baghdad《他们来到巴格达》
- 1954　Destination Unknown《地狱之旅》
- 1958　Ordeal by Innocence《奉命谋杀》
- 1961　The Pale Horse《灰马酒店》
- 1967　Endless Night《长夜》
- 1968　By the Pricking of My Thumbs《煦阳岭的疑云》
- 1970　Passenger to Frankfurt《天涯过客》
- 1973　Postern of Fate《命运之门》
- 1991　Problem at Pollensa Bay《神秘的第三者》
- 1997　While the Light Lasts《灯火阑珊》

出版前言

纵观世界侦探文学一百七十余年的历史，如果说有谁已经超脱了这一类型文学的类型化束缚，恐怕我们只能想起两个名字——一个是虚构的人物歇洛克·福尔摩斯，而另一个便是真实的作家阿加莎·克里斯蒂。

阿加莎·克里斯蒂以她个人独特的魅力创造着侦探文学史上无数的传奇：她的创作生涯长达五十余年，一生撰写了八十余部侦探小说，她开创了侦探小说史上最著名的"黄金时代"；她让阅读从贵族走入家庭，渗透到每个人的生活中；她的作品被翻译成一百多种文字，畅销全球一百五十余个国家，作品销量与《圣经》《莎士比亚戏剧集》同列世界畅销书前三名；她的《罗杰疑案》《无人生还》《东方快车谋杀案》《尼罗河上的惨案》都是侦探小说史上的经典，她是侦探小说女王，因在侦探小说领域的独特贡献而被册封为爵士，她是侦探小说的符号和象征。她本身就是传奇。沏一杯红茶，配一张躺椅，在暖暖的阳光下读阿加莎的小说是一种生活方式，是惬意的享受，也是一种态度。

午夜文库成立之初就试图引进阿加莎的作品，但几次都与版权擦肩而过。随着午夜文库的专业化和影响力日益增强，阿加莎·克里斯蒂的版权继承人和哈珀柯林斯出版公司主动要求将版权独家授予新星出版社，并将阿加莎系列侦探小说并入午夜文库。这是对我们长期以来执着于侦探小说出版的褒奖，是对我们的信任与鼓励，更是一种压力和责任。

新版阿加莎·克里斯蒂作品由专业的侦探小说翻译家以最权威的英文版本为底本，全新翻译，并加入双语作品年表和阿加莎·克里斯蒂家族独家授权的照片、手稿等资料，力求全景展现"侦探女王"的风采与魅力。使读者不仅欣赏到作家的巧妙构思、离奇桥段和睿智语言，而且能体味到浓郁的英伦风情。

阿加莎作品的出版是一项系统工程，规模庞大，我们将努力使之臻于完美。或存在疏漏之处，欢迎方家指正。

新星出版社
午夜文库编辑部

Agatha Christie

Over the next few years, we plan to celebrate two very important Agatha Christie anniversaries. In 2015, it is the 125th anniversary of her birth in Torquay, South Devon, England, and in 2020 it will be 100 years after her first book, THE MYSTERIOUS AFFAIR AT STYLES, featuring her famous detective, Hercule Poirot, was published. This is therefore a very appropriate moment to publish a new edition of her works, and I am delighted that HarperCollins has chosen to work with New Star on these new editions. New Star is China's top crime publisher, and has a strong and dedicated editorial staff and a continued passion for Agatha Christie, making them the ideal partner. It is the right time to make these classic books available in modern translations and so to bring Agatha Christie's books anew to her many fans in China, giving them a new reason to re-read these much-loved stories, as well as introducing them to a whole new audience. How delighted Agatha Christie would have been that her stories (as she called them) are still giving so much pleasure to so many people all over the world!

I think there are two very remarkable things about Agatha Christie's stories. The first is that they are so adaptable. It doesn't really matter which language they appear in, the stories and the plots still give the same thrill, still provide the same puzzles, and the characters still have the same attraction. Readers in China will I am sure enjoy Hercule Poirot and Miss Marple just as much as we do in England, and readers in China will still be transfixed by the surprises and horrors of AND THEN THERE WERE NONE, one of the great classics of 20th century detective fiction, as we are here.

Agatha Christie

The second is that the stories give a wonderful picture of England, particularly rural England, at the time Agatha Christie lived. She wrote books from 1920 until 1970 but it is sometimes hard to tell which part of her life each book was written in. Her characters and the life they lived were very much the same. The life we all live is changing very quickly these days but the Agatha Christie world stays the same. Perhaps the Miss Marple stories provide the best example of this, and in some ways, THE BODY IN THE LIBRARY and NEMESIS are quite similar, despite the fact that thirty years elapsed between the time they were written.

Perhaps I might end by mentioning three Agatha Christies (other than the ones mentioned above) which I think demonstrate why she is so popular, even in the twenty-first century. The first is MURDER ON THE ORIENT EXPRESS, one of the most famous with one of the most ingenious and human plots. Read this on one of your long train journeys in China! Next is A MURDER IS ANNOUNCED, a Miss Marple which was her 50th book. It has my favourite murderer in it! And last is ENDLESS NIGHT, a story about evil and how it affects three young people, written at the time when I knew her best, and understood how deeply she cared and sympathised with young people and the world they lived in.

Whichever are your favourites I hope you enjoy these stories that New Star are introducing to you again. I think it is a great publishing event.

Mathew *[signature]*
Grandson of Agatha Christie
Chairman of Agatha Christie Ltd

致中国读者
(午夜文库版阿加莎·克里斯蒂作品集序)

在未来的几年中,我们将要筹备两个非常重要的关于阿加莎·克里斯蒂的纪念日。二〇一五年是她的一百二十五岁生日——她于一八九〇年出生于英国的托基市,二〇二〇年则是她的处女作《斯泰尔斯庄园奇案》问世一百周年的日子,她笔下最著名的侦探赫尔克里·波洛就是在这本书中首次登场。因此,新星出版社为中国读者们推出全新版本的克里斯蒂作品正是恰逢其时,而且我很高兴哈珀柯林斯选择了新星来出版这一全新版本。新星出版社是中国最好的侦探小说出版机构,拥有强大而且专业的编辑团队,并且对阿加莎·克里斯蒂的作品极有热情,这使得他们成为我们最理想的合作伙伴。如今正是一个良机,可以将这些经典作品重新翻译为更现代、更权威的版本,带给她的中国书迷,让大家有理由重温这些备受喜爱的故事,同时也可以将它们介绍给新的读者。如果阿加莎·克里斯蒂知道她的小故事们(她这样称呼自己的这些作品)仍然能给世界上这么多人带来如此巨大的阅读享受,该有多么高兴啊!

我认为阿加莎·克里斯蒂的作品有两个非常重要的特征。首先它们是非常易于理解的。无论以哪种语言呈现,故事和情节都同样惊险刺激,呈现给读者的谜团都同样精彩,而书中人物的魅力也丝毫不受影响。我完全可以肯定,中国的读者能够像我们英国人一样充分享受赫尔克里·波洛和马普尔小姐带来的乐趣;中国读者也会和我们一样，读到二十世纪最伟大的侦探经典作品——比如《无人生还》——的时候，被震惊和恐惧牢牢钉在原地。

第二个特征是这些故事给我们展开了一幅英格兰的精彩画卷，特别是阿加莎·克里斯蒂那个年代的英国乡村。她的作品写于二十世纪二十年代至七十年代间，不过有时候很难说清楚每一本书是在她人生中的哪一段日子里写下的。她笔下的人物，以及他们的生活，多多少少都有些相似。如今，我们的生活瞬息万变，但"阿加莎·克里斯蒂的世界"依旧永恒。也许马普尔小姐的故事提供了最好的范例：《藏书室女尸之谜》与《复仇女神》看起来颇为相似，但实际上它们的创作年代竟然相差了三十年。

最后，我想提三本书，在我心目中（除了上面提过的几本之外）这几本最能说明克里斯蒂为什么能够一直受到大家的喜爱。首先是《东方快车谋杀案》，最著名，也是最机智巧妙、最有人性的一本。当你在中国乘火车长途旅行时，不妨拿出来读读吧！第二本是《谋杀启事》，一个马普尔小姐系列的故事，也是克里斯蒂的第五十本著作。这本书里的诡计是我个人最喜欢的。最后是《长夜》，一个关于邪恶如何影响三个年轻人生活的故事。这本书的写作时间正是我最了解她的时候。我能体会到她对年轻人以及他们生活的世界关心至深。

现在新星出版社重新将这些故事奉献给了读者。无论你最爱的是哪一本，我都希望你能感受到这份快乐。我相信这是出版界的一件盛事。

阿加莎·克里斯蒂外孙

阿加莎·克里斯蒂有限责任公司董事长

马修·普理查德

二〇一三年二月二十日

阿加莎·克里斯蒂侦探小说全集 ⑦⑧

第三个女郎
Third Girl

[英] 阿加莎·克里斯蒂 著
王璐 译

新 星 出 版 社　NEW STAR PRESS

致诺拉·布拉克摩尔

第一章

赫尔克里·波洛坐在早餐桌旁。右手边是一杯热巧克力。他偏爱甜食。搭配巧克力的是奶油蛋糕卷，与热巧克力极为相配。他满足地点点头。他是逛到第四家店铺才找到这种糕点的。这是家丹麦糕点铺，绝对比旁边的那家所谓法国糕点店要好得多。那家店根本就是徒有虚名。

这顿美食让他颇为满意。口腹之欲得到了抚慰，精神也相当放松，可能有点过于安逸了。他已经完成了自己的巨著，一本分析伟大的侦探小说作家的书。他大胆地评论了埃德加·爱伦·坡[1]，也指出威尔基·柯林斯[2]的浪漫表达中缺乏相应的手法和条理，将两位默默无名的美国作家吹捧上了天。并且，他还对该褒扬的予以褒扬，对该贬低的予以无情的批评。他已经看过付印样了，浏览了全书，除了一堆印刷错误之外，总体来说还算不错。他从自己的文学成就中获得了很多享受；他也喜欢大量阅读那些自己不得不看的读物；当他怒气冲冲地把一本粗制滥造的书扔在地上的时候（虽然之后他总是会站起身来，把它捡起来，弄得平整了

---

[1] 埃德加·爱伦·坡（Edgar Allan Poe, 1809—1849），十九世纪美国诗人、小说家和文学评论家。坡以神秘故事和恐怖小说闻名于世，他是美国短篇故事的先驱者之一，又被尊为推理小说的开山鼻祖。
[2] 威尔基·柯林斯（William Wilkie Collins, 1824—1889），英国侦探小说作家，主要作品有《月亮宝石》《白衣女人》等。

再扔进废纸篓里），他也不会感到沮丧；而当他读到一本令他感到非常满意的书的时候，他会赞赏地不停点头，这分快乐简直难以言喻。

那么现在呢？在绞尽脑汁之后，他享受完了一次必要且舒心的消遣。但是人不能总是这么悠闲，需要去做下一件事。不幸的是，他对于下一步可能要做什么完全没有想法。再写几本更深入的文学作品？他不这么想。一件事只要做好之后，就可以不再继续了。这就是他的人生准则。说句实话，他现在真是无聊极了。他已经沉迷于这种费神的消遣太久，这种消遣简直太多了。这让他沾染上了坏习惯，使他焦躁不安……

烦人！他摇摇头，又抿了一口热巧克力。

门开了，他训练有素的仆人乔治走了进来。他的举止恭顺，还略微有点谦卑。他咳嗽了一下，嘟囔着说："一位——"他顿了顿，"一位年轻女士要见您。"

波洛有些惊讶且面色不悦地看着他。

"在这个时间，我不见访客。"他责备地说。

"我知道的，先生。"乔治附和着。

主仆之间互相看着对方。他们之间，有时候在沟通上存在着某些困难。当做出含蓄的暗示或是对某个字眼进行强调的时候，只要主人的问题切中要害，乔治就会暗中提醒主人可能发生了什么不同寻常之事。波洛正在想这种情况下什么是最切中要害的问题。

"她很美貌吗，这位年轻女士？"他小心翼翼地问道。

"在我看来，不是的，先生。但是这跟我的品位无关。"

波洛考虑着该如何答复。他想起乔治在说"年轻女士"这个词之前做了小小的停顿。乔治精通世故，他并不清楚这位访客的身份，却体谅了她。

"你觉得她是位年轻女士，而不是——我们这么说吧，一位年轻人？"

"是这样的，先生，现如今能够分清这个可不太容易。"乔治颇为遗憾地说。

"她有没有说为什么要见我？"

"她说——"乔治说这话的时候有些迟疑，仿佛要代为致歉一样，"她想要请教您关于她可能犯了谋杀罪的事。"

赫尔克里·波洛惊住了。他挑起眉毛。"可能犯了谋杀罪？她自己不确定吗？"

"她就是这么说的，先生。"

"不尽如人意，但是可能会很有趣。"波洛说。

"有可能是一个玩笑，先生。"乔治怀疑地说。

"什么事都有可能，我想。"波洛退让道，"但是这真是令人难以置信——"他拿起杯子，"五分钟后，带她来见我。"

"好的，先生。"乔治退出房间。

波洛喝完了最后一口热巧克力。他推开杯子，站起身来，走向壁炉，在壁炉架上方的镜子前整理了一下胡须。对胡须感到满意之后，他回到了椅子边，等候着他的访客。他不知道自己等待的究竟是个什么样的人……

他希望最起码跟他对女性魅力的评估相近。那个常用的词"忧伤的美女"出现在他的脑海。当乔治带着这位访客进屋的时候，波洛感到大为失望。他摇着头，叹着气。来人绝对不是什么美女，也没有怀着什么忧伤之情，最多有点轻微的迷茫之感。

哎！波洛反感地想，这种女孩！她们都不拾掇自己吗？漂亮的妆容，美丽的衣服，找个好发型师设计一下发型，或许还能看得过眼。但是看看她这副样子!

他的访客是一位大约二十岁的姑娘。稀疏的长发搭在肩膀上,分辨不出什么颜色。她的眼睛大而无神,呈蓝青色。她的衣着是他们这一代人所钟爱的:黑色的高筒皮靴子,看上去不太干净的白色网状毛袜子,又短又紧的裙子和又长又松垮的厚羊毛衫。任何一位像波洛这个年代的人都只有一个念头,想把这个女孩立马丢进浴缸里。当他在街上走的时候,也经常会有这样的念头。他们看起来都脏脏的,但是这个姑娘却正相反:她看起来好像是溺水之后刚被人从河里捞出来。这样的姑娘,他感觉或许不是真的如此肮脏,她们只是想尽办法要做出这种肮脏的样子。

他以一贯的优雅姿态站了起来,跟她握握手,给她一把椅子。

"您要见我,小姐?请您坐下吧。"

"啊。"这位姑娘轻轻喘息着,盯着他。

"怎么了?"波洛问道。

她有些迟疑。"我想我最好还是站着。"她那双大眼睛依旧满是疑惑地盯着他。

"您随意。"波洛坐在椅子上看着她说。他等待着。这位姑娘的双脚动来动去,她盯着它们看,接着又抬起眼来看向波洛。

"您,您就是赫尔克里·波洛?"

"当然。我能为您做些什么?"

"啊,是的,这很困难。我的意思是……"

波洛感到她也许需要别人帮她一把。他代她说:"我的仆人告诉我您来找我是因为您以为'自己可能犯了谋杀罪'。是这样吗?"

这位姑娘点点头。"是的。"

"但是这样的事是不该存在什么怀疑之处的。您肯定知道自己是否犯了谋杀罪。"

"嗯,我实在不知道怎么说。我的意思是……"

"别太在意。"波洛温和地说,"坐下来。全身放松。跟我讲讲。"

"我认为还是不要……啊,天哪,我不知道如何……您知道的,这如此困难。我已经,我已经改变主意了。我不想这么粗鲁无礼,但是好的,我想我最好还是走吧。"

"说吧。勇敢一点。"

"不,我做不到。我想我可以来这里问问您,问问您我应该怎么做,但是我不能,您看,这实在是太难了,不同于……"

"不同于什么?"

"我实在是抱歉,我真的不想这么粗鲁无礼,但是……"

她深深叹了口气,看向波洛,视线又转移了,她猛然脱口而出:"您太老了。没人告诉我您是如此年迈,我真的不想这么无礼,但是真的。您确实太老了。我真的很抱歉。"

她猛然转身,就像一只扑火的飞蛾,冲出了屋子。

波洛大张着嘴,听到了前门砰地关上的声音。

他突然喊道:"真是太气人了……"①

---

①原文为法语。本书中有多处使用法语,均以仿宋字体标明,不再加注。

第二章

1

电话铃响了。

赫尔克里·波洛一点都没有察觉。

铃声刺耳地响个不停。

乔治走进屋,走到电话机旁,向波洛先生投去询问的眼神。

波洛对他做了个手势。

"不要管它了。"他说。

乔治领命,再次离开房间。电话铃一直在响着,忽然间停住。一两分钟后,又再次响了起来。

"该死的!一定是那个女人!毫无疑问,就是那个女人。"

他叹了口气,站了起来,走到电话旁。

他拿起听筒说:"喂?"

"您是,是波洛先生吗?"

"是我本人。"

"我是奥利弗夫人,你的声音听起来有些不一样。我一开始没听出来。"

"早安,夫人。您最近还好吧?"

"啊,我很好。"阿里阿德涅·奥利弗的声音一直是欢欣鼓舞的。这位知名侦探小说家和赫尔克里·波洛私交甚好。

"抱歉这么早就打电话给你,但是我要请你帮我个忙。"

"好的。"

"我们侦探小说作家俱乐部要举行年度晚宴,我想你能否大驾光临并作为今年的演讲嘉宾。如果你愿意的话,那真是太好了。"

"什么时候?"

"下个月二十三号。"

电话中传来一声长叹。

"哎!我太老了。"

"太老了?你到底在说些什么?你一点都不老。"

"您不觉得我老?"

"当然不觉得了。你活得精彩极了。你可以告诉我们很多基于真实罪案的有趣故事。"

"都有谁想去听啊?"

"每一个人。他们……波洛先生,有哪里不对吗?发生了什么事?你的声音听起来有些沮丧。"

"是的,我很沮丧。我的感觉……啊,嗯,没什么事。"

"跟我讲讲。"

"我为什么要如此小题大做?"

"为什么不可以?你最好过来,把这一切跟我说说。你什么时候过来呢?今天下午吧。来吧,跟我喝喝茶。"

"下午茶,我不喝下午茶。"

"那么就喝咖啡吧。"

"那不是我平时喝咖啡的时间。"

"热巧克力,杯顶上加鲜奶油?或是一杯草药茶。我记得你喜欢草药茶，或是柠檬汁，或是橘子汁。或是你喜欢不含咖啡因的咖啡，我想办法给你弄点——"

"亏您能想到！这真让人受不了。"

"有一种糖浆你很喜欢。我知道的，在我的壁橱里还有半瓶子利宾纳①。"

"什么是利宾纳？"

"黑醋栗味的糖水。"

"真的，我真是服了您！您真是有能耐，夫人。我被您的热心打动了。我很乐意在今天下午陪您喝一杯热巧克力。"

"好的。到时你可以告诉我是什么让你如此沮丧。"

她挂断了电话。

2

波洛思考了一会儿，然后拨了一个号码。接通之后他立马说："戈比先生？我是赫尔克里·波洛。您此时是否正忙着？"

"还行。"戈比先生说道，"尚可。但是波洛先生，如果您又像往常那样遇到了急事，我愿意为您效劳。嗯，我想我手下这群年轻人能应对手头的这些事。当然了，优秀的小伙子们不如往日那样容易寻得。现今，他们都太自以为是了。还没开始学呢，就以为自己知道了一切。不过，我们也不能对他们期望过高。波洛先生，我很乐意为您效劳，或者派一两位得力的干将为您做些什么。我想还是跟以往一样吧？搜集情报？"

波洛把他想要做的事一五一十地讲给戈比先生，戈比先生不

---

①利宾纳（Ribena）是葛兰素史克旗下的一种饮料，成分为黑加仑汁、蔗糖水、柠檬酸和山梨酸钾。

停点头。他们说完之后,波洛又打给了伦敦警察厅,打给他的一位熟人。这位熟人听完波洛先生的诉求之后,回应道:

"您要求得太多了吧。任何地点的任何谋杀案。时间、地点和被害人都不知道。如果要我说,老哥,这听起来就像是徒劳无功的事儿。"他不以为意地加了一句,"您看上去似乎一无所知!"

3

下午四点十五分,波洛坐在奥利弗夫人的会客厅里,细细品味着女主人放在他身边小桌子上的大杯热巧克力,顶端满是泡沫状的鲜奶油。她还端出了一小盘猫舌饼干。

"亲爱的夫人,您真是太热情了。"波洛接过杯子,有点惊讶地察觉到奥利弗夫人的新发型,还有她的新壁纸。这两样对他来说都是崭新的。他上一次见到奥利弗夫人的时候,她的发型还是普通而古板的,但是她这次的发型却是满头错综复杂的发卷。如此浮夸与华丽,他想这一定是假发。他心里暗中想着,如果奥利弗夫人突然习惯性地激动起来,有多少发卷会垂下来。至于壁纸……

"这些樱桃,它们是新换的吗?"他用茶匙指了指壁纸。波洛感觉自己好像身处樱桃园里。

"是不是数量太多了,你觉得呢?"奥利弗夫人说,"挑选壁纸真是太难了。你觉得之前的壁纸是不是看上去更好一些?"

波洛模糊地想起一大群五彩斑斓的热带鸟类栖息在树林中的画面。他本来想说的是:"换这个选那个都差不多。"但他还是忍住了。

"那么现在……"奥利弗夫人开口道,这时她的客人终于把茶杯放回碟子，很是满意地吐了一口气，坐回到椅子上，将粘在胡子上的奶油抹掉，她问："究竟发生了什么？"

"我简单跟您说说。今天早晨一位姑娘来拜访我。我建议她事先预约。每个人都有自己的行程安排，这您是知道的。但是她让仆人回复我说要立即见我，因为她觉得自己可能犯了谋杀罪。"

"这么说简直太奇怪了。难道她自己不知道吗？"

"就是啊！不明所以！所以我只能让乔治带她来见我。她站在那里！拒绝坐下来。她只是站在那里盯着我看。她看上去有点愚钝。我试图鼓励她。接着她突然之间改变了主意，她说她不该如此粗鲁无礼，但是您猜后来怎么了？她居然说我实在是太老了……"

奥利弗夫人急忙说出宽慰的话。"啊，这个嘛，姑娘们就是这样的。她们认为过了三十五岁的人都已经半死不活了。她不是有意的，你必须知道这一点。"

"这伤害了我。"赫尔克里·波洛说。

"嗯，如果我是你，可不会在意。当然了，她这么说是相当无礼的。"

"这无关紧要。这不仅仅关乎我的感受。我很担心。是的，我很担心。"

"嗯，如果我是你，我会全都忘了的。"奥利弗夫人贴心地建议道。

"您不明白。我是担心那位姑娘。她来找我寻求帮助，接着她认为我太过老迈，没办法帮助她。当然，她错了，这是毋庸多言的，然后她就跑开了。但是我告诉您，那位姑娘真的需要帮助。"

"我不觉得。"奥利弗夫人劝说道，"姑娘们总是小题大做。"

"不，您错了。她真的需要帮助。"

"你不是真的以为她杀了人吧？"

"为什么不呢？她说她杀了人。"

"是的，但是——"奥利弗夫人顿住了。"她说她可能，"她缓缓地说，"但是她这么说究竟是什么意思呢？"

"是的。这讲不通。"

"她杀了谁？或者她认为自己杀了谁？"

波洛耸耸肩。

"还有她为什么要杀人呢？"

波洛再次耸耸肩。

"当然了，可能性有很多。"奥利弗夫人开始发挥她丰富的想象力了，"她可能是驾车撞到了人，但是逃逸了。她可能在悬崖上奋力挣脱对她施暴的男人，结果把他推下了山崖。她可能不经意间给错了某人药品。也可能跟一群人一起吃了兴奋剂，结果跟其中一个打了起来，等她清醒过来的时候，发现她刺中了什么人。她——"

"行了，夫人，行了！"

但是奥利弗夫人的想象仍在继续。

"她可能是一位手术室里的护士，用错了麻醉剂，或者是——"她停了下来，突然急切地想了解更多的细节，"她长什么样？"

波洛思考片刻。

"啊，就像外表毫无吸引力的奥菲莉亚[①]。"

"啊，天哪。"奥利弗夫人说道，"当你这么说的时候，她仿

[①] 奥菲莉亚（ophelia）：莎士比亚的四大悲剧之一《哈姆雷特》中哈姆雷特的未婚妻。

佛就在我眼前。真是奇怪。"

"她不是那么精干。"波洛说,"这就是我对她的看法。她不是那种可以很好地应对困难的人,也不是那种可以事先预料到必然的危险的人。她是那种当有人环视周围说'我要找个替罪羊'时,就是她了。"

但是奥利弗夫人已经不想再听下去了。她用双手摆弄着自己浓密的发卷,这姿态对波洛来说再熟悉不过了。

"等等。"她有些痛苦地叫道,"等等!"

波洛等待着,挑起了眉毛。

"你还没告诉我她的名字。"奥利弗夫人说。

"她没告诉我。我也觉得很遗憾。"

"等等!"奥利弗夫人再次焦心地推测起来。她紧攥着发卷的手松了下来,深深叹了口气。发卷一下子耷拉下来,落在她的肩膀上。一绺华丽的卷发,完全掉落在地板上。波洛拾了起来,小心翼翼地放回到桌子上。

"那么现在,"奥利弗夫人突然间恢复平静,她往卷发上别了一两个发夹,沉思着点点头,问道,"波洛先生,是谁跟那个姑娘说起你的呢?"

"据我目前所知,没人。自然了,毫无疑问,她肯定是听说过我。"

奥利弗夫人觉得"自然"这个字眼用得一点都不对。只是波洛本人认为所有人自然都曾听闻他的名号。而大多数人、特别是年轻的一代,在听到赫尔克里·波洛这个名字的时候,只会茫然地看着你。但是我该怎么跟他讲呢,奥利弗夫人思考着,用什么方式不会伤害到他的感受。

"我认为你错了。"她说,"姑娘们,嗯,姑娘们和年轻的小伙子们,他们对于侦探这一类的事不是很了解。他们不爱听这些。"

"但是大家肯定听说过赫尔克里·波洛。"波洛郑重地说。

这对于赫尔克里·波洛来说,是不可撼动的信念。

"但是他们现今所接受的教育简直糟糕透了。"奥利弗夫人说,"真的,他们只知道流行歌手、乐团或是电台音乐节目主持人这一类的人。如果你需要找一些特殊职业的人,比如医生、侦探或是牙医,嗯,我的意思是说你就需要去问问什么人了,问问该去找谁。这样那人才会告诉你:'亲爱的,你一定要去见见安妮王后大道的那位能人,他能把你的腿绕你的头三圈,你肯定能被治好的。'或是说:'我所有的钻石都被偷走了,亨利一定会大为光火的,但是我不能去找警察,我需要一名密探,最能保守秘密,他能帮我把钻石找回来,亨利永远都不会知道它们曾经被弄丢过。'总是这样。一定是有什么人告诉这个姑娘,让她去找你。"

"我对此深表怀疑。"

"等我告诉你是谁你就知道了。我现在就告诉你。我才想起来,是我让那个姑娘去找你的。"

波洛目瞪口呆。"您?但是您为什么不立刻告诉我?"

"我不是才想起来嘛,当你说到奥菲莉亚的时候,长长的、湿漉漉的头发,样子很平常。这个描述跟我最近见到过的一个姑娘很相似。就是最近才见到的,接着我就想起这说的是谁了。"

"她是谁?"

"我不太清楚她的名字,但是我能轻易查到。当时我们在谈论关于私家侦探和私人眼线的事,我提起了你和你侦破的一些令人惊叹的案子。"

"您给了她我的地址?"

"当然没有了。我并不知道她想找个侦探或是其他类似的什么人。我想我们只是在聊天。但是我有几次提到了你的名字,很容易从电话本里找到你,她就顺着这个找到了你。"

"你们说到关于谋杀的事吗?"

"我记不清了。我甚至不记得我们是怎么说起侦探的,除非——是的,可能是她引起了这个话题……"

"快告诉我,把您知道的都告诉我,即使您不知道她的名字,但是您最起码能把您知道的都告诉我。"

"嗯,是上个周末的事了。我在洛里默家里暂住。他们对侦探这一类的事情并不感兴趣,那天只是带着我去他们的朋友家里喝酒。一共就几个人,我玩得并不尽兴,如你所知,我真的不太喜欢喝酒,所以他们不得不给我弄一些软饮,这让他们觉得有点麻烦。接着他们跟我攀谈,你知道的,说什么他们是多么喜欢我写的书,是多么盼望见到我,这让我感到有些不好意思,有些心烦意乱,还觉得很可笑。但是我多多少少得应付着。他们说他们爱死了那个糟糕的侦探斯文·赫尔森。要知道我是多么讨厌他!但是我的出版商总是告诫我不要这么说。不管怎样,当大家提起真实生活中的侦探而滔滔不绝的时候,我就提到了你,于是就被那个站在我旁边的姑娘听到了。当你说起一位毫无魅力的奥菲莉亚的时候,我想:'这让我想起了谁呢?'然后我就想到,一定是'那天在聚会上的那位姑娘'。我想她应该就住在那里,除非我把她跟别的什么姑娘弄混了。"

波洛叹了口气。跟奥利弗夫人相处的时候,总是要耐心十足。

"那些跟您一起喝酒的是些什么人?"

"特里富西斯,要不就是特里赫恩,大概是这类的名字。他是一位巨头,非常富有。他有时住在城里,但是大部分时间住在南非……"

"他有妻子吗?"

"是的,一位非常貌美的女士,比他年轻多了。有着浓密的金色头发,是他的第二任妻子。他有一个和前妻生的女儿。那里还有一个非常年老的老爷子。耳朵几乎聋了。他令人望而生畏,有很多头衔,海军将军或是空军元帅,或是什么其他的。我想他也是位天文学家。不管怎么说,他在屋顶上装了一个大型望远镜,虽然这可能只是一种爱好。除此之外还有一位外国姑娘,步步紧跟着那个老爷子。我想她也会陪伴他去伦敦,看着他以防他被车子撞到。她相当貌美。"

波洛把奥利弗夫人提供给他的信息归纳了一下,感到自己像一台人形电脑。

"那么住在那所房子里的是特里富西斯夫妇——"

"不是特里富西斯,现在我想起来了,是雷斯塔里克。"

"这完全不是一类的姓氏。"

"是的。这是康沃尔郡那一带的姓,对吗?"

"那么,那里住着的是雷斯塔里克夫妇,那个颇负盛名的老爷子也姓雷斯塔里克吗?"

"似乎是什么罗德里克爵士。"

"还有个照料他的姑娘,先不管她是谁。还有个女儿——他们还有其他孩子吗?"

"应该没有了,但是我也不是太清楚。顺便说一句,那个女儿不住在家里,她只是回家过周末。我猜,她跟继母相处得不是那么愉快。据说她在伦敦找了个工作,还交了个父母不是太喜欢的男朋友。"

"您似乎对这个家庭很了解嘛。"

"哦,我只是把听来的信息聚合在一起。洛里默一家都善于言谈,总是扯东扯西。有时候,听多了周围人的八卦,就容易搞混。我或许就有点迷糊了。我真希望自己记得那个姑娘的教名。好像是跟一首歌有关系……索拉?告诉我,索拉。索拉,索拉。就像是这样,或是迈拉?迈拉,啊,迈拉,把所有的爱都献给你。类似这样的。我梦到自己住在大理石宫殿里。诺玛?或者是马里塔诺?诺玛——诺玛·雷斯塔里克。就是这个,我确定。"她又不切题地补充说,"她是第三个女郎。"

"我想您说过她是家里唯一的孩子。"

"她确实是——或者我是这么认为的。"

"那么您所说的她是第三个女郎是什么意思?"

"老天,你不知道第三个女郎吗?你不读《泰晤士报》吗?"

"我看关于出生、讣告和结婚的消息,还有那些我感兴趣的文章。"

"不是,我是说报纸上的头版广告。只是现在不刊登在头版上了而已。所以我正考虑改订其他的报纸。我给你拿一份看看。"

她走向桌子,抽出一张《泰晤士报》,翻到了那一页给他看。"就是这里,看呐。'征第三个女郎,合租二楼公寓,独立卧室,集中采暖,地点在厄尔广场。''征第三个女郎合租公寓,每周五天独享房间。''征第四个女郎,地点在摄政公园,独立卧房。'姑娘们现在都这么住。比寄人篱下或是住招待所好多了。先有一个女郎租下一个带家具的公寓,接着再分租出去。第二个女郎通常是她的朋友。然后她们会登广告寻找第三个女郎,如果她们没有熟识的朋友的话。就如你所见,经常需要再挤进去第四个女郎呢。第一个女郎占据最好的房间，第二个女郎付比较少的钱，第三个女郎付得更少，但她就只能屈身于一个猫洞一样狭小的房间里。她们自己安排一周之中哪天晚上谁可以独自享用公寓或是什么类似的计划。这常常进行得不错。"

"这个或许叫诺玛的姑娘住在伦敦的哪个地方？"

"我刚说过，我对她的事不是很清楚。"

"但是您能找到吧？"

"啊，是的。我想这挺容易的。"

"您能肯定那天没人谈到什么意外死亡的事情吗？"

"你是指在伦敦，还是在雷斯塔里克的家里？"

"都包括。"

"我想没有。要不要我想办法看看能找出什么？"

奥利弗夫人的眼睛兴奋得闪闪发光。在这件事上，她已经陷了进去。

"那再好不过了。"

"我给洛里默家打个电话。事实上，这个时间正合适。"她走向电话，"我应该想个理由或是什么的，或者编造些什么事？"

她有些迟疑地看着波洛。

"但要编得自然，您明白的。您是一位充满想象力的女士，做这些事应该毫无困难。但是，不要太过离奇，您明白的，要适度。"

奥利弗夫人向他投来会意的眼神。

她拨通了电话，问到了她想要的号码。她转过头来，压低声音说："你身边有纸和笔吗？或是笔记本也可以，把姓名、地址或是地点记下来。"

波洛早已把笔记本放在手臂上，向她点头示意。

奥利弗夫人又转向了电话听筒,她开始畅所欲言。波洛全神贯注地倾听着这段通话。

"你好。我能跟——啊,是您,内奥米。我是阿里阿德涅·奥利弗。啊,是的,嗯,您那边很嘈杂啊……啊,您说那个老头子啊……不,您知道的我不会……差不多全盲了?……我想他跟那个外国姑娘去伦敦了……是的,确实有时候会担心他们,但是她看起来把他照顾得很好……我给您打电话是为了问问您那个姑娘的地址。不,那个雷斯塔里克家的姑娘,我指的是——在南肯辛顿的某个地方,是吗?或是在骑士桥?是的,我答应她送她一本书,我之前记了她的地址,但又跟往常一样把它弄丢了。我甚至想不起她的名字。是索拉还是诺玛?……是的,我想是诺玛……稍等片刻,我拿笔来……是的,我准备好了……博罗登大楼六十七号……我知道了,是那座看上去像苦艾草监狱一样的大楼……是的,我相信那里的公寓条件很舒适,集中采暖,什么都有……跟她住在一起的另外两个女孩是谁呢?她的朋友们,或是登广告招来的?……克劳迪亚·瑞希-何兰……她父亲是位下议院议员,是吗?另外一个是谁?不,我想您不知道。她人也很不错,我想……她们是做什么的?她们看起来像是在做秘书,不是吗?……啊,另外一个姑娘看上去像是位室内设计师。您认为她跟一家画廊有什么联系?不,内奥米,我当然不知道了,我只是在猜测。现今这些姑娘都在做些什么?嗯,这对我很有用,因为我的写作——人总是要与时俱进啊……您跟我说起谁的男朋友的事……是的,但是这真是无能为力啊,不是吗?我的意思是姑娘们总是由着性子来……他看起来是不是很糟糕?他是那种不修边幅、肮脏不堪的人吗?啊,这种缎子马甲,还有长长的栗色卷发散落在肩膀上。是的,很难分辨出是男是女,不是吗?——是的，他们有时看上去确实很像凡·戴克①画笔下的俊美少年……您说什么？您说安德鲁·雷斯塔里克很厌恶他？……是的，男人们通常会……玛丽·雷斯塔里克？……嗯，我想她总是会和继母有些嫌隙。我想那个姑娘在伦敦找到了工作，她的继母对此应该很是庆幸吧。您说什么，有人在背后说这说那……为什么他们总是不肯给她检查，看看到底出了什么问题？……谁说的？……是的，但是他们想要掩盖些什么呢？……啊，一位护士？和詹纳斯家的女管家说的？您是说她的丈夫吗？啊，我明白了。那个医生没能查出来……不，但是人心叵测。我赞同你说的。对这样的事人们总是会乱说……啊，肠胃炎，是吗？……但是这真是荒谬啊。您是说有人说那个叫安德鲁？您说有了这些除草剂会很容易是什么意思？是的，但是为什么？……我的意思是，这又不是他痛恨多年的那个太太啊！她是第二任妻子，比他长得好多了，又年轻……是的，我想这有可能。但是为什么一个外国姑娘也想这么做呢？……您的意思是也许雷斯塔里克太太对她说了什么让人难堪的话……她真是个极具魅力的小东西。我想安德鲁可能很喜欢她，当然不会太过分，但是这也许会惹恼玛丽，接着她或许就开始嫉恨那个姑娘，后来……"

奥利弗夫人用眼角余光扫到波洛正忙不迭地对她打手势。

"请等片刻，亲爱的。"奥利弗夫人对着话筒说道，"是面包师。"波洛脸上表现出一种被冒犯的神情，"别挂电话。"

她放下话筒，匆匆穿越客厅，把波洛拽到了吃早餐的地方。

"怎么？"她喘着气问道。

"一位面包师。"波洛带着责备的口气说，"我！"

---

① 安东尼·凡·戴克爵士（Sir Anthony van Dyck, 1599—1641）是法兰德斯巴洛克艺术家，成为英国领先的宫廷画家，后在意大利和佛兰德享受巨大的成功。——译者注

"哎，我总得及时找个借口啊。你跟我打手势是什么意思？她说的你都明白吗？"

波洛打断了她的话。

"这些一会儿再跟我说。我了解得够多了。我想要您做的是，用您那种即兴创作的能力，为我去雷斯塔里克家拜访找个好由头，他是一位您的老朋友，好邻居。您或许可以这么讲……"

"都交给我吧，我会想办法的。你需要用一个假名字吗？"

"当然不用了。我们把事情弄得简单点。"

奥利弗点点头，急忙跑回话筒旁。

"内奥米？我都忘了刚才我们在说什么了，为什么当人们坐下来好好聊天的时候，总是有人来打扰呢？我甚至不记得自己为什么要给你打电话了。啊，是的，是问您要那个孩子索拉的地址。诺玛，请您把它给我。但是我还有别的事想要说。啊，我记起来了。我有一位老朋友，是一个极为风趣、个头不高的男人。事实上，那次我在您那儿说的就是他。他的名字是赫尔克里·波洛。他最近会去雷斯塔里克家附近待上一阵子，他非常期盼能见到罗德里克爵士。他对他了解颇多，对他在大战过程中的真知灼见以及他的一些科学发明很是赞赏。总之，他很想去'拜访他并向他致意'，他就是这么说的。您看，这可以吗？您能先告知他们一下吗？是的，或许哪天他心情好就会去的。告诉他们一定要讲讲那些精彩绝伦的间谍故事……他——什么？啊！给您家修剪草坪的人来了？是的，当然了，您赶紧去吧。再会！"

她挂好听筒，坐在扶手椅里。"天呐，真是筋疲力尽。我表现得还行吗？"

"还不错。"波洛说。

"我想我最好还是把重点放在那个老爷子身上。接着你就能去他家里仔细瞧瞧了,我想这正是你想要的。女人们对科学之类的事情总是不甚了解,你自己去的时候,可以想一些听上去更加切中要害的事。现在,你想听听她都跟我说了些什么吗?"

"我想肯定有些闲言闲语,关于雷斯塔里克夫人的健康问题。"

"是的。她似乎得了什么疑难杂症,好像是胃部问题。医生对此也疑惑不解。他们把她送到医院去,她很快就恢复了,似乎也没查出来什么病因。当她回家之后,胃病就又犯了,医生还是无能为力。人们就开始说闲话了。一位没什么职业道德的护士最先告诉她妹妹,她妹妹又告诉邻居,邻居在上班的时候又告诉了别的什么人,这真是太奇怪了。接着人们就开始说一定是她丈夫想要毒害她。那种喜欢搬弄是非的人总是会这么说,但是在这件事上,实在说不出什么。我和内奥米怀疑那个帮忙的女孩,她是陪伴那个老爷子生活的秘书。照理来说,她没什么理由要用除草剂毒害雷斯塔里克夫人啊。"

"我听到您说了几种可能性。"

"嗯,这通常总是会有一些可能的……"

"蓄意谋杀……"波洛若有所思地说,"但是还没真正实施。"

第三章

奥利弗夫人把车开进博罗登大楼的内部大院里。停车处已经停满了六辆车。奥利弗夫人正在迟疑之时,有一辆车从车位倒车,开了出去。奥利弗夫人急忙把车停在了空位处。

她走下车,砰的一声关上车门,站直了身体仰望天空。这是座新建筑,占用的是上次大战中被炸毁的一处煤矿的用地。奥利弗夫人想,这块地方可能本来是西大道的一整段街区,先是去除诸如"雁过留毛"的传说,接着决定建筑这排大楼的地址。这里看上去功能完备,但是不论设计师是谁,都显然忽略了任何外在的美观性。

这真是个慌乱的时刻。车辆和人流密集地在院里来来去去。

奥利弗夫人低头看了眼腕表。差十分钟七点。时间正好,她是这么估计的。这正是外出工作的姑娘们回来的时间,她们或是重新打扮一下,换上样式奇怪的紧身裤或是她们认为很时尚的衣服,或是出去逛逛,或是待在家里,洗洗她们的内衣和袜子。不论怎样,这是个很适合去碰碰运气的时刻。这排大楼的东西两侧完全对称,中间都有一扇大的旋转门。奥利弗夫人选择从左边走,但是她立即发觉自己走错了。这一侧的门牌号是从100至200。于是她又转回到另一侧。

67号在六层。奥利弗夫人按了电梯的按钮。门发出了凶恶的碰撞声，像打哈欠的嘴一样咧开了。奥利弗夫人赶紧进到了这个哈欠连连的洞穴里。她对这种新式电梯总是心生畏惧。

砰的一声，电梯门又关上了。开始向上升，几乎又立即停了下来。（这同样非常骇人！）奥利弗夫人就像只惊慌失措的兔子一般逃了出来。

她看了看墙壁，顺着左手边的走廊继续走。她走到了那扇门中心嵌有67号金属门牌的房门前。当她停住脚步的时候，门牌上的数字7正好砸在她的脚上。

"这个地方不欢迎我。"奥利弗夫人自言自语道，她忍着痛，小心地拾起地上的数字号码，把它钉回门牌上。

她按了门铃。或许没人在家。

但是，门却马上开了。一位高挑英气的姑娘站在门口。她穿着一身剪裁得体的深色上衣，配一条超短裙，内搭白色丝绸衬衫，脚上穿的鞋子也相当讲究。她乌黑的头发打理得很是整洁，妆容精致而不张扬，不知为何，这让奥利弗夫人有点不舒服。

"啊。"奥利弗夫人鼓起勇气，想要说出最得体的话，"请问，雷斯塔里克小姐在吗？"

"不，很抱歉，她出去了。我可以为您带个话。"

在下一步行动之前，奥利弗夫人"啊"了一声。她拿出了一个包得很粗糙的牛皮纸包。"我答应送她一本书的。"她解释道，"是我写的一本书，她没有读过。我希望我没有带错。我想，她不会很快就回来吧？"

"这我不敢肯定。我不知道她今晚的安排。"

"哦。您是瑞希-何兰小姐吗？"

那个姑娘看上去有点吃惊。

"是的，我是。"

"我曾见过您父亲。"奥利弗夫人说。她继续说道:"我是奥利弗夫人,是个作家。"补充这一句的时候,她带着一种惯常在表露身份之后会出现的难为情的表情。

"您不进来吗?"

奥利弗夫人高兴地接受了邀请,克劳迪亚·瑞希-何兰领着她走进客厅。这里的公寓墙壁采用的是统一的人造原木的式样。租客们可以在墙上悬挂自己喜爱的现代画或是任何样式的装饰物。这里的家具是内嵌式的,碗柜和书架等一应俱全,还有一张长靠背椅和一张折叠桌。租客可以再添置些小玩意儿。房间的布置,可以窥见租客们的个人品位,墙上贴有一张巨大的小丑海报,另一面墙上贴着用模版印刷的一张图片,图上有只猴子在棕榈树枝杈前来回荡悠。

"我肯定诺玛看到您的书一定会很高兴的,奥利弗夫人。您想喝点什么吗?雪莉酒?杜松子酒?"

这个姑娘有着真正训练有素的秘书应有的机敏的仪态。奥利弗夫人婉拒了盛情招待。

"您这里的景色真不错。"她望向窗外说道,落日的余晖照进了她的眼睛,她眨了下眼睛。

"是的,但是一旦电梯坏了就比较棘手。"

"我都不会想到那电梯会出什么问题。它看上去是那样——像机器人一样。"

"最近才装上的,但是也没好到哪儿去。"克劳迪亚说道,"总是要修这修那的。"

另一位姑娘走了进来,边走边说:"克劳迪亚,你知不知道我把——"

她停住了,看向奥利弗夫人。

克劳迪亚迅速为她们介绍了彼此。

"这是弗朗西丝·凯莉,这是奥利弗夫人。阿里阿德涅·奥利弗。"

"啊,真是幸会。"弗朗西丝说道。

她是个身材颀长窈窕的姑娘,有一头黑色长发,惨白的脸上画着浓妆,眉毛和睫毛在睫毛膏的作用下都有些微微上翘。她穿着紫罗兰色的紧身裤和厚毛衣。与干练的克劳迪亚相比,她是个绝好的对照物。

"我带了一本允诺给诺玛·雷斯塔里克的书。"奥利弗夫人说。

"啊!真是遗憾啊,她还在乡下。"

"她还没回来吗?"

很明显出现了一阵沉默。奥利弗夫人察觉到这两个姑娘交换了一下眼神。

"我以为她在伦敦找到了工作。"奥利弗夫人故意表现出一种毫不知情的惊讶。

"啊,是的。"克劳迪亚说,"她在一家室内装修公司工作,有时会被派往乡下送图纸。"她笑了。"我们在这里各过各的,"她解释道,"来去自由,通常不会给彼此留言。但是当她回来的时候,我会记得把您的书交给她的。"

没有什么比这种随意的解释更容易的了。

奥利弗夫人站起身来。"好的,多谢您了。"

克劳迪亚把她送到门口。"我会告诉父亲我跟您见过面了。"她说,"他是个侦探小说迷。"

关上房门之后,她回到了客厅。

那个叫作弗朗西丝的姑娘靠在窗户边。

"对不起。"她说,"我犯了什么错误吗?"

"我刚刚说诺玛出门去了。"

弗朗西丝耸耸肩。

"我想不明白。克劳迪亚,那个姑娘去哪儿了?为什么她周一没回来?她去了哪里?"

"我不知道。"

"她没和家人在一起吗?她不是回家过周末了?"

"没有。我打过电话确认了。"

"我想不会真的出什么事的……虽然,她有一点——嗯,有点古怪。"

"其实她还好吧。"但是这话听起来不是那么肯定。

"啊,是的,她是有点古怪。"弗朗西丝说,"有时候她让我毛骨悚然。她不正常,你知道的。"

她猛地笑起来。

"诺玛不正常!你知道的,克劳迪亚,虽然你不承认。但是我猜,你对你的老板忠心耿耿。"

第四章

赫尔克里·波洛沿着长麓村的主干道走着。就这个村庄来讲，这条道路实际上是唯一可以这样称呼的街道。这是那种似乎在长度上蔓延无尽而在宽度却几乎可以忽略的村庄。这里有一座尖塔高耸的引人注目的教堂，教堂的院子里有一棵肃穆老迈的紫杉树。村子的街道两旁排列着各式各样的店铺。其中有两家古董店，一家陈列着表面斑驳剥落的松木壁炉架；另外一家满是古董地图，大量瓷器（这些瓷器大部分都有缺口），虫蛀的老旧橡木柜子，一架子玻璃杯，维多利亚时期的银器，因为地方不够，所有这些东西都挤在一起。有两间咖啡馆，环境都很糟糕。有一间可爱的帽子店，陈设着各种各样的家庭手工物品。还有一间邮局附带着蔬菜水果店。一家布料店，里面售卖女帽。一家儿童鞋店和一家货品丰富的百货商店。还有一家兼卖烟草和糖果的文具报纸店。一家绒线商店，它明显是此地最具上流气息的地方。两位头发花白的严厉的女接待员守着架子上摆着的各种材质的编织材料。这里还有各种工艺刺绣所用的裁剪和编织图样。几家本地的杂货店现在都跟随着流行趋势改作"超市"了，货架上满是铁线篮筐，里面有包着各式各样彩色包装纸的货品，从谷物制品到卫生用品一应俱全。有一家有一扇小橱窗的服装店，上面用花体英文写着店名"莉拉"，橱窗里展示着一件法式女衬衫，广告上写着"时尚前沿",还有一件海军蓝裙子和一件标着"分体套装"的紫色条纹套头毛衣。这些展示的衣服都像是被人随意丢在橱窗里一样。

波洛漫不经心地浏览着这一切。这个狭长的村落和小街道里还散落着几座小房子,老式的风格,有的还保留着英国乔治国王时代的气息,更多的地方显露出的是维多利亚时代残存的气息,诸如走廊,弧形窗或小小的温室。有那么一两座房子有完备的电梯,它们透出一种自诩为新潮的感觉,并对此颇为自豪。这里还有一些让人愉悦的属于旧世界的小村舍,有一些故意营造出比它们自己实际存在的年头要长一百多年的感觉;另外一些就很实在,任何额外的方便管道或是类似的设施都被小心翼翼地隐藏起来。

波洛轻轻地走着,仔细观察着他所看到的一切。如果他那位缺乏耐心的朋友奥利弗夫人跟他同行的话,她肯定会质疑他为什么如此浪费时间,因为这里距离他们要去拜访的人家还有四分之一英里路呢。波洛会告诉她他正沉浸于当地的氛围之中,这些东西有时会具有重要的意义。走到村庄的尽头,眼前的景色突然发生了变化,被路挡住的那一侧是一排新建的政府公屋,房子前面是绿色的草坪,每户人家的门口都被涂上了不同的颜色。公屋后面,风吹过田野和树篱笆,不时地点缀着被房产中介名单推荐的"令人向往的住宅",这些住宅每一幢都有自己的树丛和花园,自带一种孤芳自赏的气质。波洛在前方马路的尽头发现了一幢房子,顶楼上盖了一个不寻常的球形建筑物。这很显然是几年前加盖在上面的。毋庸置疑,这肯定是他此次要去的地方。他走到大门前,门上挂有克劳斯海吉斯的名牌。他仔细探查这座房子。这是一幢建于本世纪初的房屋,它说不上漂亮也谈不上丑陋,"平常"应该是最适合用来形容它的词语了。花园远比房屋本身要美丽得多，显然当年是被精心打理过的，虽然现今有些凋敝了。它仍旧保留了修剪得整整齐齐的绿草坪和大量的美丽花圃，被细心打理的菜园多少也为这里增光添彩。一切都井然有序。波洛推测，一定是有人雇了园丁来这里打理花园的，主人也花费了不少精力，因为在房子的一角，他看到一位妇人正弯着腰在花圃上忙着，他想她应该是在捆绑大丽花，她的头部就像是闪耀着的金色光环。她又高又瘦，却有着宽阔的肩膀。他拉开了大门，迈了进去，走向里面的房子。那位妇人转过头，接着整理了一下衣服，有些好奇地望向他。

她仍旧站在那里，等着他先开口，她的左手上还垂着一些捆绑鲜花用的麻线绳。他留意到她看上去有点迷惑不解。

"您有什么事吗？"她问道。

波洛用外国式的礼节，脱帽在身前一挥舞，然后鞠躬致意。她的眼中满是惊讶，目光落在了他的胡子上。

"雷斯塔里克夫人？"

"是的，我——"

"希望我没打搅您，夫人。"

她的唇边现出一丝浅浅的微笑。"一点都没有，您是？"

"我答应过要来拜访您的。我的一位朋友，阿里阿德涅·奥利弗——"

"啊，是的。您一定是波莱特先生。"

"波洛先生。"他特意强调自己名字的第二个音节来纠正她，"赫尔克里·波洛，请您多指教。我途经此地，请恕我冒昧来访，希望我能有幸向罗德里克爵士请安。"

"是的，内奥米·洛里默告诉我们您或许会来这里。"

"希望我没有打搅到你们。"

"啊，一点都没有。阿里阿德涅·奥利弗上周来这里过周末。她和洛里默夫妇一起来的。她写的书精彩极了，不是吗？但是您可能对侦探故事不感兴趣。您本人就是侦探，不是吗？一位真正的侦探？"

"我是个货真价实的侦探。"波洛说。

他注意到她勉强挤出一丝微笑。他进一步观察她。她的样貌是那种刻意打扮出来的俊朗，她的金发打理得十分密实。他猜想她是否在内心对自己的身份不是那么肯定，对于自己所扮演的那种沉醉于打理花园的英国主妇的角色表现得不是那么娴熟。他对她的身家背景有些怀疑。

"您这里的花园可真是美极了。"波洛说。

"您喜欢花园吗？"

"不像英国人那么喜欢。你们英国人对于打理花园颇具天赋。它们对于你们的意义可比对于我们要重要。"

"您是指法国人？啊，是的，我记得奥利弗夫人提起过您曾在比利时警界工作过？"

"确实如此。我，是一条比利时老警犬。"波洛礼貌地一笑，挥着手说道，"但是您的花园，你们英国人，我真是无比佩服，简直五体投地！拉丁民族，他们喜欢大气的花园，城堡式的花园，小型的凡尔赛城堡，当然了，他们也发明了家庭菜园。这真是很重要，菜园必不可少。在英国也有菜园，但是你们是从法国人那里学来的，您喜爱鲜花超过蔬菜，是吗？是这样吗？"

"是的，您说得对。"玛丽·雷斯塔里克说道，"请进屋吧。您来这里是为了看我舅舅的吧？"

"就像您所说的，我来这里是为了拜访罗德里克爵士，但是我也向您请安,夫人。我也向我所见的美人儿问安。"波洛鞠躬致敬。

她有些羞涩地笑了起来。"您不必如此恭维我。"

她在前面领路,穿过一扇法式落地窗,波洛在后面跟着。

"我在一九四四年见过您的舅舅。"

"可怜的舅舅,他现在真是老迈极了。恐怕他已经完全聋了。"

"我很久之前曾遇到过他。他或许已经忘了。那是一次关于间谍与科学发明的某个会议,那项发明全仰仗罗德里克爵士。我希望他愿意与我会面。"

"啊,我肯定他会很乐意的。"玛丽·雷斯塔里克说道,"现如今他的生活相当无趣。我经常去伦敦,我们想在那里找到合适的房子。"她叹了口气说,"老人有时候很难相处。"

"我知道的。"波洛说,"我常常也是这样的,我很难相处。"

她笑了。"啊,不,波洛先生,怎么这么说呢,您怎么能说自己老呢?"

"有时别人会这么说我。"波洛叹了口气说,"您的女儿们可能就会这么说。"他感伤地补充道。

"她们这么做可真不礼貌。我们的女儿可能就会这么做。"她说。

"啊,您有个女儿吗?"

"是的。最起码,她是我的继女。"

"希望能有幸见到她。"波洛礼貌地说。

"嗯,我恐怕她不在这里。她在伦敦,在那里工作。"

"那些年轻姑娘,她们现今都出去工作了。"

"每个人都该有事做。"雷斯塔里克夫人含糊地说,"甚至当她们结婚之后,还总是被劝说要回到工厂或是学校里去工作。"

"夫人，有人劝您回去工作吗？"

"没有。我在南非长大。我跟我先生不久前才来的这儿，这里的一切于我来说都还是陌生的。"

她四下看看，波洛察觉到她的目光中缺乏对这里的热情。这是一间装潢考究但是却很俗气的屋子，没有什么个性。墙上悬挂着两幅巨幅肖像，这是唯一彰显个性的地方。一幅画里是一个身着灰色晚礼服的薄嘴唇女人。对面的墙壁上挂着一个三十岁左右的男性肖像画，整个人显露出精力过剩之感。

"我想您的女儿一定感觉乡村生活很是无聊吧？"

"是的，对她来说，待在伦敦要好得多。她不喜欢待在这儿。"她突然闭上了嘴，接着勉强挤出最后一句话，"而且，她不喜欢我。"

"怎么可能！"赫尔克里·波洛说，带着高卢人的优雅口气。

"怎么不可能！这个嘛，我想这也算是常事。我想对于姑娘们来说，接受一个继母不太容易。"

"您的女儿对她的亲生母亲很有感情吗？"

"我想一定是的。她是个很难对付的姑娘。我想大多数姑娘都是这样。"

波洛叹了口气说："如今，父母亲很难掌控自己的女儿们。过去那种老式的美好日子一去不复返了。"

"确实是啊。"

"夫人，我不该这么说，但是我不得不表示遗憾，她们在选择她们的，我该怎么说呢，她们的男朋友方面真是一点都不谨慎啊。"

"诺玛最令她父亲担忧的正是这一点，但是我想抱怨也是无益，人们总是要经历过才能明白。我得带您去见我的罗迪舅舅了，他在楼上有自己的房间。"

她带领着他走出了这间屋子。波洛扭头瞥了一眼，真是个无趣的房间啊，一间毫无个性的房间——除了那两幅肖像。从画中女人的衣饰来看，波洛觉得这必定是很多年前的画作了。如果那就是第一任雷斯塔里克夫人的话，波洛私下里想，自己也不会喜欢她的。

他说："夫人，那真是不错的画作。"

"是的，是兰斯贝格的画作。"

这是二十年前非常著名，而且画作索要的报酬也极高的一位人像画家。他的那种细致的自然主义风格现在已经不流行了，从他逝世之后，就再也没被人谈及过。他画作中的模特有时被戏称为"衣服架子"，但是波洛认为事实远非如此。他推测兰斯贝格在圆滑的笔触之外，不动声色又轻而易举地表达了一丝嘲讽。

玛丽·雷斯塔里克一边上楼梯一边说着：

"它们是刚刚从储藏室里被翻出来的，被清理过了并且——"

她猛地停住脚步，动作变得僵硬起来，一只手紧紧攥住楼梯扶手。

在她上方，一个人影转向楼梯角落，正要往下走。这个人影看起来极不协调，穿着奢华，和这座房子的气质完全不搭。

对于波洛来说，在不同的场景中，这个人影都很熟悉，一个经常会在伦敦的大街上或是聚会上遇到的那种人，代表着现今的一代青年。他穿着黑色的外套、精致的天鹅绒马甲、紧身裤子，浓密的栗色长卷发垂在颈侧。他看起来很新潮，有一种说不出的美丽，需要花费几分钟来分辨他的性别。

"大卫！"玛丽·雷斯塔里克厉声呵斥，"你究竟在这里做什么？"

那位年轻人一点都没有感到惊讶。"吓着您了？"他问，"很抱歉。"

"你在这里做什么？在我家里？你，你是跟诺玛一起来的吗？"

"诺玛？不，我原以为能在这儿找到她。"

"在这儿找到她？你什么意思？她在伦敦。"

"啊，但是亲爱的，她不在。反正她不在博罗登大楼六十七号。"

"你这么说是什么意思？她不在那里吗？"

"嗯，自从上个周末她就没有回来，我想她可能跟你们在一起。我来这里是为了看看她到底怎么了。"

"她跟往常一样是周六晚上离开的。"她愤怒地补充道，"为什么你不按门铃，让我们知道你来了这里呢？你在这所房子里游荡是要干什么啊？"

"这可真是，亲爱的，您好像以为我是来窃取您家钥匙或是做什么事似的。大白天走到别人家里再自然不过了。为什么不行呢？"

"这个，我们是老派家庭，我们不喜欢这样。"

"啊，亲爱的，亲爱的。"大卫叹了口气，"每个人都这么小题大做。如果我不受欢迎，而您又不知道自己的继女在哪里的话，我想我还是离开吧。需要我翻翻口袋让你们检查检查吗？"

"不要这么可笑，大卫。"

"那么，回见！"那个年轻人轻快地挥了挥手，从他们身边走过，下了楼，穿过敞开着的前门。

"真是可怕的怪胎。"玛丽·雷斯塔里克抱怨道，语气中的憎恶之感让波洛感到震惊。"我无法忍受他。我简直忍不了。为什么英国现今随处都是这样的人？"

"啊,夫人,不要这么生气。这就是时尚的问题。人们总是追求时尚。在乡村,这还不多见,但是在伦敦,您随处可见这样的人。"

"可怕。"玛丽说道,"真是可怕。像女人一样,古怪极了。"

"而且有点像凡·戴克笔下的少年,夫人,您不这么认为吗?如果嵌在金边的画框里,穿着花边领,您就不会觉得他那么女里女气或是奇异了。"

"像这样贸然闯进来,安德鲁要是知道的话会抓狂的。这本来就让他无比焦虑。女儿总是让人担心。安德鲁并不是很了解诺玛。自她是个孩子起,他就出国了。他把她完全丢给她妈妈抚育,现在他一点都不了解她。我也是如此。我不禁会觉得她是那种很古怪的姑娘。她们根本就没办法管教,她们好像总是会爱上那些最糟糕的男人。她完全被大卫·贝克迷住了。我们简直无能为力。安德鲁禁止他进我们家门,可是您看看,他就这么出现在这里,就这么泰然自若地走了进来。我想,我想我最好还是不要告诉安德鲁了。我不希望他过度担忧。我想她在伦敦不光是跟那个怪胎混在一起,肯定还有别的人,甚至还有些比那个人更糟糕的人。那种不洗漱、不刮脸,满脸胡子,衣服脏兮兮的人。"

波洛安抚她道:"啊,夫人,您不必给自己添烦恼。年轻人的轻率之举会过去的。"

"我希望如此,我也相信。诺玛是个很难弄明白的姑娘。有时候我觉得她脑子不好使。她行事很奇怪,有时候看起来真的好像是神游天外。还有她对人的极度憎恶——"

"憎恶?"

"她憎恶我,真的很厌恶我。我不知道她为什么要这样。我想她大概对自己的生母感情太深,但是她父亲再婚也是理所当然之事，不是吗？"

"您认为她真的很憎恶您？"

"是的，我知道她确实憎恶我。我有许多证据。她去往伦敦，这真让我松了口气。我不想惹麻烦——"她突然停住了。好像第一次意识到自己正在和一位陌生人讲话。

波洛有那种能获得别人信任的天赋。人们似乎在跟他讲话的时候几乎没有意识到他们是在跟谁交谈。她笑了几声。

"看看我，"她说，"我真的不知道为什么要跟您说这一切。我想每个家庭都有这类的问题。可怜的继母啊，继母真是不好当啊，我们到了。"

她轻轻叩响了门。

"请进，请进。"

一声洪亮的吼声。

"舅舅，有人来拜访您。"当玛丽·雷斯塔里克走进房间的时候，她说道。波洛跟在她身后。

一位宽肩膀，方脸形，红光满面，看上去脾气颇为暴躁的老人正在屋里踱着步。他脚步蹒跚地向他们这边走来。书桌后面，一位姑娘坐在那里整理书信和文件。她低着头，有一头光滑乌黑的秀发。

"罗迪舅舅，这位是赫尔克里·波洛。"玛丽·雷斯塔里克说道。

波洛步态优雅地向前走去，开口说道："啊，罗德里克爵士，在很多年前——我第一次有幸见到您是很多年前了，要上溯到上次大战了。那次，我想，是在诺曼底战役的时候吧。我记得很清楚，还有瑞斯上校、阿伯克龙比将军、空军元帅埃德蒙·柯林斯比也在。我们下了多大的决心啊！在会议的保密措施上也费尽心力。啊，现今不用再这样小心翼翼了。我想起我们揭露那个骗了我们那么久的间谍的事了。您还记得亨德森上尉吗？"

"啊，我当然能想起亨德森上尉了。天呐，那头该死的猪！露出真面目了！"

"您或许不记得我了。赫尔克里·波洛。"

"不，不，我当然记得您了。啊，那次真是惊险啊，真是惊险。您是法国方面的代表，不是吗？好像有一两位，有一位我实在记不得了，记不起他的名字。啊，好的，您坐下吧。没有什么比说说往昔之事更好的了。"

"我还怕您记不起我或者我的同伴吉罗先生了呢。"

"不，不，我当然记得你们。啊，就是那些日子，就是那些日子。"

坐在桌子后面的姑娘站了起来。她礼貌地给波洛搬来一张椅子。

"好的，索尼娅，好极了。"罗德里克爵士说，"让我给您介绍。这位是我讨人喜欢的小秘书。真是对我帮助极大。您知道的，协助我处理我的工作。要是没了她，我都不知道该怎么办好了。"

波洛礼貌地弯腰致意。"很高兴见到您，小姐。"他低声说道。

那位姑娘也低声回应了一句。她是位纤瘦的姑娘，有着一头漆黑的短发。她看上去颇为害羞，深蓝色眼眸总是谦虚地向下看去，但是当她看向自己的雇主的时候，又会露出甜美害羞的笑容。

"不知道没了她我还能做些什么。"他说，"我真的不知道。"

"啊，不。"那姑娘反驳道，"我真的没那么好。我打字不快。"

"我亲爱的,你的打字速度已经可以了。你还是我的记性,我的眼睛和我的耳朵,还有很多其他的东西。"

她再次笑着看着他。

"我想起来了。"波洛嘟囔着,"之前流传的一些精彩绝伦的故事。我不知道它们是不是被过度夸张了。就比如,有一次有人偷了您的车——"接着他把这个故事复述了一番。

罗德里克爵士很是高兴。"哈,哈,当然了。是的,确实有点夸张了,我想。但是总体来说,确实是那样的。是的,是的,嗯,这么久了,亏您还记得那件事情。但是我现在跟您讲一个更好的故事。"他开始讲述另一个故事。波洛倾听着,连连称赞。最后他看了眼表,站了起来。

"我真的不能再打搅您了。"他说,"我知道您现在有事要做,是一件重要的工作。我就是途经这附近,不禁想要来拜访。时光飞逝,但是在我看来您依然精力充沛,生活趣味丝毫不减。"

"好的,好的,虽然您这么讲,但是您也不能太恭维我了,您再待一会儿嘛,喝点茶。我想玛丽一定给您备茶了。"他环顾四周,"啊,她已经走了。不错的姑娘。"

"是的,确实,还有些英朗。我想她这些年来一定给了您极大的安慰。"

"啊!他们最近才结的婚。她是我外甥的第二任妻子。坦白说吧,我不是很喜欢我的外甥安德鲁,不是什么稳重的家伙,总是毛毛躁躁。我最喜欢他的哥哥西蒙,但我也对他不是很了解。至于安德鲁,他对他的第一任妻子很不好。您知道的,他把她抛弃了,让她活在水深火热之中,跟一个坏女人跑了。大家都知道那个女人是什么货色,但是他却被她迷住了,他们两个在一起一两年之后也分开了。蠢货!他现在娶的这个女人好像还不错。据我所知，没什么不妥的地方。现在西蒙是个稳重的家伙了，简直有些无趣。我妹妹嫁到这家的时候，我不是很赞同。您知道的，嫁到商人之家。当然他们很富裕，但是钱不是一切。我们家总是跟军界通婚。我不常跟雷斯塔里克一家往来。"

"据说，他们有一个女儿。我的一位朋友上周见到过她。"

"啊，你说诺玛啊。蠢姑娘。总是穿着奇装异服，跟那些糟糕透顶的男人往来。嗯，是的，现今他们就是喜欢这样。长发的年轻人，总是搞一些'垮掉的一代''披头士'这类的怪名字。我实在跟不上他们。简直像在说外国话一样。可是，就是没人愿意听听老人的劝告，我们又能怎么办。甚至玛丽，我一直觉得她还不错，是那种明事理的人，但是据我所见，她有时也会神经兮兮，主要表现在她的健康方面。总是小题大做去医院做些检查或是什么的。喝杯饮料怎么样？威士忌？不？您真的不坐下来喝杯茶吗？"

"谢谢您，但是我的朋友还在等我呢。"

"嗯，我必须要说能跟您谈话真是开心。真好啊，能记得那么久之前的事情。索尼娅，亲爱的，或许你可以带这位先生——不好意思，您的名字是？我又忘了，啊，是的，波洛。带他去玛丽那边，好吗？"

"不，不。"赫尔克里·波洛连忙拒绝了这番好意，"我不想再打搅夫人了。我没什么问题，真的没什么问题。我能找到出去的路。今天真是幸会。"

他退出了房间。

"我一点也想不起那个家伙是谁。"波洛走后，罗德里克爵士说道。

"您不知道他是谁？"索尼娅惊讶地看向他。

"如今，半数来我这里拜访、跟我谈话的人我都不记得了。当然了，我不得不好好招待。你知道的，时间久了，就很容易处理了。就像在聚会上一样。一个家伙走了过来，说道：'可能您不记得我了。我上一次见到您还是在一九三九年。'我只得说：'我当然记得了。'但是其实我并没有。我已经差不多又瞎又聋了。在大战的末期，我们和很多这样的法国佬交往过。半数我都记不得了。啊，他确实说得没错。他知道我，我也知道很多他所谈论的那些家伙。那个关于我的故事和那辆被偷的车也是真的，只是稍微夸张了点。当然了，当时那个故事广为流传。啊，是的，我不认为他知道我不记得他。真是个聪明的家伙，我不得不说，但是还是个彻头彻尾的法国佬，不是吗？你知道的，装腔作势、手舞足蹈、鞠躬致意、滥竽充数。那么现在，我们的工作进行到哪儿了？"

索尼娅拿起一封信，递给了他。她又随手递给他一副眼镜，但是他立即拒绝了。

"不需要这见鬼的玩意儿了，我能看到的。"

他眯起眼睛，把手里的信拿远了一点。接着他不得不屈服，把信又塞到她的手里。

"好的，最好还是你读给我听。"

她开始用清晰而温柔的声音读了起来。

第五章

1

赫尔克里·波洛在楼梯处停留了一会儿。他转过头侧耳倾听，楼下几乎没有什么声音。他走向靠楼梯平台的窗口，向外张望。玛丽·雷斯塔里克在下面的花园里，忙着自己的园艺工作。波洛满意地点点头。他小心翼翼地沿着走廊走着，一扇又一扇地打开面前的房门。一间浴室，一个放置亚麻制品的壁橱，一间空着的双人睡房，一间有人住的单人房，一间有双人床的女士房间（也许是玛丽·雷斯塔里克的？），下一扇门是一间可以和隔壁互通的房间，他推测那应该是安德鲁·雷斯塔里克的房间。他走向了楼梯的另一侧，打开的第一扇门是一个单人间，据他判断这里没人居住，但是周末可能会有人住。梳妆台上放着一把梳妆刷。他仔细听了听，然后蹑手蹑脚地走了进去。他打开衣橱，里面挂着些在乡村会穿着的衣物。

这里有一张写字台，但是上面空无一物。他轻轻地拉开了桌子抽屉。这里面有一些杂物，还有一两封信，但是信上写的都是些很久之前发生的鸡毛蒜皮。他关上了抽屉，走下楼，走出了这座房子。他婉拒了女主人请他喝茶的美意。他说他答应别人要赶回去的，一会儿就要搭乘火车返回。

"您需要一辆出租车吗？我们能给您叫一辆，或者我自己开车送您一段。"

"不必了，夫人，您真是太客气了。"

波洛走回村庄，转到教堂边的小巷里。他在走过一座横跨小溪的桥之后，看见一辆大型轿车停在一棵山毛榉树下，司机机警地等候着。司机打开了门，波洛坐了进去，脱下了黑色漆皮鞋，松了口气。

"现在我们回伦敦。"他说。

司机关上门，坐回驾驶位，轿车平稳地向前驶去。一个青年站在路边，急切地比着大拇指，想要搭便车，这种场景很普遍。波洛的眼睛有些漠然地停留在这个"兄弟会"成员的身上，这个年轻人衣着亮眼，头发长长的，发型很奇特。这样的人随处都是，但此刻波洛忽然坐直身子，对司机说："请您停车。是的，倒一下车……有人要搭便车。"

司机有些难以置信地往后瞥了一眼，他没料到波洛会说这样的话。但是波洛很温和地点点头，所以他还是听从指示了。

那个叫大卫的年轻人走向车门。"还以为您不会为我停下呢。"他欢快地说，"真的，很感谢您。"

他坐进车里，把肩膀上挎着的小包拿下来，随意地扔到地板上，轻抚他栗色的卷发。"这么说您认出我了。"他说。

"或许是你穿得太过引人注目。"

"啊，您是这么想的吗？还好，只是我有一帮哥们儿都穿成这样。"

"凡·戴克的风范。非常时髦。"

"啊，我从未意识到这点。是的，您说得也有些道理。"

"依照我的建议，你应该戴一顶骑士帽，"波洛说，"还需要一个蕾丝领子。"

"啊,我不认为我们是如此浮夸之人。"年轻人笑了起来,"雷斯塔里克夫人讨厌见到我。实际上,我也不喜欢她。我对雷斯塔里克家的人都不在意。成功的富人家总是或多或少令人生厌,您不这么认为吗?"

"这取决于个人的观点。我觉得你对他家的女儿倒是挺上心。"

"您的措辞妙极了。"大卫说,"对他家女儿挺上心。或许可以这么说。但是您知道的,这也算是两相情愿,她也对我很上心。"

"这位小姐现在在哪儿?"

大卫猛地转过头。"您为什么要问这个?"

"我想见见她。"波洛耸耸肩。

"我不认为她是您感兴趣的类型,您知道的,她跟我属于一类人。诺玛在伦敦。"

"但是你对她的继母说——"

"啊!我们什么也不告诉继母。"

"那么她在伦敦哪里呢?"

"她在切尔西区国王大道上的一家室内装修公司工作。我一时想不起那家公司的名字了。我想,大概是苏珊·菲尔普斯吧。"

"但是我想她不住在那儿吧。你有她的地址吗?"

"是的,一排大楼。我不知道您怎么会对她有兴趣。"

"人会对很多事情感兴趣的。"

"您的意思是?"

"你为什么今天溜进那所房子?偷偷摸摸进去,还上了楼。"

"我承认我是从后门溜进去的。"

"你在楼上找什么呢?"

"这是我的事儿。我不想这么粗鲁，但是您是不是管得太宽了？"

"是的，我很好奇，我想知道那位年轻的女士到底在哪儿。"

"我明白了。亲爱的安德鲁和玛丽，老天真是不开眼，雇了您，是吗？他们想要找到她。"

"还没有。"波洛说，"我不认为他们知道她失踪了。"

"肯定是有人雇了您。"

"你富有卓越的洞察力。"波洛身子向后靠去。

"我想知道您去那儿的企图，"大卫说，"这也是我为什么要拦下您的车。我希望您能停下来，给我透露些什么。她是我的女朋友，我想您是知道的。"

"我知道应该是这样。"波洛谨慎地说，"但如果是这样，你应该知道她身在何处。不是吗，先生？不好意思，我想我只知道你的教名是大卫，你姓什么？"

"贝克。"

"贝克先生，或许你们俩吵架了？"

"没有，我们从未吵过架。您为什么会以为我们吵架了呢？"

"诺玛·雷斯塔里克在周六晚上或是周日早晨离开了克劳斯海吉斯的老房子。"

"视情况而定。有一班早班车，十点多就可以抵达伦敦。她上班就会迟到一点，但是也不会迟到太久。她总是在周日晚上坐车回去。"

"她周日晚上离开了，但是她没有回到博罗登大楼。"

"应该没有吧。克劳迪亚是这么说的。"

"这位瑞希-何兰小姐，她的名字是这个吧？她是感到惊讶还是担忧呢？"

"天呐，不，她为什么要那样。那些姑娘，她们才不是一直都紧盯着彼此呢。"

"但是你认为她回到了那里吗？"

"她也没去工作的地方。我告诉您，她公司那边也对她忍无可忍了。"

"贝克先生，你担心吗？"

"不。当然了，我的意思是，嗯，我怎么知道？我看不出我有什么要担心的，只是时间在流逝。今天是星期几？星期四吗？"

"她没跟你争吵吗？"

"不，我们不吵架。"

"贝克先生，可是你在担心她。"

"这跟您有什么关系呢？"

"跟我一点关系都没有，但是据我所知，她家那边出了些问题。她不喜欢她的继母。"

"一点都不奇怪。她是个泼妇，那个女人就像钉子一般强硬。她也不喜欢诺玛。"

"她最近生病了，是吧？她还去了医院。"

"您说的是谁——诺玛？"

"不，我说的不是雷斯塔里克小姐。我是说，雷斯塔里克夫人。"

"我想她去过疗养院。她没理由这么做。要我说，她强健得如一匹马一般。"

"雷斯塔里克小姐厌恶她的继母。"

"她只是有时候有点心理不平衡。诺玛，您知道的，一条道走到黑。我告诉您，姑娘们总是厌恶她们的继母。"

"这分憎恶能让她的继母生病吗？病得都要住院了。"

"见鬼了,您究竟指的是什么啊?"

"可能是园艺,或是使用除草剂。"

"您说除草剂是什么意思?您是否在暗示诺玛在谋划着,想去做——"

"人们总是会议论。"波洛说,"邻里们都在四下八卦。"

"您的意思是有人说诺玛试图毒杀她的继母吗?真是荒谬,荒谬极了。"

"这不可能,我也这么认为。"波洛说,"实际上,人们并没有这么说。"

"啊,抱歉,我误会了。但是,您到底是什么意思?"

"我亲爱的小伙子,"波洛说,"你知道,谣言四处散播,这些谣言几乎都指向同一个人——一位丈夫。"

"什么,可怜的老安德鲁?在我看来这太不可能了。"

"是的,是的,对我来说也不可能。"

"那么,您去他家那里是要做什么呢?您是一位侦探,不是吗?"

"是的。"

"然后呢?您是要做什么?"

"我们存在意见分歧,"波洛说,"我到那里去不是为了调查任何可疑或是可能的下毒案件。请原谅,我不能回答你的问题。你明白吧,这一切都是机密。"

"您这么说到底是为什么?"

"我去那儿,"波洛说,"是为了拜访罗德里克爵士。"

"什么,那个老家伙吗?他就是个老糊涂,不是吗?"

"他是一个拥有很多秘密的男人,我并不是说现在也如此,但他的确知道很多。在过去的那场战争中,他有很多故事,熟知一些人。"

"但那都是很多年前的事了。"

"是的，是的，他本人经历过的事确实已经过去很多年了。但是你没有意识到，有些事或许现在还有用处吗？"

"什么类型的事？"

"脸孔。"波洛说，"或许是那种很有名的脸孔，罗德里克爵士会认出来的。面容，言行举止，谈话的方式，走路的样子，一种姿态。人们都记得，你懂的。老年人。他们记得的不是那种发生在上个月或是去年的事，而是那些几乎发生在二十年前的事。他们会记得那些不想被人记起的人，并且他们能告诉你关于某个女人或是某个男人牵涉的一些事。我这么说有点含糊不清，你能懂吧？我去找他是为了打听点消息。"

"您去找他是为了打听点消息，是吗？那个老家伙吗？老糊涂。那么他给你透露了什么消息吗？"

"可以这么说，我感到非常满意。"

大卫继续盯着波洛。"我现在想，"他说，"您是去见那个老家伙呢，还是去看那个小姑娘呢？您想知道她在那所房子里做了什么吗？我有那么一两次想到，她做那份工作，有没有可能是想从那个老家伙那里弄到点什么过去的情报呢？"

"我不这么认为。"波洛说，"说这些没什么用。她看起来全心奉献、无比细心，我该怎么称呼她呢？秘书？"

"一份混合了医院护士、秘书、陪伴者、寄宿姑娘以及辅助老爷子的工作？是的，能给她许多头衔，不是吗？他完全被她迷住了。您注意到了吗？"

"在这种情况下，这也不是什么难以理解的事。"波洛一本正经地说。

"我能告诉您谁不喜欢她,那就是我们的玛丽。"

"并且那姑娘或许也不喜欢玛丽·雷斯塔里克。"

"您是这么想的,是吗?"大卫问道,"索尼娅不喜欢玛丽·雷斯塔里克。或许您在想她可能已经做了些调查,调查除草剂是在哪里存放的?呸!"他补充道,"整件事简直荒谬可笑。好了。谢谢您载我一程。我想我要在这儿下车了。"

"啊,你在这里下车?我们距离伦敦还有七英里呢。"

"我就在这儿下车。再会,波洛先生。"

"再会。"

当大卫把车门关上的时候,波洛又靠回了座椅。

2

奥利弗夫人在客厅里来回踱步。她坐立不安。一小时前,她把自己校对修改完的稿件包好,她要把这些稿件寄送给那个焦急的出版商,他每隔三四天就来催稿。

"给您,"奥利弗夫人对着空屋子里幻想出来的出版商说道,"给您,我希望您能喜欢!我不太喜欢,我感觉它差劲极了!我不相信您是否真的知道我所写的是好是坏。反正我已经警告过您了。我告诉您它可怕极了,您说:'啊!不,不,我根本就不信。'"

"您等着看好了。"奥利弗夫人愤恨地说,"您等着看好了。"

她打开门,叫来她的女仆艾迪斯,把包裹交给她,让她立马去邮局寄送。

"那么现在,"奥利弗夫人自言自语道,"我要做什么呢?"

她又开始踱步了。是的,奥利弗夫人想,我真应该把热带鸟类的壁纸给重新贴上去，换下这愚蠢可笑的樱桃壁纸。我之前感觉自己就像是热带丛林里的一只狮子或是老虎，或是一头豹子或是一只猩猩！除了稻草人，我在樱桃园里还能像什么呢？"

她再次四下环顾。"我该像鸟一样鸣叫。"她无奈地说，"吃些樱桃……真希望这是樱桃成熟的好时节。我想吃点樱桃。不知道我现在——"她走向电话机。

"我会查明白的，夫人。"话筒里传来乔治应答的声音。另一个声音立马传了过来。

"赫尔克里·波洛听候吩咐，夫人。"他说。

"你去了哪儿？"奥利弗夫人问道，"你一整天都不在。我想你是去了雷斯塔里克家那边了。是吗？你见到罗德里克爵士了吗？查到些什么了？"

"什么都没有。"赫尔克里·波洛说。

"真是极其无趣。"奥利弗夫人说道。

"不，我一点都不觉得无趣。什么都没查出来，我只会感到惊讶。"

"为什么会如此惊讶呢？我不明白。"

"因为，"波洛说，"这就意味着那里没有什么可调查的，但我告诉您，这跟事实不符；或是有些事被非常高明地掩藏起来了。您看，这就很有意思了。顺便说一声，雷斯塔里克夫人并不知道那个姑娘失踪了。"

"你的意思是——她跟这个姑娘的失踪并没有关系吗？"

"看起来是的。我在那里见到了那个年轻人。"

"你说的是那个没人喜欢的、不尽如人意的年轻人吗？"

"是的，那个不尽如人意的年轻人。"

"你认为他不尽如人意吗？"

"从谁的角度来说?"

"我想,肯定不是从那个姑娘的角度来说。"

"那个来找我的姑娘一定是非常喜欢他的。"

"他看起来很糟糕吗?"

"他看起来很美。"赫尔克里·波洛说。

"美?"奥利弗夫人惊呼道,"我想我可不喜欢什么美貌的年轻男人。"

"姑娘们喜欢。"波洛说。

"是的,你说得很对。她们喜欢美貌的年轻男人。我不是指那种长相英俊或是看上去就很聪明的年轻人,也不是那种衣着考究、十分整洁的年轻人。我是指那种好像刚从复辟时代的喜剧里走出来的年轻人,有的就像肮脏的四处闲逛的流浪汉。"

"好像他也不知道那个姑娘现在在哪儿?"

"或者他就是不肯承认罢了。"

"或许吧。他也去了那儿,为什么?他的确在那座房子里。他还费了些事,以确保没人看到他。这又是为什么?出于什么原因?他是去找那个姑娘,还是要去找什么别的东西?"

"你认为他是去找什么别的东西吗?"

"他想在那个姑娘的房间里找什么东西。"波洛说。

"你是怎么知道的?你看到他在那里了吗?"

"没有,我只是看到他下了楼梯,但是我在诺玛的房间里看到一小块潮湿的泥巴,可能来自他的鞋子。很可能是她要求他去她的房间里找什么东西。这就有很多可能性。那座房子里还有另外一个姑娘,一个美丽的姑娘,他或许是去找她的。是的,存在很多可能性。"

"你下一步要做些什么?"奥利弗夫人问道。

"什么都不做。"波洛说。

"真是无趣。"奥利弗夫人不以为然地说。

"我想我或许会从我雇的那些人那里得到一些什么信息。虽然很有可能一无所获。"

"但是你自己不去做点什么吗?"

"要等时机成熟。"波洛说。

"嗯,我要去做点什么了。"奥利弗夫人说。

"请您,请您千万小心点。"他恳求道。

"真是胡言乱语!我能出什么事?"

"谋杀案出现之后,什么事情都有可能发生。记住我对您说的。是我,波洛。"

第六章

1

戈比先生坐在椅子上。他是个小个子的干瘦男人,相貌如此平凡,难以描述,以至于人们会忽略他的存在。

他聚精会神地盯着一张爪形古董桌的桌脚,发表着意见。在说话的时候,他从不直视人的眼睛。

"波洛先生,幸好您把名字告诉了我。"他说,"不然的话,您懂的,这会耗费更多的时间。看样子,主要的事实我都掌握了,还有些边边角角的传言……总是会有用的。我先从博罗登大楼开始说吧,可以吗?"

波洛亲切地点点头。

"那里有很多杂役。"戈比先生对着壁炉烟囱上的钟表说道,"我从他们身上着手,差使了我手下的一两个年轻人。花费不少,但是很值。我不想让人感觉有人在做什么刻意的调查!我是用名字缩写,还是全名?"

"在这里,您能用全名。"波洛说。

"克劳迪亚·瑞希-何兰小姐被人交口称赞。的父亲是议会的议员,一个野心勃勃的男人,总是上报纸。她是独生女,她做一些秘书工作,是一个正经的姑娘。不参加疯狂的聚会,也不饮酒，不跟那些穿着奇装异服、行为乖僻的人混在一起。她跟另外两个姑娘合租一间公寓。第二个姑娘在邦德街的韦德伯恩画廊工作，属于艺术圈的那种类型，和切尔西区的那一帮人鬼混，到处去布置画展和艺术展。

"第三个姑娘就是你说的那个。她刚搬过来不久，人们对她的普遍看法是她有点'欠缺些什么'。但是这些传言也是不清不楚。有一个做杂役的人是那种爱传闲话的人，给他买上一两杯酒，他就什么都会告诉你！谁酗酒，谁吸毒，谁偷税漏税，谁把现金藏在水箱后面。当然了，你不能全信。但是，有一晚，他听到有什么人用左轮手枪开了一枪。"

"用左轮手枪开了一枪吗？有人受伤吗？"

"这件事好像有点存疑。他说那天晚上他听到一声枪响，他跑了出来，看到一个姑娘，就是那个姑娘，手拿一把左轮手枪站在那里。她看上去有点茫然失措。之后另一个年轻的姑娘，也可能事实上是另外两个姑娘一道跑了出来。凯莉小姐，就是那位从事艺术工作的姑娘说：'诺玛，你究竟在做什么？'而瑞希－何兰小姐厉声呵斥道：'闭嘴，行吗？弗朗西丝，不要这么蠢！'她从那个姑娘手中接过左轮手枪说：'把这个给我。'然后把手枪放在自己的背包里，她察觉到这个叫米奇的家伙在那里，就走了过去，笑着说：'你一定是吓呆了，是吗？'米奇说他确实被吓住了，然后她就说：'你不必担心。事实上，我们根本就不知道子弹上膛了。我们就是闹着玩的。'接着她说：'总而言之，如果有什么人问你的话，你就告诉他们这里什么都没发生。'她继续说：'来吧，诺玛。'一边说一边扶着诺玛走进了电梯，她们又都上楼去了。

"但是米奇说他还是有点迷惑不解。于是他就跑去院子里四处查看了一遍。"

戈比先生低垂着目光，看着他的笔记本念道：

"让我告诉您我发现了些什么，真的！我发现了一些湿湿的痕迹。我确定那是几滴血迹。我用手指捻了捻。让我告诉您我是怎么想的吧。有人被射中了，在他要逃走的时候被射中了……我走上楼去，问我是否能问何兰小姐一些事。我跟她说：'我想有人被射中了，小姐。院子里有血迹。''天呐。'她说，'真是荒谬，我想，你明白的。一定是鸽子。'她接着说，'真是抱歉让你受惊。忘了这件事吧。'她给我塞了五英镑。五英镑，可不是小数目！所以，自然了，从那之后我就守口如瓶了。

"然后，在又一杯威士忌之后，他又透露了一些信息。'如果您问我，我想她是对着那个常来她这里的低级年轻家伙开了一枪。我想她肯定是跟他吵架了，十分想要开枪打他。我是这么想的，但是多言惹祸，我还是不要再絮叨了。如果有人问我这些事，我会说我根本就不知道他们在说什么。'"戈比先生停住了。

"真有意思。"波洛说。

"是的，但是这听起来不像是谎话。除了他，似乎没有其他人知道这件事。还有一个版本说是有一天晚上，一群年轻的暴徒闯进院子里，在这里拔刀相向，聚众斗殴。"

"我明白了。"波洛说，"院子里的血迹可能另有来源。"

"可能那个姑娘跟她的男朋友吵架了，威胁要开枪打他。米奇无意中听到了，把它跟其他的事情混淆了，特别是如果那时有汽车要从院内倒车出去的话，很容易出现这种情况。"

"是的。"赫尔克里·波洛叹了口气说，"这倒也讲得通。"

戈比先生翻开笔记本的另一页，挑选好自己的听众。他选择了一个电暖炉。

"约书亚·雷斯塔里克股份有限公司是一家家族企业,已经经营了上百年。在本市内风评很好,声名在外,但是也没有什么特别受到瞩目的地方。它是由约书亚·雷斯塔里克在一八五〇年建立的。在第一次世界大战后飞速发展,很快就在海外增加了巨额投资,大部分用在南非、西非和澳大利亚。西蒙和安德鲁·雷斯塔里克是雷斯塔里克家族最后的一代人。大哥西蒙一年前去世了,没有留下子嗣。他的妻子很多年前就去世了。安德鲁·雷斯塔里克看上去是个颇为浮躁的人。虽然人们说他很有才能,但是他却从未把心思放在事业上。之后他跟一个女人私奔了,撇下了妻子和五岁的女儿。他曾去过南非、肯尼亚和其他很多地方。他并没有离婚。他的妻子两年前去世了,生前患病多年。安德鲁经常在外旅行,不管他去哪儿,似乎都能赚到很多钱。多是靠授权经营矿产来获利。凡是他所涉足的领域,总是获利颇丰。

"在他哥哥去世后,他似乎下定决心要安定下来。他再婚了,并且认为是时候弥补一下自己的女儿,给她家庭的温暖。现今,他们跟他舅舅罗德里克·霍斯菲尔德爵士住在一起。这只是暂时的。他的妻子正在伦敦各处找房子,并不在乎价钱。他们非常富有。"

波洛叹了口气。"我知道。"他说,"您给我描述的是一个成功家族的故事!每个人都能赚钱!每个人都有很好的家世,备受尊敬。他们的人际圈子很高端,在商圈也备受赞誉。"

"但是在这片宁静的天空上却飘着一朵乌云。这家的一个姑娘被人认为'欠缺些什么',她跟一个缓刑不止一两次的举止可疑的男朋友鬼混在一起。这个姑娘很有可能试图毒杀她的继母,如果她不是深陷幻觉的话,那她就是犯下了严重的罪行!我告诉您,这些事情跟您探查到的这个成功的故事一点都不符合。"

戈比先生悲伤地摇摇头，有点含糊地说："每个家庭都会出这样的子女。"

"雷斯塔里克夫人是位年轻的女士。我想她不是之前跟雷斯塔里克先生私奔的那个女人吧？"

"啊，不是的，那个女人很快就跟他分手了。她是个作恶多端的女人，而且还很难搞。他曾被她迷住，这真是愚蠢极了。"戈比先生合上笔记本，目光里带着询问看向波洛先生，"您还有什么想要我去做的吗？"

"是的，我想了解关于已经去世的安德鲁·雷斯塔里克夫人的一些事。她总是生病，总是住在疗养院里。是什么类型的疗养院？精神病院吗？"

"我明白您的意思，波洛先生。"

"他们家族里有没有精神病史，在双方的家族里？"

"我会去调查的，波洛先生。"

戈比先生站起来。"先生，我要告辞了。晚安。"

戈比先生离开之后，波洛继续沉思。他的眉毛忽上忽下。他满腹疑问。

随后他拨通了奥利弗夫人的电话。

"我之前告诉过您，"他说，"要谨慎小心。我再次强调一遍，要非常小心。"

"小心什么？"奥利弗夫人问道。

"您自己。我想会有危险。对于那些去他们不受欢迎的地方刺探消息的人。空气中弥漫着谋杀的味道。我不希望您遇到这样的事。"

"你得到了你说的那些可能搜集到的情报了吗？"

"是的。"波洛说，"我获取了些许情报。多半是谣言和鸡毛蒜皮，但是貌似博罗登大楼里发生了什么事情。"

"什么类型的事？"

"院子里有血迹。"波洛说。

"真的吗？"奥利弗夫人说道，"这像是老式侦探小说的题目——《楼梯上的血迹》。我觉得现今人们更愿意把书名改为《她自寻死路》。"

"或许院子里并没有血迹。没准儿只是那个爱胡思乱想的爱尔兰杂役编造出来的。"

"或许是摔碎的牛奶瓶，"奥利弗夫人说，"晚上他没看清楚。到底发生了什么？"

波洛没有直接回答。

"那个姑娘以为自己'或许犯了谋杀罪'。这就是她所说的那桩罪行吗？"

"你是说她确实射杀了某人吗？"

"我们或许可以假设她射中了某人，但是不管出于有意还是无意，她没有射中目标。只留下几滴血……就是这样了。没有尸体。"

"啊，我的天呐。"奥利弗夫人说，"这真是让人困惑。如果那个人还能跑出院子的话，你就不会认为自己杀了他，不是吗？"

"难说。"波洛挂断了电话。

2

"我很担心。"克劳迪亚·瑞希-何兰说。

她从咖啡壶里倒出一杯咖啡。弗朗西丝·凯莉打了个大大的哈欠。这两位姑娘正在公寓的小厨房里吃早餐。克劳迪亚已经打扮妥当，准备开始新一天的工作。弗朗西丝还穿着睡衣睡裤，她的黑色长发垂在眼睛上。

"我有些担心诺玛。"克劳迪亚说。

弗朗西丝又打着哈欠。

"如果我是你，我才不会担心呢。我觉得她迟早会打电话或是回到这里的。"

"她会吗？你知道的，弗兰，我止不住会想——"

"我不明白为什么。"弗朗西丝倒了杯咖啡，疑惑不解地说道，"我的意思是，诺玛跟我们没什么关系，不是吗？我是说我们不是来照顾她的，也不是她的保姆。她就是和我们合租公寓。你为什么如此担心？我是绝对不会担忧的。"

"我想你也不会的，你从不担忧任何事。但是我和你的境况不同。"

"有什么不一样呢？你是说因为你承租了这间公寓还是什么其他的？"

"是的，你或许可以这么说，我处在相当特殊的处境里。"

弗朗西丝又大大地打了个哈欠。

"昨天晚上我睡得太晚了。"她说，"参加巴兹尔的聚会。我真是糟糕透了。我想多喝点咖啡能好些。你要不要再喝点，不然这些就要被我喝光了。巴兹尔给我们尝试了一些新的药片，祖母绿之梦。吃那些愚蠢的东西可真不值。"

"你去画廊上班要迟到了。"克劳迪亚说。

"我想这没什么关系。没人会注意，也没人会在意。"

"我昨晚看到了大卫。"她补充道，"他盛装出席，看上去美极了。"

"你不是要说你也被他迷住了吧，弗兰。他真是太可怕了。"

"啊,我就知道你会这么想。你是那种传统的人,克劳迪亚。"

"完全不是。我只是不想接触你们艺术圈子里的那类人。吃尽各种药,整日昏睡,或是发狂地争斗。"

弗朗西丝看上去被逗乐了。

"我不是什么嗜毒鬼,亲爱的,我只是想看看吃了那些药是什么样子而已。说到我们那群人,有一些还是挺好的。大卫会画画,你知道的,只要他想画的话。"

"但大卫也不是经常想画画,不是吗?"

"你总是攻击他,克劳迪亚……你讨厌他来这里看诺玛。说到攻击……"

"嗯?说到攻击怎么了?"

"我一直很担心。"弗朗西丝缓缓地说,"是否该告诉你些什么。"

克劳迪亚看看腕表。

"我没时间了。"她说,"如果你想告诉我些什么,今晚再跟我说吧。不管怎么说,我现在情绪不佳。天呐。"她叹了口气说,"我希望自己知道该怎么做。"

"关于诺玛吗?"

"是的。我想她的父母是否应该知道我们也不知道她在哪里……"

"这就太不公平了。可怜的诺玛,如果她自己想偷偷藏起来,这又有什么不行呢?"

"嗯,诺玛不是真的——"克劳迪亚欲言又止。

"不,她不是的,不然呢?精神错乱,你说的是这个吗?你有没有给她工作的那个破地方打电话?'归鸟'还是什么名字?

啊，是的，你肯定是打过了。我想起来了。"

"那么她在哪儿？"克劳迪亚问道，"昨晚大卫说什么了吗？"

"看起来大卫也一无所知，克劳迪亚，我看这也没什么要紧的。"

"对我来说很要紧。"克劳迪亚说，"因为我的老板正巧是她的父亲。要是她出了什么怪事，他们早晚会来质问我为什么一直没有告诉他们她根本就没有回来这件事。"

"是的，我想他们会这么做的。但是，这也没什么正当的理由，难道诺玛每次外宿一两晚或是几个晚上就应该向我们打报告？我是说，她只是个租客。你不用对她负责。"

"不，但是雷斯塔里克先生提到过他对于自己的女儿跟我们一起住感到很高兴。"

"所以每次当她要离开的时候，你都要去找她问个没完吗？她可能只是被哪个新的男人给迷住了。"

"迷住她的是大卫。"克劳迪亚说，"你能肯定她真的不是被大卫关在自己住的地方了吗？"

"啊，我才不会这么想。他对她不是那么上心，你知道的。"

"你倒是希望大卫对她不是很上心。"克劳迪亚说，"你自己对大卫倒是很迷恋。"

"当然不了。"弗朗西丝厉声说道，"从没有的事。"

"大卫真的很喜欢她。"克劳迪亚说，"如果不是这样，为什么他那天会来找她？"

"可你很快就把他撵了出去。我想，"弗朗西丝在小厨房的镜子前上下打量之后补充道，"我想他来这里实际上是为了来看我。"

"你真是太蠢了!他来这里是为了找诺玛。"

"那个姑娘的精神状态……"

"有时候我真觉得她不对劲。"

"嗯,我知道她有问题。克劳迪亚,我现在要告诉你些事。你应该知道的。有一次我弄坏了文胸的带子,但又急着出门。我知道你不喜欢别人乱动你的东西。"

"我是不喜欢别人动我的东西。"

"但是诺玛不在意啊,或是她不会觉察。总之,我进了她的房间,在她的抽屉里翻找着,而我找到了某件东西。一把刀。"

"一把刀!"克劳迪亚惊讶地说,"什么样的刀?"

"你知道在我们大楼的院子里有人斗殴的事吧?一群小无赖来到那里,挥着弹簧刀打架。诺玛就是在他们跑开之后回来的。"

"是的,是的,我记得。"

"有位记者告诉我,其中一个男孩被刺伤了,然后他就跑了。嗯,在诺玛抽屉里的就是一把弹簧刀。上面有污迹,看上去就像是干了的血迹。"

"弗朗西丝!你又在胡说了。"

"或许吧。但是我能肯定那是什么。我想知道为什么它会藏在诺玛的抽屉里。"

"我觉得——她可能把它捡了起来?"

"什么?当纪念品吗?而且把它藏起来,准备永远都不告诉我们?"

"你把那把刀放在哪儿了。"

"我把它放回原处了。"弗朗西丝缓缓地说,"我,我不知道还应该做些什么……我不知道是否要告诉你。昨天我又看了看,它不在了,克劳迪亚。一点痕迹都没有。"

"你觉得她叫大卫来这里就是为了拿这把刀吗?"

"是的,她或许会这么做……我告诉你,克劳迪亚,以后晚上我肯定会锁好门。"

第七章

奥利弗夫人不悦地醒了过来。她知道摆在她面前的又是百无聊赖的一天。怀着高度负责的态度，她包好了自己的最终文稿，工作完成了。她现在只能与往常一样去休息，去放松身心；变得懒懒散散，直到创作欲望再次迸发。她在房间内漫无目的地踱着步，摸摸这儿碰碰那儿，把东西拿起来又放下，看看自己的抽屉，看到里面有大量等待处理的信件，但是一想到自己刚完成了一部良心之作，她就没有心思再去处理那些恼人的事情。她想要做些有意思的事情。她想要……她究竟想要做什么？

她想起上次跟赫尔克里·波洛的谈话，他给她的警告。荒谬无稽！为什么她不能参与到跟波洛说的那个问题之中？波洛或许更想坐在椅子里，合上双手，让他的大脑飞速运转，同时身子舒适地在房间内休息着。对于阿里阿德涅·奥利弗来说，她可没有这样的雅兴。她会非常坚定地说，最起码自己要去做些什么。她要在这个神秘的女郎身上挖掘出更多的东西。诺玛·雷斯塔里克在哪里？她在做什么？她——阿里阿德涅·奥利弗，还能在她身上探查到什么东西？

奥利弗夫人在屋里走来走去，愈发感到心烦意乱。能做些什么呢？这很难做决定。去某个地方，去打听点事情？她应该再去一趟长麓村吗？但是波洛已经去过那里了，那些应该被探查的东西他都查过了。她还能找到什么别的借口去罗德里克·霍斯菲尔德爵士家吗?

她想再去一次博罗登大楼。在那里也许还能找到些什么。她得想一个去那里的借口。她真的不知道还能用什么借口,但是那里是唯一一个或许能获得什么信息的地方了。什么时候了?上午十点。还有很多可能……

在去博罗登大楼的路上,她想到了一个借口。不是一个什么有创意的借口。事实上,奥利弗夫人本希望能编造一个看上去更加巧妙的借口,但是她又转念一想,不如小心谨慎一点,用那种日常会用的且貌似合理的借口。她到了那个大气宏伟,而电梯间却阴气森森的博罗登大楼。她在内院里,一边慢慢走着,一边思索着。

一位杂役正在和搬运工交谈,一位送奶工推着装牛奶的车子,在靠近货运梯的地方跟奥利弗夫人攀谈起来。

他吹着欢快的口哨,车子里的瓶子哐当作响,奥利弗夫人还在出神地望着那辆搬家的货车。

"七十六号搬出去了。"送牛奶的工人对奥利弗夫人解释道,他误解了奥利弗夫人的关注点。他一边说着一边把一组牛奶从车里搬出来放进电梯。

"说起来,她已经搬出去了。"他补充道。他看起来是位爽朗的送奶工。

他用拇指向上指了指。

"从一扇窗户跳了下来,七楼,就在一星期前,发生在凌晨五点。真是选了个有意思的时间。"

奥利弗夫人并不觉得好笑。

"为什么?"

"为什么她要这么做？没人知道。有传言说是因为心智失衡。"

"那么她年轻吗？"

"别扯了！是个老家伙。最少有五十岁了。"

两个工人费力地搬运着五斗橱。搬运过程中，两只桃花心木的抽屉掉落在地上，有一张纸朝奥利弗夫人飘了过来，她抓住了。

"别摔坏了东西，查理。"那个爽快的送奶工责备了一声，接着又往电梯里搬了一些牛奶瓶子。

两位搬运工争吵了起来。奥利弗夫人把那张纸递给他们，但是他们却挥手表示这东西没什么用。

下定决心之后，奥利弗夫人走进了大楼，乘电梯来到六十七号。门铃响了一声，很快门就被从里面打开了，一位中年女人拿着一把扫帚，明显是来清洁屋子的。

"啊。"奥利弗夫人用她最爱的单音节词语说道，"早安！嗯，我想知道有人在吗？"

"不，我恐怕她们不在，夫人。她们都出去了，去工作了。"

"是的，当然了……我上次来的时候把一个小日记本遗落在这里了。真是恼人。它肯定是落在客厅或是什么地方了。"

"哦，夫人，就我而言，我没捡到过什么类似的东西。当然了，我也不知道那是您的。您要进来看看吗？"她礼貌地打开门，放下了刚才清洁厨房地板用的扫帚，请奥利弗夫人来到客厅。

"是的。"奥利弗夫人说道。她决心要与这位女人套近乎。"是的，我看到了，这本就是我留给雷斯塔里克小姐的书，我是说诺玛小姐。她从乡下回来了吗？"

"我想她最近都不在这里。她的床都没有人睡过。或许她还在乡下跟她的家人待在一起。我知道她上个周末回乡下家里了。"

"是的，我猜也是。"奥利弗夫人说道，"这是我带给她的那本书。一本我写的书。"

奥利弗夫人写的书似乎并没有引起这位做清洁的女人的兴趣。

"我就坐在这里。"奥利弗夫人拍了拍一张扶手椅继续说道，"最起码我记得是这样的。接着我就移到了窗边，然后又移到了沙发那里。"

她在椅子的靠垫后面拼命摸索着。那个做清洁的妇人也在沙发的坐垫下面搜索着。

"您不知道丢了这类东西多让人抓狂。"奥利弗夫人滔滔不绝地说，"我把重要的事都记录在那上面了。我十分确定今天要跟一位要人共进午餐，但是我记不起那个人是谁，午餐的地点在哪里。当然，也没准儿是明天。如果是这样的话，跟我共进午餐的人就是完全不同的其他的什么人，啊，天呐。"

"夫人，对您来说真是很难办啊，我明白的。"那位做清洁的女人满是同情地说道。

"这公寓真是不错。"奥利弗夫人环视四周说道。

"楼层太高。"

"是的，但是视野很好，不是吗？"

"是的，但是如果是朝东的话，冬天的冷风会灌进来。从铁制窗框里吹进来。有人装了双层窗户。啊，是的，我才不会在冬天住进这种朝东的房间，我宁愿住在底层。如果您有孩子的话，会方便很多。您知道的，对于婴儿车和其他一些东西。啊，是的，我宁愿选择底层。想想要是失火了的话就更可怕。"

"是的，当然了，那将会很可怕。"奥利弗夫人说，"我想这里一定有逃生通道吧？"

"您不一定总是有机会跑到防火门吧。我很怕失火,一直很怕。并且这里租金昂贵。您根本就不会相信他们索要的租金有多高!这就是为什么何兰小姐要找另外两位姑娘一起合租。"

"啊,是的,我想我见到了那两位小姐。凯莉小姐是一位艺术家,是吗?"

"她的确是在一家艺术画廊工作,但是工作不是很勤奋。她也画一些画,都是些奶牛啊,树木啊,那些你永远认不出的不明所以的东西。她是一位不怎么整洁的年轻姑娘。她房间里的样子——您简直不会相信的!但是何兰小姐,她所有的东西都是那样整洁一新。她曾在煤矿局工作,如今在城里做私人秘书。她说她更喜欢现在这份工作。她给刚从南美或是什么地方来的一个富有的先生做秘书。他是诺玛小姐的父亲,正是他请求何兰小姐和自己的女儿合住的,那时候正巧有一位小姐因为要结婚所以需要搬出去,她说过要找另一位小姐来合租。她当然没办法拒绝了,不是吗?更何况那人是她的老板。"

"她想要拒绝吗?"

那个女人哼了一声。

"我觉得她会拒绝,如果她知道的话。"

"知道什么?"这话问得有些过于直接。

"我明白我不该说三道四。这不关我的事。"

奥利弗夫人还是向她投去问询的目光。那位做清洁的女人败下阵来。

"也不是说她不是个好姑娘。她有点疯疯傻傻的,但是其他人也都有点疯疯傻傻的。我想她该去看看医生。有些时候,她似乎不太清楚自己在做什么或是身处何地。这有时候会吓你一跳,跟我丈夫的侄子发病的时候很像。他发病的时候真是可怕极了,您根本就无法想象！我从未见过她发病。可能她在服药，她总是吃很多药。"

"我听说她有个年轻的男朋友，她家里对他不是很满意。"

"是的，我也听说过。他来这里找过她一两次，虽然我从未见过他，但是大家都说他是那种摩登派的青年。何兰小姐不喜欢这种做派，但是现今又能怎样呢？姑娘们都是各行其是。"

"如今的姑娘们有时候真是让人失望。"奥利弗夫人说，装出一副严肃而有责任心的样子。

"家教不好，我是这么看的。"

"恐怕不全是这样。一个像诺玛·雷斯塔里克那样的姑娘还是待在家里更好，而不是孤身一人来到伦敦，做什么室内装修的工作。"

"她不喜欢待在家。"

"真的吗？"

"她有个继母。姑娘们都不喜欢继母。我听说她的继母对她很上心，想要鼓励她振作起来，试图阻止那些花里胡哨的年轻人上门。她明白姑娘们要是挑选错了意中人会带来很多伤害。有时候，"做清洁的女人无比认真地说，"真是感谢老天，我没有女儿。"

"您有儿子吗？"

"我家里有两个男孩。一个还在学校里，读书读得很不错，至于另外一个，他是个印刷工，工作也很勤勉。是的，他们都是好孩子。但是要注意，男孩也会招来麻烦的。但是女孩会更让人担心，我觉得。应该多去管管她们。"

"是的。"奥利弗夫人若有所思地说，"确实如此。"

她看出来这个做清洁的女人想要继续打扫卫生了。

"找不到笔记本真是太糟了。"她说,"真是十分感谢您,希望我没耽误您太长时间。"

"我希望您能找到它,您一定能找到。"那个女人亲切地说。

奥利弗夫人走出公寓,想着自己下一步的行动。她想不出今天还应该做什么进一步的行动,但是明天的计划已经了然于胸了。

回家之后,奥利弗夫人很是严肃地拿出一本笔记本,在题目"我所了解的事实"之下记录下各种各样的事情。总的来说,她所能记录下来的事实并不多,基于她的探问,她尽可能多地写下了自己所了解的信息。何兰小姐受雇于诺玛的父亲这一事实是其中最突出的。她之前并不知道,她认为赫尔克里·波洛应该也不知道。她想打电话告诉他,但是最后还是决定把它放在心中,因为她明日还另有计划。事实上,奥利弗夫人此时此刻觉得自己与其说是个侦探小说作家,不如说是一条兴致勃勃的猎犬。她追踪着足迹,鼻子低嗅。明天早晨,嗯,明天早晨可有的忙。

依照计划,奥利弗夫人很早就起床了,饮了两杯茶,吃了一枚水煮蛋,之后就出发开始去探查。她再一次来到博罗登大楼。她不确定自己在这里是否会被认出来,所以就没有进院,而是在入口处小心谨慎地徘徊着,看着在早晨拥出的急着去上班的各色人群。大多是姑娘,样子看上去十分相似。用这种方式去打量人群真是很特别,人们从这个庞大的建筑中怀着各自的目的拥了出来——就像是蚂蚁窝,奥利弗夫人想。她认为人们总是对蚂蚁窝没有恰当的认识。当用鞋尖惊扰它的时候,蚂蚁就会从中漫无目的地拥出来。这些小家伙形色匆匆地在口里衔着一点草,又担忧又焦虑,莽莽撞撞地不知要往哪里去,就如这里的人一样,谁又知道他们是否有自身的条理性呢?就比如那个男人,他刚从她身旁经过，急匆匆的，嘟嘟囔囔地自言自语。真不知道是什么得罪了你，奥利弗夫人想着。她走来走去，过了一会儿，就猛然退了出去。

克劳迪亚·瑞希－何兰从出口走了出来，脚步轻快，一副职业女性的样子。与往常一样，她看起来很是干练。奥利弗夫人转身藏了起来，以免被她认出来。当克劳迪亚在她面前拉开了一段距离之后，她才立马跟上她。克劳迪亚·瑞希－何兰走到了街道尽头，右转走上了主干道，走进排队等待公共汽车的队列中。奥利弗夫人仍旧在跟踪她，忽然她感到了片刻的不安。假如克劳迪亚突然转过身子，看到了她，认出了她怎么办？奥利弗夫人现在所能做的就是小声地擤一下鼻子。但是克劳迪亚·瑞希－何兰看上去好像完全陷入沉思。她连跟自己一起排队的人都没有留意。奥利弗夫人在她身后再数三个的位置上站着。最终那辆公共汽车来了，大家就向前挤着。克劳迪亚上了车，接着就走上了车的上层。奥利弗夫人也上了车，她只能在靠近车门的地方找了个座位。当售票员走过来的时候，奥利弗夫人急忙往他手里塞了六便士。不管怎么说，她都不知道这辆车的路线是什么，也不知道那个做清洁的女人口中的"那幢靠近圣保罗的新大楼"具体有多远。她留心观察，注意着什么时候能看到那庄严肃穆的圆屋顶，并随时紧盯着从公共汽车上层下来的乘客。啊，是的，克劳迪亚下来了，穿着整洁时尚的干练衣服。她下了车。奥利弗夫人尾随着她，跟她保持着一段经过细心计算的安全距离。

真是有趣极了。奥利弗夫人想，我真的是在跟踪某人！就像我书里写的一样。并且，我做得很不错呢，因为她还蒙在鼓里。

克劳迪亚·瑞希－何兰确实深深陷入自己的思考中。真是个很能干的姑娘呢。奥利弗夫人想，这跟她之前的想法一致。如果要我猜杀人凶手,我想一定是位很有能力的人,我会选择一个像她一样的人。

然而,没有人被谋杀,除非那个叫诺玛的姑娘假定的自己犯了谋杀罪是真的。

伦敦这一块区域近些年兴建了大量建筑,真不知道是利是弊。宏伟的摩天大楼在奥利弗夫人看来有些面目可憎,就像是方形火柴盒一样冲入天际。

克劳迪亚转身进了一幢大楼。现在我可要查明些什么了。奥利弗夫人一边想,一边跟着她走了进去。四个电梯都在上上下下地运行着。奥利弗夫人想着这可就难办了。但是,电梯容量很大,奥利弗夫人在最后一刻挤了进去,躲在一大堆男人和自己的追踪目标之间。克劳迪亚要去的地方是四楼。她沿着一条走廊走着,奥利弗夫人躲在两位高大的男士身后,看到了她进了哪扇门。在走廊尽头往前数第三个门。奥利弗夫人来到了这扇门前,看到了门上的门牌。上面写着"约书亚·雷斯塔里克股份有限公司"。

事情进展到现在,奥利弗夫人不知道该怎么办了,她不知道下一步到底该做些什么。她找到了诺玛父亲公司的所在地和克劳迪亚工作的地点,但是现在,她有点轻微的沮丧之感,她感到这个发现也算不上什么。坦白来说,真的有用吗?或者什么用都没有。

她在这里待了几分钟,从走廊这头走到走廊那头,去看看是否有什么可疑的人走进雷斯塔里克公司。有那么两三个姑娘走了进去,但是没什么特别之处。奥利弗夫人再次乘电梯下楼,烦闷地走出了这幢大楼。她不知道下一步该怎么做。她在邻近的街道闲逛了一下,考虑着要不要去圣保罗大教堂看一看。

或许我能去回音廊絮叨一会儿。奥利弗夫人想,不知道若是回音廊被用作谋杀现场会怎样?

不。她否定了这个想法,恐怕这么想有些过于亵渎了。不,我不能这么瞎想。"她若有所思地走向美人鱼剧场。她想在那里发生谋杀案的可能性要大得多。

她又朝那些新建筑走去。接着,她感到自己早餐没吃饱,就转身进入了一家小餐馆。餐厅里就餐的人不是很多,多半是来吃早午餐的。奥利弗夫人环顾四周,寻找着合适的座位,却惊讶地张大了嘴。在靠墙的地方坐着那个叫诺玛的姑娘,她对面坐着那个栗色长发垂肩的年轻人,穿着红色天鹅绒马甲和一件非常花哨的夹克。

"大卫。"奥利弗夫人倒吸了一口气念叨道,"一定是大卫。"他和他女朋友坐在一起激动地攀谈着。

奥利弗夫人想出了一个计谋,她打定主意,很是满意地点点头,穿过小餐馆来到一扇写着"女士"的门前。

奥利弗夫人不是很确定诺玛是否能认出她来,通常那些印象模糊的人反而能被人想起。此刻诺玛除了大卫之外好像并没有留意什么,但是谁知道呢?

我想我能自己想到些办法,奥利弗夫人想。她在餐馆经营者放置的一面满是苍蝇屎的小镜子前打量自己,仔细地端详着她认为自己作为一个女性最明显的外表特征——头发。奥利弗夫人的头发没人能比得过,她不知换过多少发型,每一次跟她会面的朋友都没能认出她来。她仔细看了一眼她的头发,就开始动手了。她取下发夹,弄下来几绺假发卷,把它们用手帕包起来放在手提包里,又从中间分开头发,从额头狠劲地往后梳,之后在脖子后梳了个发髻。她还拿出一副眼镜戴在鼻梁上。她现在真是一副严肃的样子！真是足智多谋啊！奥利弗夫人满意地想着。她用口红将唇形改造了一番，就再次出现在餐厅里；她小心地走着，因为这副眼镜是用来看书的，所以戴上去视线会有些模糊。她穿过餐厅，在诺玛和大卫背后的一张空桌子边坐下，这样就能面对着大卫了。诺玛，虽然跟她挨得很近，但是她是背对着她的。除非她转过头，否则是不会看到她的。女侍应生脚步拖沓地走了过来。奥利弗夫人点了一杯咖啡，还有一个巴斯甜面包，装作不经意的样子坐在那里。

诺玛和大卫一点都没注意到她。他们正在激烈地讨论。奥利弗夫人用了一两分钟就弄明白了他们所谈论的东西。

"……但这只是你所幻想出来的啊，"大卫说，"你幻想出了这些。它们毫无道理，一点都没意义，我亲爱的姑娘。"

"我不知道。我分辨不出。"诺玛的声音有些奇怪，缺少某种回应的语调。

奥利弗夫人不像大卫听得那样清楚，因为诺玛背对着她，但是那女孩声音中的迟钝之感却让她不是很舒服。这里面有些问题，她想。很有问题。她记得波洛第一次告诉她的话。"她认为她自己可能犯了谋杀罪。"这姑娘到底怎么了？是幻觉吗？她的精神状态是否真的受到了些许影响，或者或多或少真的有这码事，才导致这姑娘受到了很大的冲击？

"如果你问我，我认为那完全是玛丽的诡计！她是个彻头彻尾的神经病，她总是觉得自己有病或是出了什么类似的事。"

"她生病了。"

"那好吧，她生病了。任何明智的女人都会要求医生给开一些抗生素或是其他药物，好让自己恢复。"

"她认为是我对她做了什么。我的父亲也是这么想的。"

"我告诉你,诺玛,这都是你自己的胡思乱想。"

"大卫,我知道你这么说只是为了宽慰我。假如我真的给了她那个东西呢?"

"你的意思是什么?假如?你一定知道自己是否干了那样的事。你不会如此愚蠢的,诺玛。"

"我不知道。"

"你总是这么说。总是反复回想,一遍一遍重复着。'我不知道''我不知道'。"

"你不明白。你一点都不明白什么是恨。从我见到她的那一刻起,我就恨她。"

"我懂。你告诉我了。"

"这就是奇怪之处。我告诉过你,我却不记得我告诉过你。你明白吗?我时不时会告诉别人一些事。我告诉别人我要做什么,我做过什么,或是我想去做什么。但是我甚至不记得我告诉过他们这些事。就好像我是在心里这么想的,有时候它们就从心里跑了出来,我就把它们告诉了别人。我跟你说过这些,不是吗?"

"嗯,我的意思是,听我讲,你不要反复说这些。"

"但是我跟你说过了,是吗?"

"好的,说了!人们总是喜欢这么说。'我恨她,我想要杀了她。我想毒死她!'但是这就是孩子气的话,如果你明白我的意思的话,就好像你还没有怎么长大。这真是再自然不过的事了。孩子们总是这么说,'我真是恨极了。我要砍掉他的头!'孩子们在学校里都会这么说。关于那些他们特别讨厌的老师。"

"你以为就只是这样吗?这听起来好像是在说我还没有长大。"

"是的，从某些方面来讲是这样。只要你能鼓起勇气，意识到这一切都是如此可笑。就算你恨她，又能怎样呢？你从家里离开了，你不需要跟她住在一起了。"

"为什么我不能住在自己家里？跟我自己的父亲一起？"诺玛说，"这不公平，这不公平。最初是他抛弃了我的母亲，而现在，他刚刚要回来跟我团聚，他就跟玛丽结婚了。我当然会恨她，她也恨我。我曾想过要杀了她，想过各种方式。当我这么想的时候，我总是会有很享受的感觉。但是接着，她真的生病了……"

大卫有些不安地说："你该不会把自己当成巫女或是什么了吧？你是否做了拿针刺蜡制小人这类的事？"

"啊，没有。那太傻了。我做的是真事，非常真实的。"

"听我说，诺玛，你所说的真事是指什么？"

"瓶子就在那儿，在我的抽屉里。是的，我打开了抽屉，发现了它。"

"什么瓶子？"

"猛龙牌除草剂，专业除草。瓶子的标签上这么写着。药液装在深绿色的瓶子里，你可以拿它喷洒在物品上。标签上还写着'小心，有毒'。"

"是你买的吗？还是你只是发现了它？"

"我不知道我从哪里弄来的，但是它就在那儿，在我的抽屉里，还剩下半瓶。"

"那么你，你，只能想起来——"

"是的。"诺玛说，"是的……"她的声音很模糊，有点像是在梦呓，"是的……我想那一刻我失忆了。你也是这么想的，大卫，不是吗？"

"我不知道你是怎么回事，诺玛，我真的不知道。我是这么想的，你编造了这一切，你是这么告诉自己的。"

"但是她去了医院，做了检查。医生们说他们也弄不清楚。接着他们说没发现什么不对劲，所以就让她回家了，接着她就再次生病，我有点怕了。我的父亲开始用一种奇怪的眼神看我，接着医生来到我家，跟我父亲关上书房门说悄悄话。我跑到屋外，攀上窗口想要听听他们在说什么。他们在一起计划着要把我送往某个地方关起来！一个我在那里能接受'一系列治疗'的地方或是其他什么的。你懂的，他们以为我疯了，我感到害怕极了……因为我不确定我是否真的做了那样的事。"

"你是因为这个才逃走的吗？"

"不是的，那是之后的事了。"

"告诉我。"

"我不想再说这个了。"

"你迟早要让他们知道你在哪儿啊！"

"我不会的！我恨他们。我恨我的父亲和恨玛丽一样。我希望他们都死了。我希望他们双双暴毙。然后，然后我想我会再次快活起来。"

"不要这么激动！听我说，诺玛——"他突然有些尴尬地说，"我不太喜欢结婚那一套……我的意思是我不认为我会做那一类的事……反正这几年是不会的。人们总是不愿意束缚自己，但是我想这是我们能做的最好的事，你懂的，我是指结婚。去公证处或是什么地方。你就说你自己已经过了二十一岁。把你的头发卷起来，盛装出席什么的，让你看上去老成一点。一旦我们结了婚，你父亲就不能那么做了！他就不能把你弄到你说的那个'地方'去。他对此无能为力。"

"我恨他。"

"你似乎讨厌每一个人。"

"只有我父亲和玛丽。"

"嗯,不管怎么说,一个男人再婚也是再正常不过的事了。"

"看看他都对我母亲做了些什么。"

"那都是很久之前的事了。"

"是的。那时我只是个孩子,但是我都记得。他跑了,遗弃了我们。只是圣诞节给我送个礼物,但是他自己不会亲自回来。要不是他之后回来了,我就是在大街上遇到他也认不出他。他那时对我而言什么都不是。我想他也想把我母亲关起来。后来她一发病,就被人送走了。我不知道是送往哪里,我不知道她到底是怎么了。有时候我想……我想,大卫,我以为你明白的,我的脑子有些问题,有朝一日我或许会做出什么可怕的事情。就像那把刀。"

"什么刀?"

"没什么,就是把刀。"

"噢,你能告诉我你说的是什么吗?"

"我想那上面有血迹,它藏在……我的长筒袜下面。"

"你能记起自己曾在那儿藏过一把刀吗?"

"好像有印象。但是我不知道我之前是否用过它。我不记得那天我在哪里……那晚有整整一个小时我都不知道自己在何处,去了什么地方,做过什么事。"

"嘘!"当女侍应生走过他们桌旁的时候,他喝止住了她。"你会好起来的。我会照料你。让我们再吃点什么吧。"他拿起菜单,高声对女侍应生说:"两片吐司加焗豆。"

第八章

1

赫尔克里·波洛正在向他的秘书莱蒙小姐口述着什么。

"感谢您对我的厚爱，但是我必须遗憾地告知您……"

电话铃响了。莱蒙小姐伸出手接电话。"是的。您说什么？"她用手遮住电话听筒，和波洛说，"是奥利弗夫人。"

"啊……奥利弗夫人。"波洛念叨着。此时此刻，他不愿被他人叨扰，但是他还是从莱蒙小姐手里接过听筒。"您好！"他说，"赫尔克里·波洛在此。"

"啊，波洛先生，真高兴能联系到你！我为你找到她了！"

"请您再说一遍。"

"我替你找到了她。你的那位姑娘！你明白的，那个犯了谋杀罪或是以为自己犯了谋杀罪的姑娘。她也在想这件事呢，想了很多。我认为她的神志已经不是那么清楚了。但是现在不说这个。你想不想来见见她？"

"您在哪儿？亲爱的夫人。"

"就在圣保罗大教堂和美人鱼剧院之间的什么地方，卡尔索普大街。"奥利弗夫人说，她猛地从她所在的电话亭向外望了望，"你能尽快来这里吗？他们在一家餐馆里。"

"他们?"

"是的,我想应该是她和那位和她不相称的男朋友。他人相当不错,看上去也很喜欢她。我不知道是为什么,人们有时候很是奇怪。我不能再多说了,因为我要快点回去。我在跟踪他们,你明白的。我进了餐馆,就看到他们在那里。"

"啊哈?夫人,您真是聪明极了。"

"不,不是这样的。这纯粹是个意外。我的意思是我走进了一家小餐馆,那个姑娘就在那儿,就坐在那儿。"

"啊。那您真是好运气。这点也很重要。"

"我就坐在他们背后的桌子旁,她背朝着我。反正我认为她没认出我来。我改造了一下我的头发。总而言之,他们之间谈话的时候就好像全世界只有他们俩一样,他们又点了一道菜——焗豆。我不能忍受焗豆,我总是不能明白为什么人们会……"

"不要再想那些焗豆了。继续说。你离开他们,然后出来给我打电话了,是吗?"

"是的。因为焗豆做起来要花些时间。我现在就回去。或者我就待在餐馆外面,你尽快赶过来吧。"

"那家餐馆的名字是什么?"

"快乐三叶草,但是它看上去一点都不令人愉悦。事实上,它看起来很是脏乱,但是咖啡还不错。"

"别再说了。快回去。我尽快赶到。"

"很好。"奥利弗夫人挂了电话。

2

莱蒙小姐总是很高效,在波洛跑到街上之前,她已经叫了辆出租车等着他。她没有问什么问题,也没有表现出一丝好奇。她没问波洛离开之后她应该做些什么。她不需要他告诉她,她总是知道要做什么,而且从不出差错。

波洛很快就抵达了卡尔索普大街。他付了车费,之后走下车,四下张望。他看到快乐三叶草的店名了,但是不管奥利弗夫人伪装得多高超,他没在附近看到一个类似她的人。他走到大街尽头又折返,心想若不是那对颇令他们感兴趣的男女离开了餐馆,奥利弗夫人跟踪过去了,就是出了其他的事。为了一探究竟,他走到了餐馆门口。里面因热气而起的雾气太大,从外面根本看不清里面的情况。于是他推门进去,眼睛四下扫视着。

他立马看到那个曾拜访过他的姑娘坐在一张早餐桌旁。她背靠着墙独自坐着,点燃一根香烟,盯着面前的墙壁。她看上去有些失神。不,波洛想,不止如此。她看起来似乎什么都没有想,好像进入了某种遗忘症的状态,好像身处在其他什么地方。

他悄悄穿过餐厅,坐在了她对面的椅子上。她抬起头,波洛感到些许安慰,她好像还认得他。

"很高兴再次见面,小姐。"他欢欣鼓舞地说,"我想你认得我。"

"是的,是的,我认得。"

"能被一位只短暂地见过一次面的年轻女士认出来真是荣幸至极。"

她还是什么都不说地看着他。

"我能问一句,您怎么知道是我的?您是怎么认出我的?"

"您的胡子。"诺玛马上答道,"那不可能是别的什么人的。"

她的这一观察让他很满意,在这样的场合下,他一如往常,满怀骄傲和自负地摸了摸自己的胡子。

"啊,是的,真是对极了。是的,没有什么人的胡子像我的一样。它们真是不错,嗯?"

"是的,嗯,是的,我想是的。"

"啊,您在对胡子的了解方面不是什么行家里手,但是我告诉您,雷斯塔里克小姐,诺玛·雷斯塔里克小姐,您的名字是这个吗?这胡子真是棒极了。"

他在说她的名字的时候故意强调了一下。因为她依旧看着周围的一切,显露出一种茫然无知的感觉,那么遥远,他怀疑她是否注意到了他。她注意到了,还有些吃惊。

"您是怎么知道我的名字的?"她问。

"确实,那天早晨您来拜访我的时候,并没把您的名字告诉我的男仆。"

"您是怎么知道的?您究竟是怎么知道的?谁告诉您的?"

他察觉到了她的戒备和恐惧。

"通过我的一位朋友。"他说,"有时候,朋友们总是很有用处。"

"是谁?"

"小姐,您喜欢对我保密。同样地,我也选择对您保密。"

"我不知道您是如何知道我的名字的。"

"我是赫尔克里·波洛。"波洛用一贯的严肃口吻说。接着他闭上了嘴,等她主动说话,他只是坐在那里,温和地微笑着看着她。

"我,"她开口道,又停了下来。"要——"她再次欲言又止。

"我们那天早晨并没有说到什么。我知道。"赫尔克里·波洛说,"您只是告诉我您可能犯了谋杀罪。"

"啊,您说的是那个啊!"

"是的小姐,就是那件事。"

"但是,我的意思当然不是那样了。我根本就没有那个意思。我是说,那只是个玩笑。"

"是吗?您一大清早来找我,还是在我用早餐的时候。您说事情紧急。这种紧急的情况就是您可能犯了谋杀罪。现在您说这就是您的一个玩笑,不可能吧?"

一位女侍应生走来走去,特意看向波洛,接着她急急地朝他走来,递给他一只小孩子在洗澡的时候会折的小纸船。

"这是给您的,"她说,"波洛先生?一位女士留给您的。"

"啊,是的。"波洛说,"您是如何知道我的身份的?"

"那位女士说我只要看到您的胡子就知道您是谁了。她说我之前肯定没有见过这样的胡子。她说得对极了。"她一边盯着胡子看,一边补充着。

"嗯,非常感谢。"

波洛接过这只纸船,把它打开,抚平之后,他看到了上面用铅笔写着的急匆匆的笔迹:"他刚离开。她还在这里待着,所以我把她交给你了,我去跟踪他。"后面还有阿里阿德涅的签名。

"啊,是的。"赫尔克里·波洛把它折了起来,放进口袋,"我们说到哪儿了?我想是您的幽默感,雷斯塔里克小姐。"

"您是只知道我的名字还是……还是您知道我所有的事?"

"我了解您的一些事。您是诺玛·雷斯塔里克小姐,您的住址是伦敦博罗登大楼六十七号。您的家庭地址是长麓村的克劳斯海吉斯。您跟您的父亲、继母和一位老舅公,还有,啊,是的,一位陪伴那个老爷子的看护姑娘住在一起。您瞧,我还算是消息灵通。"

"您一定是跟踪我了。"

"不，不。"波洛说，"根本没这回事。对于这件事，我以我的信誉作担保。"

"但是您不是警察吧，是吗？您没说过自己是警察。"

"我不是警察。"

她满腹的怀疑和抗拒消散了。

"我不知道该做什么。"她说。

"我不是要迫使您雇用我。"波洛说，"您早就说过了，我太年迈了。或许您是对的。但是因为我了解您的一些情况，我们何不坐下来平和地谈谈如何解决您的难题呢？那些老年人，或许行动迟缓，但是可以提供给您许多人生经验和教训。"

诺玛还是充满疑惑地看着他，又显现出了那种之前出现过的、大睁着眼睛、让波洛感到不安的神情。但是她无路可走，她此时面临着特殊的时刻，或者最起码波洛是这么判断的，她想要倾诉。出于某些原因，波洛是那种让人愿意与之交谈的人。

"他们觉得我疯了。"她直白地说，"并且，并且我也认为我疯了。精神错乱。"

"这真是有意思。"赫尔克里·波洛语气轻松地说，"关于这些事，有许多名称。这些名称都很宏大。精神病医师、心理学家或是其他什么人能轻易地将之脱口而出。但是当您说自己疯了，就是普通人眼中的那种情形。您说自己疯了，或是表现得有些疯狂，或是自以为自己疯了，或是觉得自己有可能疯了，那又能怎样呢？这并不是说这种情况糟糕透了。这是因为人忍受了过多的折磨才引起的，通常这很容易被治愈。病因多是源于过重的精神压力，过度担心，在考试上过于用功，在情绪上太过较真，太依赖宗教信仰或是没有信仰，或是有足够的原因去恨自己的父亲或是母亲！或是，当然了，还有可能是在爱情上遭遇了不幸。"

"我有个继母。我恨她,我也恨我父亲。这就足够了,不是吗?"

"恨这个人或是那个人再正常不过了。"波洛说,"我想您一定是很爱您的生母。她是跟您父亲离婚了还是去世了?"

"去世了,她死于两年前。"

"您是否很爱她?"

"是的。我想是的。我的意思是我当然很爱她。她是个病秧子,您知道的,她常年待在疗养院里。"

"那么您父亲呢?"

"我父亲在这之前就远赴海外了。在我五六岁的时候,他就去了南非。我想他是想要跟我母亲离婚,但是她不愿意。他去了南非,在那里从事矿业或是类似的职业。不管怎么说,他会在圣诞节给我写信,或是给我寄圣诞礼物或是派人带些什么东西给我。仅此而已。所以他于我而言不是很真实。他一年前回了家,因为他要打理我舅公的事务,还要处理所有财务类的事。当他回到家,他、他带回家了一个新的妻子。"

"您忍受不了这件事情?"

"是的,确实。"

"但是您的母亲那时已经去世了。您知道的,对于男人来说,再婚再正常不过了。特别是他和妻子分居了那么久。那位他带来的新的妻子,是那位他想和您母亲离婚、急切想与之再婚的女人吗?"

"不,不是的,那个女人相当年轻,但是他的新妻子也相当漂亮,她做出一副要独占我父亲的姿态!"

她停顿了一下——接着用一种完全不同的、孩子气的口吻说着:"我还以为他这次回家能喜欢上我,能关心我,但是她不让他那样。她排斥我,她要把我排挤出去。"

"但是像您这样的年纪,这并没有什么啊。您现在不需要任何人照顾,您可以自力更生,您可以享受生活,您可以自己选择朋友——"

"在我家里,这完全做不到!嗯,我是指在选择自己的朋友方面。"

"现今的姑娘们在挑选朋友方面总是难以避免被人指摘。"波洛说。

"现今的一切都大为不同了。"诺玛说,"我父亲跟我五岁时的记忆已经完全不同了。他曾经会跟我一起开心地玩耍。但是他现在不是很愉快,他总是忧心忡忡,脾气暴躁。是的,完全不同了。"

"我想那大概是十五年前的事了。人总是会变的。"

"但是人会有如此巨大的变化吗?"

"他的外貌改变了吗?"

"没有,这方面没变。啊,不!如果您看到过他挂在椅子后面的画作的话,虽然那是他年轻一些的时候画的,但是跟他现在的样子几乎完全一样。可是似乎又不是我记忆中的他。"

"但是您要知道,亲爱的。"波洛温和地说,"人永远不会像你所记得的那样。随着时光流逝,你把他们按照自己的想象来塑造,塑造成你想要他们成为的样子,或是塑造成你以为自己记忆中所存留的他们的样子。如果你把他们想成是亲切的、欢愉的、俊美的,那么你就会把他们塑造成远超现实的形象。"

"您是这么想的吗?您真的是这么想的吗?"她停顿了片刻,突然说道,"但是为什么您会以为我想要杀人?"这个问题提得如此自然,它早就横亘在他们之间了。波洛感到,他们到了紧要关头了。

"这是个相当有趣的问题。"波洛说,"并且可能有相当有趣的缘由。能回答这个问题的恐怕应该是医生吧。那种医生,您明白的。"

她反应迅速。

"我不会去看医生的,我不会去接近任何一位医生!他们想带我去看医生,接着我会被关在一个都是疯子的地方。他们不会再放我出去。我不要去任何像那样的地方。"她挣扎着站起身来。

"我不会把你送到这样的地方去的!您不需要这样惊恐。您可以完全按照自己的心意去看医生,如果您愿意的话。您可以把您跟我说过的事情告诉他,或许可以问问为什么会这样,他或许会告诉您缘由。"

"大卫也是这么说的。大卫说我该这么做,但是我不想。我想我不理解他。我一定要告诉医生我、我可能试图去做什么……

"因为我总是记不得我做过什么,或是去过哪里。我会迷失一个小时,两个小时,而且事后我自己还不记得。有一次我在走廊,一条门外的走廊,在我继母的门外。我手里拿着什么东西,我不记得我是怎么拿到的。她朝我走过来,但是当她靠近我时她的脸色突然一变。那根本就不是她,她变成了另外一个人。"

"您所记得的,我想可能是噩梦。人在梦里会变成其他什么人。"

"那不是噩梦。我把左轮手枪拾了起来,它就掉落在我脚边——"

"在走廊上吗?"

"不,在院子里。她走了过来,从我手里拿了过去。"

"谁拿走了那把手枪?"

"克劳迪亚。她把我带上楼,给我喝了一些苦涩的东西。"

"那时,您的继母在哪里?"

"她也在那里,不,她不在。她在克劳斯海吉斯,或是在医院里。在医院里,他们发现她被投毒了,并且说是我做的。"

"可能不是您,可能是其他什么人。"

"那会是谁呢?"

"或许是她丈夫。"

"我父亲?他为什么要给玛丽下毒呢?他对她全身心奉献。他痴迷于她!"

"你家里还有别的人,不是吗?"

"老舅公罗德里克?胡说!"

"没人说得准。"波洛说,"他或许是精神错乱了。他或许认为毒杀一位可能是妖艳女间谍的女人是他的责任。诸如此类。"

"那真有意思。"诺玛说,她放松了片刻,语气也变得自然多了,"罗德里克舅公确实在上次大战之中涉足了大量的间谍一类的事情。家里还有谁呢?索尼娅?我想她可能是个妖艳的间谍,但是她不是我想象中的那种类型。"

"是的,确实好像没什么理由怀疑她要去毒杀您的继母。我想或许是仆人或是园丁?"

"不会的,他们只是时不时来一次。我不认为,嗯,他们不是那种有理由做这类事的人。"

"或许是您的继母自己做的。"

"自杀,您的意思是,装成另一个人做的那样吗?"

"有这种可能。"

"我不能想象玛丽会自杀。她很明智,她为什么要这么做?"

"是的,您以为她要是自杀的话,应该会把头放在烤箱里,

87

或是在床上躺好,服下大量安眠药。是这样吗?"

"是的,这样会更加自然。所以您看,"诺玛严肃地说,"那肯定是我干的了。"

"啊哈!"波洛说,"这吊起了我的兴趣。好像您甘愿这么想,您认为您亲手投下了足以使人毙命的毒药,并且对此深信不疑。是的,您喜欢这个想法。"

"您怎么敢说这样的话!您怎能说这样的话!"

"因为我想就是这样。"波洛说,"为什么您可能犯了谋杀罪这一想法如此令您激动,令您感到愉悦呢?"

"不是这样的。"

"我怀疑。"波洛说。

她拿出手包,在里面摸索着。

"我不要在这里待着,听您对我说这些恐怖的话。"她给女侍应生打了个手势,女侍应生过来之后在账单上写着什么,之后把账单放在诺玛的盘子旁边。

"请让我来付钱。"赫尔克里·波洛说。

"不必了,我不会让您替我付账的。"

"您随意。"波洛说。

他已经看到了自己想要看的东西了。那个账单上写着两个人的费用。看起来那个打扮花哨的大卫并不介意由这个深爱着他的姑娘来替他付账。

"这么说今天请朋友吃早餐的是您啊,我明白了。"

"您怎么知道我是跟别人一起来的呢?"

"我告诉过您,我知道很多事。"

她把硬币放在桌子上,站起来,"我要走了。"她说,"您别跟踪我。"

"我想我也追不上您啊。"波洛说,"您一定记得我是如此老迈。如果您在大街上狂奔,我肯定是跟不上您的。"

她站起来,向着门口走去。

"您听到了吗?不准跟着我。"

"您至少可以允许我为您开门吧。"他姿态优雅地为她打开门,"再会,小姐。"

她充满疑虑地看着他,之后快步走上大街,时不时还回头看看。波洛倚在门口看着她,但是并没有准备加快脚步跟上她。当她走出他的视线之后,波洛就转身回到了咖啡厅。

"这究竟是怎么回事?"波洛自言自语道。

那个女侍应生朝他这边走来,脸上的表情很难看。波洛又坐回到桌子旁边的椅子上,为了让她舒心一些,他点了一杯咖啡。"这里面有很多疑问。"他嘟囔着,"是的,肯定有诸多谜团。"

一杯浅米黄色的液体被端了上来,放在他面前。他拿起来抿了一小口,做出一副被苦到了的表情。

他在猜测奥利弗夫人此刻身在何处。

第九章

奥利弗夫人坐在公共汽车里。虽然她对这次跟踪满怀热情，但是这一趟下来也让她有点喘不过气。她戏称为"孔雀"的那个男人还真是脚步轻快。奥利弗夫人不是个步速很快的人。她沿着筑堤一路走着，与他保持着一段大约二十码的距离。奥利弗夫人跟着他走进了地下通道。他在斯隆广场走了出去，奥利弗夫人也跟着走了出去。他去搭乘公共汽车，她就排在他身后三四个人的位置。他坐上了公共汽车，奥利弗夫人也上了车。他在一处叫作"世界尽头"的地方下车了，奥利弗夫人也跟着下了车。他钻进国王大道和河流之间令人眼花缭乱的迷宫一般的街道。他转身进入了一处建筑工地。奥利弗夫人就站在门外监视着他。他走进了一条小巷，奥利弗夫人等了片刻就跟了上去，他不见了踪影。奥利弗夫人探查了周边的环境。这个地方呈现出一片衰败的景象。她向小巷深处走着。这条巷子还跟其他的巷子连通着，有一些是死路。她完全迷路了，当她回到建筑工地的时候，她听到背后有人在说话，奥利弗夫人着实被吓住了。那个声音礼貌地说道："我希望对于您来说，我的步速不会太快。"

她猛地转身。忽然间，跟踪所产生的那种欢悦的感觉和精神上的放松全部荡然无存，这次随意的跟踪之行一下子消散无踪了。她现在只感到一阵害怕，她感到了一种出乎意料的惊恐。虽然那声音听上去很和善礼貌，但是她知道在这背后隐含的却是愤怒之情。那种突然爆发的愤怒，让她想到在报纸上读到的那些纷杂的事。一位老妇被一群年轻的帮派成员攻击。那些年轻人粗暴而残忍，被强烈的恨意和破坏欲支配着。她所跟踪的这个年轻人就是其中一员。他早就知道她在这里，故意引她前来，让她跟着他走入小巷，然后他现在突然站在这里，挡住她的去路。这就是变幻莫测的伦敦的真实面目，一刻前还是人山人海，下一刻你就呼救无门了。在下一条街道上一定还有人，在附近的房子里也有人，但是离她最近的却是一个手腕强硬、残酷无比之人。她此刻感到他就要采取行动了……这只孔雀。这只骄傲的孔雀。穿着天鹅绒的衣物，还有优雅的黑色紧身裤，用一种嘲讽中带着幸灾乐祸的声音说着话，这声音背后隐藏着愤怒……奥利弗夫人深吸三口气。接着，她飞速做了个决定，采取了一种想象中的自卫方式。她迅速地稳稳坐在了身边靠墙的一个大垃圾箱上。

"天呐，您真是吓到我了。"她说，"我根本没料到您在这儿。我希望我没有激怒您。"

"这么说您是在跟踪我？"

"是的，恐怕是的。我想这一定会激怒您。您看，我本以为这是一个最佳机会。我肯定您一定是气急了，但是这大可不必。真的没必要，您看——"奥利弗夫人更加稳当地坐在了垃圾箱上，"您看我是个写书的作家。我写侦探小说，今天早晨我真的烦闷极了。事实上，我在餐馆里喝咖啡，想要整理一下自己的思绪。我的这本书里刚巧写到我在跟踪什么人。我是说我书里的主人公在跟踪一个什么人，我自己在心里这么想，实际上我对跟踪人一点都不了解。我的意思是，我总是在书里运用这个词语，还在很多书里读到过跟踪的情节，我想知道是否就如书里所写的那样，跟踪人是那么容易，或是像另一些人所写的那样，是完全不可能的。所以我就想：'那么，好吧，我唯一要做的就是自己亲身试一试。'因为只有您亲身试一试，才能知道事实是否如此。就是说您不去自己试试就不会知道那种心情，或是跟丢一个人的感觉。结果正巧，我看到您坐在我前面的桌子旁边，我觉得您会——我再次希望您不要生气，但是我想您会是我最佳的人选。"

他仍旧用他那奇怪的蓝色眼睛盯着她，但是她却感到那种令人发紧的感觉好像消散了。

"为什么我就是那个最佳人选？"

"嗯，您是如此夺人眼球。"奥利弗夫人解释道，"您的穿着是如此引人注目，就好像在摄政时期一样，您明白吧。我想，您很容易跟其他人区分开来，这是个多好的条件啊。所以您看，当您走出餐馆的时候，我也跟出来了。结果这真的一点都不容易。"她抬头看他，"您是否介意告诉我，您一直都知道我在跟踪您吗？"

"我没有立即察觉，没有。"

"我明白了。"奥利弗夫人若有所思，"当然了，我不如您那么耀眼。我的意思是您不能轻易地把我和其他年老的女人区分开来。我并没有什么特殊之处，不是吗？"

"您写的书出版过吗？不知道我是否看过？"

"嗯，我不知道。您可能看过吧。我迄今已经写了四十三本书了，我姓奥利弗。"

"阿里阿德涅·奥利弗？"

"那么您听说过我的名字了。"奥利弗夫人说，"这真是让人高兴，当然了，虽然我不敢说您很喜欢读我的书。您可能觉得它们太老派，不是那么激烈刺激。"

"您之前认识我吗?"

奥利弗夫人摇摇头。"不,我的意思是我肯定不认识您。"

"那个跟我在一起的姑娘呢?"

"您是指那位跟您一起在餐馆吃焗豆的姑娘吗?不,我不知道她是谁。当然了,我就坐在她背后。在我看来,嗯,我的意思是在我看来姑娘们都长得差不多,不是吗?"

"她认得您。"那位年轻人猛然说道。他的声调顿时变得阴郁尖利。"她说她不久前见到过您。我想大约是一周前。"

"哪里?是那次聚会吗?我想我可能跟她见过面。她叫什么?或许我能想起来。"

她想他正处在两种选择之中:说出她的名字或是不说。但是他决定要告诉她,而且在说出口的时候,他眼神锐利地盯着她。

"她的名字是诺玛·雷斯塔里克。"

"诺玛·雷斯塔里克。啊,当然了,是的,在乡下的那次聚会。一个叫作,稍等,是长麓村吗?我不记得那所房子的名字了。我和一些朋友去了那儿。我觉得自己之后也不会认出她来,但是我想她跟我提到了我写的书。我甚至还答应她要送她一本。这真是碰巧,不是么,我竟然选了一个跟我或多或少算是认识的人同座的人来跟踪。真是碰巧。我可不能把这个写到我的书里,这样看起来太过巧合,您认为呢?"

奥利弗夫人站了起来。

"天呐,我是坐在了什么东西上?一个垃圾箱!真的是!还是个破烂的垃圾箱。"她哼了一声,"我到这里来究竟是为了什么?"

大卫盯着她。她突然感到她之前所想的一切都是完全错误的。真是荒谬啊!奥利弗夫人想,我真是荒谬可笑。还以为他会很危险，会对我做些什么。此刻他正非常温和地笑着看着她，他微微晃动脑袋，栗色的卷发在肩膀上飘动。以现今年轻人的做派来说，他真是个无比美好的生物啊。

"我想我至少应该——"他说，"我想，为了让您知道自己身处何处，我应该带您来看看。跟着我，上来。"他指着外面一条摇摇欲坠的楼梯，这条楼梯顶端看起来通往一座小阁楼。

"上这个楼梯吗？"奥利弗夫人对此不是很确定。或许他在试图用自己的魅力引诱她上来，然后拿棍子击打她的头部。"没办法啊，阿里阿德涅。"奥利弗夫人自言自语道，"你是自己陷入这一步的，现在只能硬撑着去找能找到的东西了。"

"您觉得它能承受住我的体重吗？"她说，"它看起来都快要塌了。"

"没问题的。我先上去。"他说，"我给您带路。"

奥利弗夫人在他身后爬着梯子一样的楼梯。这感觉真是不怎么样。她还是深深地感到恐惧。恐惧，不全是因为这只花孔雀，还因为她不知道这只孔雀要将她引至何处。不过她很快就会知道了。他打开楼顶房间的门，走进屋子里。这是间面积很大的房间，空荡荡的。是一间改装过的艺术家工作室。地板上散落着几张床垫，靠墙的地方堆着油画画作，还有一对画架。屋里满是油彩散发出的味道。有两个人在屋里。一个有胡子的年轻男人站在画架旁边正在作画。当他们进门的时候，他转过头来。

"你好，大卫。"他说，"把朋友带来了啊。"

奥利弗夫人想这是她看到过的最肮脏的年轻人了。油腻的黑发盘成圆髻垂在脑后，前面的头发垂在眼前，脸上胡子拉茬。他的衣服好像是由脏兮兮的黑色皮革制成的，他还穿着高筒靴。奥利弗夫人的眼神扫过那位做模特的姑娘。她半趴在一张立在台子上的木椅子上,头部后仰,黑色的长发从椅子上垂了下来。奥利弗夫人立刻认出了她。她就是那个住在博罗登大楼的三个姑娘中的第二个。奥利弗夫人记不住她的名字了,但是她记得她的姓。她就是那个最爱打扮,看起来没什么精气神的叫作弗朗西丝的姑娘。

"这是彼得。"大卫指着那位看上去有些令人恶心的艺术家说,"这位是我们的新星——弗朗西丝,她正在扮演一位要堕胎的绝望女郎。"

"闭嘴,你这傻瓜。"彼得说。

"我觉得我认识您吗?"奥利弗夫人愉快地说,明知故问。"我肯定是在什么地方见过您!就是最近,在什么地方。"

"您是奥利弗夫人,是吗?"弗朗西丝说。

"她就是这么介绍自己的。"大卫说,"真的吗,是吗?"

"现在让我想想,我是在哪儿遇到您的呢?"奥利弗夫人继续絮叨着,"什么聚会吗?不,让我想想。我知道了。是在博罗登大楼。"

弗朗西丝从椅子上坐起来,用一种疲惫但是优雅的腔调发出叹息。彼得伤心地大声咆哮道:"你又破坏了姿势!你就非要扭来扭去吗?你就不能静止不动吗?"

"不,我不能长时间保持那个姿势。那真是个糟糕的姿势。我的肩膀都僵硬了。"

"我在试验如何跟踪人。"奥利弗夫人说,"这比我想得难多了。这是个艺术工作室吗?"她补充道,四下里打量着。

"现今就是这样子,这种阁楼,要是您没从地板上掉落下去可真是运气好。"

"这里能全方位满足需要。"大卫说,"它北面的采光不错,空间也够大,可以睡觉,楼下打牌需要第四个人的时候还能去凑个场。那里还有他们所谓餐饮设备。有那么一两瓶酒可以喝。"他转向奥利弗夫人,用一种全然不同的口吻十分热情地问道,"您想喝点什么吗?"

"我不喝酒。"奥利弗夫人说道。

"这位女士不喝酒。"大卫说,"谁能想到呢!"

"你可真粗鲁,不过确实,"奥利弗夫人说,"大部分见到我的人都会这么说:'我总以为您是海量呢。'"

她打开手包,三缕灰色的卷发掉在地上,大卫拾起来交给她。

"啊!多谢。"奥利弗夫人接了过来,"我早晨时间不够了。不知道我是否还有发夹。"她在手包里摸索着,把发卷用发夹别好了。

彼得大声笑了起来。"妙啊。"他说。

真是太离奇了。奥利弗夫人心想,我竟会如此愚蠢,以为自己处在危险中。危险,这些人?不管他们看上去如何,他们都很善良、很友好。我的朋友说的没错,我的想象力太过丰富了。

接着她说自己必须要离开了,大卫,那个有着摄政时期绅士做派的青年扶着她走下了摇摇晃晃的楼梯,还给她准确地指出通往国王大道最迅捷的路径。

"您走出去之后,"他说,"能搭乘公共汽车,或是叫一辆出租车。"

"还是叫辆出租车吧。"奥利弗夫人说,"我的脚已经完全僵硬了。越快坐进出租车越好。谢谢您。"她补充道:"您对我用这种似乎颇为特别的方式跟踪您竟如此大度。但是不管怎么说,我想那些私家侦探,或是私人眼线或是什么别的称谓的人,不会像我这样。"

"或许不会的。"大卫严肃地说,"往左转,接着右转,接着再次左转直到您看到一条河,然后就马上右转,然后再一直直走。"

真是奇怪极了,当她路过那个荒僻的建筑工地的时候,一种不安和怀疑的感觉又向她袭来。"我不能再瞎想了。"她回头看自己走过的路,看了看艺术工作室的窗户。大卫还在那里望着她。"真是三个不错的年轻人。"奥利弗夫人自言自语道,"真是非常友善,非常可爱。向左转,接着右转。只是因为他们看上去有些特别,人们就冒出了他们是危险人物的愚蠢想法。是要再右转吗?还是左转?左转,我想,啊,天呐,我的脚。要下雨了。"这条路好像永无尽头,国王大道似乎遥不可及。她一点也听不到车辆嘈杂的声音,究竟河在哪里?她开始怀疑自己一定是记错了方向。

啊!没事。奥利弗夫人想,我肯定会很快出去的,不管是哪条河,或是帕特尼,或是旺兹沃思或是什么其他地方。她向一位过路的人询问怎么去国王大道,但是那个人是个外国人,他表示自己不会说英语。

奥利弗夫人精疲力竭地在小巷口转了个弯,她看到了河水泛出的波光。她匆忙朝狭窄的通往河边的小道走去,她听到了背后的脚步声,还没完全转过身就受了重重的一击,她感到眼冒金星。

第十章

1

一个声音说道:"把这个喝了。"

诺玛颤抖了起来。她的眼睛显露出茫然无措的神情。她往椅子里蜷缩了一些。那个声音又重复道:"把这个喝了。"这次她顺从地喝了下去,接着微微咳嗽了一下。

"这个,这个好浓烈。"她喘息道。

"你喝了之后会好点的。几分钟后你就会舒服一些。只要在这里静静坐着等待就好了。"

之前那种令她感到有些难受和晕眩的感觉消散了。她的脸颊开始有了些血色,也不再颤抖了。她第一次环视四周,留意着周围的环境。她曾被那种害怕和恐惧的感觉所困扰,但是现在似乎一切都恢复正常了。这是一间不大不小的房间,屋内的陈设似乎有些眼熟。一张桌子,一张长沙发,一张普通的椅子,还有一张上面放着听诊器和其他仪器的桌子,她觉得那些仪器是用来治疗眼睛的。接着她的注意力从这些普通的场景转到了那些特殊之处——那位命令她喝下药液的男人。

她看到了一个大约三十岁,红色头发,面目虽丑但是别有一番吸引力的男人,那是一张满脸皱纹却很有意思的脸庞。他安抚式地点点头。

"您清醒点了吧?"

"我、我想是的。我,您,发生了什么?"

"您不记得了吗?"

"那场交通事故。我,它朝我开来,它,"她看着他,"它轧到了我。"

"啊,没有,您没被轧到。"他摇摇头,"我看到了您。"

"您?"

"是的,您在马路中央,一辆车朝您开来,我把您拉了过来。您这样跑上机动车道是要做什么?"

"我记不得了。我,是的,我想我肯定是在想什么事。"

"那辆捷豹车速度太快了,马路另一侧还有一辆公共汽车开了过来。那辆车是想要撞倒您或是要做类似的事吗?"

"我,不,不,肯定不是这样的。我的意思是我——"

"嗯,我想可能有别的原因,可能吗?"

"您的意思是?"

"嗯,您明白的,可能是有意为之。"

"您说的有意为之是指什么?"

"实话说,我只是在想您是否意图自杀?"他看似随意地补充了一句,"是吗?"

"我,不,嗯,不,当然不是了。"

"如果您真的要那么做就太傻了。"他的语调变得轻松了一些,"说吧,您一定还记得些什么。"

她又开始颤抖。"我想,我想这样就能永远结束了。我想——"

"那么您还是试图自杀,是吗?出了什么事?您可以告诉我。

为了男朋友？那倒真是令人难受至极的事情。而且，人们总是以为自己在自杀了之后会令他人感到后悔。但是还是别这么想。人们不喜欢事后后悔，或是对于他们所犯的过错感到抱歉。那些男朋友或许会说：'我总是觉得她有点不正常，其实这样最好了。'下次您去撞捷豹车的时候最好记住我所说的话。即使猎豹也会去思考的。这是您的烦恼所在吗？男朋友跟您分手了？"

"不。啊，不是的。正相反。"她突然补充道，"他希望跟我结婚。"

"这也不至于让您去主动撞捷豹车啊。"

"是的，确实。我这么做是因为——"她欲言又止。

"您最好还是跟我说说，您愿意吗？"

"我是怎么来到这里的？"诺玛问。

"是我带您坐出租车到这里的。您看上去并没有受什么伤，只是有些擦伤。我想，您只是吓得要死，呆住了。我问您家庭地址，但是您看着我，就好像不知道我在说什么一样。人们越围越多，所以我只好叫了一辆出租车带您来了这儿。"

"这是一间医生的诊疗室吗？"

"这是医生的诊室，我是个医生。我的名字是斯蒂林弗利特。"

"我不想看医生！我不想跟医生讲话！我不要——"

"安静，安静。您已经跟一位医生说了有十分钟的话了。医生怎么了，您告诉我？"

"我害怕，我害怕医生会说——"

"现在放松点，我亲爱的姑娘，您不是花钱雇我看病的。就把我当成一个爱闲操心的人，我把您从死亡线上拉了回来，您才不至于胳膊腿骨折，头部受到重创或者终生残疾。还会有别的什么事呢。这要是以前，要是您蓄意自杀，可是要上法庭的。如今，要是能证明您是自杀，也是一样。所以啊，您不能说我不够坦诚了吧。您现在就算是为了感谢我，也该告诉我究竟为什么您这么害怕医生，医生曾对您做过什么？"

"什么都没有，他们什么都没有对我做过。但是我害怕他们可能会——"

"可能会怎样？"

"把我关起来。"

斯蒂林弗利特医生挑起他那泛黄的棕色眉毛，看着她。

"嗯，这样啊。"他说，"您似乎对医生有一些奇怪的看法。为什么我要把您关起来？您要喝杯茶吗？"他补充道，"或是您更愿意来一颗紫色药丸或是镇定剂什么的？这是您这个年纪的人最喜欢的东西。您自己也会服用一些吧，是吗？"

她摇摇头说："不，不是的。"

"我不相信。抛去这些不谈，为什么您如此惊恐，如此心灰意冷呢？您不是真的脑子有问题吧，是吗？我不该这么说。医生才不愿意把病人关起来呢。精神病院早就爆满了，很难再塞一个进去。事实上，最近他们还放出去很多人，是那些真正该被关起来的人。在这个国家，各处都人满为患。"

"那么，"他继续说，"您的口味如何？您是想服用些我药柜里的药呢，还是喝一杯老式的正宗英国浓茶？"

"我、我想喝茶。"诺玛说。

"印度茶还是中国茶？该这么问客人的，是吗？不好意思，我不确定这里是否还有中国茶。"

"我更喜欢印度茶。"

"好的。"

他走向门口，打开门后喊道："南妮，来一壶两人份的茶。"

他返身回来，坐下来说道："现在您听好了，小姐，顺便问一句，您的名字是什么？"

"诺玛·雷斯……"她顿住了。

"什么？"

"诺玛·韦斯特。"

"好的，韦斯特小姐，让我们事先说清楚，我不是在治疗您，您也不是来找我看病。您就是个街头意外事故的受害者，我们就这么认为吧，相信您也愿意这么想。这么说对那辆捷豹车的驾驶者来说不是很公允。"

"我最先是想要从桥上跳下去的。"

"是吗？您会发现那也不是什么容易的事。现今筑桥的人也是相当谨慎的，我的意思是您需要攀上栏杆，这相当困难。会有人阻止您。是的，我还是那个看法，我带您回家是因为您受惊过度无法告知我您的地址。顺便问一句，您的地址到底是什么？"

"我没有什么地址。我、我不住在任何地方。"

"有意思。"斯蒂林弗利特医生说道，"这就是警察所说的'没有固定居所'的那种人。您要怎么办？整夜坐在河堤上吗？"

她疑惑不解地看着他。

"我可以把这次事故报告给警察，但是我没有义务这么做。我更愿意相信这是因为您处于一种少女式的冥想之中，在穿越马路的时候忘了先往左看一眼。"

"您跟我想象中的医生不一样。"诺玛说。

"真的吗？嗯，在这个国家，我对自己所从事的行业越发厌倦。事实上，我已经决定关掉我的私人诊所，我要去澳大利亚开辟新的诊疗事业。所以您对我不应该抱什么疑虑，您也可以告诉我您看到一头粉红的大象从墙壁中走了出来，树木伸出枝杈好像要把你抓住之后扼死，您知道魔鬼什么时候会从人的眼中跳出来，或是其他什么神奇的幻想，我对此不会干涉的！如果要我说的话，您看起来足够理智清醒。"

"我不这么认为。"

"好吧，您可能是对的。"斯蒂林弗利特医生洒脱地说，"来讲讲您的依据吧。"

"我不记得自己做过的事……我告诉别人我做过的事，但是我却不记得我告诉过他们……"

"听起来您的记性好像很差。"

"您不明白。它们都是些——邪恶之事。"

"宗教狂吗？这听起来很有意思。"

"不是关于宗教的。它就是，就是仇恨。"

一阵敲门的声音之后，一位年迈的老妇端着放茶壶的托盘走了进来。她把托盘放在桌子上，又走了出去。

"要加糖吗？"斯蒂林弗利特医生问道。

"是的，谢谢您。"

"真是个明智的姑娘。当人受到惊吓之后，吃点糖还是很有好处的。"他倒了两杯茶，把其中一杯推到她那边，还把一个糖罐放在她身边。"那么现在，"他坐下之后说，"您有什么想跟我说的吗？啊，是的，关于仇恨。"

"这是有可能的，不是吗？当你恨一个人到极致的时候，你就想杀了他。"

"啊，是的。"斯蒂林弗利特医生语调轻松地说道，"极有可能。事实上，这再自然不过了。但是即使您真的想去做，也不一定有足够的勇气去实施，您明白的。人类有一种天然的刹车系统，在适当的时刻，它会为您制动的。"

"您把它说得那么平淡无奇。"诺玛说。她的语调中带着明显的厌弃感。

"是的,这本来就很寻常。孩子们每天都会有这样的感受。乱发脾气,对他们的母亲或是父亲说:'你真是讨厌透了,我恨你。你要是死了就好了。'母亲们通常都会比较理智,不会对此感到太过惊讶。当您长大后,您仍旧会恨什么人,但是那时您不会想要给自己找麻烦,不会真的去杀了他们。或是您执意要杀人——嗯,那么您就要去蹲监狱了。也就是说,如果您真的做了这样麻烦又困难的事情。您这么说不是在跟我开玩笑,是吗?"他漫不经心地问道。

"当然不是了。"诺玛坐直了身子,她的眼睛闪烁着愤怒的火花,"当然不是了。您以为如果这不是真的,我会对您说如此可怕的事情吗?"

"那么好的。"斯蒂林弗利特医生说,"人们经常会这么做。他们叙述着那类关于自己的可怕的事情,还非常享受这些。"他从她手里接过空杯子。"那么现在,"他说,"您最好告诉我所有这一切。您在恨谁,为什么您会恨他们,以及您对他们做了什么?"

"爱能变成恨。"

"听起来好像是一首夸张的歌谣。但是要记得,恨也能变成爱。这是相通的。您还说不是男朋友闹的。他是您的男人,但是他却辜负了您。不是这么回事吗?"

"不,不。不是这样的。那是,是我的继母。"

"被残暴的继母所激发的动机。但是这是多么无意义啊。在您这个年纪,可以选择远离继母。除了跟您父亲结婚之外,她还做了些什么事吗?您是否也恨他,或是您太爱他了,不愿意跟其他人共享他。"

"根本就不是这样的。不是这样的。我曾经很爱他。我深深地爱着他。他是，他是，我想他很好。"

"那么现在呢？"斯蒂林弗利特医生说，"听我说。我给您些建议，您看到那边的门了吗？"

诺玛转头，满目疑惑地看着门。

"很普通的门，不是吗？没上锁。像平常那样可以打开和关上。去，您自己去感受一下。您会看到我的管家从这扇门进进出出，不是吗？没有幻觉。来吧，站起来。照我说的去做。"

诺玛从椅子上起身，迟疑地走向那扇门，然后打开了门。她站在门缝处，转过头疑惑不解地看着他。

"好的。您看到了什么？一条很普通的走廊，本来我想翻修一下，但是考虑到我要去澳大利亚，这么做就不值得了。现在走向前门，打开它。前门也没有什么机关。走出去，走到人行道上，您会知道我并没有任何想要把您关起来的企图。当然，当您明白您随时可以走出去这一点后，您可以回到这里，坐在这把舒适的椅子上，跟我讲讲您所有的事。之后，我会给您我的宝贵意见。您也可以不必听我的意见。"他安抚道，"人们极少会接受别人的意见，但是您为何不试着接受呢，明白吗？您同意这样做吗？"

诺玛慢慢站了起来，有些摇摇晃晃地走出屋子，就如医生所描述的，走到那条很普通的走廊，轻轻打开了前门，下了四个台阶，站在了街上的人行道上。街边的建筑虽然非常讲究但是没有什么特别之处。她站了片刻，却不知道斯蒂林弗利特医生正通过百叶窗观察她。她在那里站了两分钟，更加努力地转过身，再次走上了台阶，关上了前门，回到了屋子里。

"还好吗?"斯蒂林弗利特医生问道,"您满意了吧,我没有戏弄您。所有一切都是正大光明、清清楚楚的。"

那姑娘点点头。

"好的,坐在这里。放轻松点,您吸烟吗?"

"嗯,我——"

"只吸大麻烟卷还是类似的什么东西?不要紧,您不需要告诉我。"

"我当然不会吸那样的东西。"

"我才不会说什么类似'当然'这样的话,但是我该相信病人所说的话。好吧,现在告诉我您的事吧。"

"我……我不知道。我实在不知道说什么。您不需要我躺在长沙发上吗?"

"啊,您是说您梦中的情景或是诸如此类的事情吗?不,不用再说了。我就是想知道您的背景。您明白的。您的身世,您是在乡下还是城市里成长的,您有兄弟姐妹或是您是独生子女……当您的生母去世之后,您是不是因为她的故去而万分悲伤呢?"

"当然了,我确实很悲伤。"诺玛的话语听起来有些气愤。

"您太喜欢当然这个说法了,韦斯特小姐。顺便一提,韦斯特[①]不是您的姓吧,是吗?不要在意,我不想知道您真正的姓氏,您愿意叫西还是东,或是北,悉听尊便。当您母亲去世之后,发生了什么?"

"她在去世之前就已经病恹恹的了。常年待在疗养院里。我跟一位姨妈生活,一位年迈的姨妈,她住在德文郡。她不是我真正的姨妈,是我母亲的表姐。接着我父亲在六个月后就回来了。

---

① West,除了姓氏韦斯特之外,还有方向中的"西"的意思。——译者注

真是好极了。"她的脸庞突然被点燃了。她并未察觉到那个温和随意的年轻医生对她投来迅速的一瞥。"您知道的,我几乎记不起来他了。大约在我五岁的时候他就离开了。我真的没想到还能再见到他。母亲极少会提起他,我想最开始,她还奢望着他能离开那个女人回到家里呢。"

"另一个女人?"

"是的。他和那人私奔了。她是个非常邪恶的女人,我母亲是这么说的。母亲总是满腔怨恨地谈起她,说起我父亲的时候也很是怨愤,但是我想那可能是……可能我父亲并不像她所说的那样坏,这都是那个女人的错。"

"他们结婚了吗?"

"没有,我母亲说她永远不会跟我父亲离婚的。她是一个英国国教徒,非常虔诚的高教会派①的教徒,您明白的。就跟天主教徒一样,她是不会做离婚这样的事的。"

"他们同居在一起吗?那个女人叫什么名字,或者说这个也是个秘密?"

"我不记得她的名字了。"诺玛摇摇头,"不记得了,我想他们并没有在一起多久,但是我对这件事记得也不是很清楚。他们去了南非,但是我想他们很快就分道扬镳了,因为那时候母亲说她期盼着父亲或许能再回家。但是他没有,他甚至没有写过信,连给我的信也没有写过。他只是在圣诞节才会给我寄东西,他总是给我礼物。"

"他喜欢您吗?"

---

①高教会派(High church),基督教(新教)的派别之一,与"低教会派"对立。最早于十七世纪末开始在圣公会使用;十九世纪因为牛津运动和英国天主教派的兴起而流传于英国,并被路德宗的瑞典国教会等教会使用。主张在教义、礼仪和规章上大量保持天主教的传统,要求维持教会较高的权威地位,因而得名。——译者注

"我不知道。我怎么知道？没人跟我说起过他，除了西蒙伯伯，他的哥哥。他在城里做生意，他对于我父亲抛下一切的行为很是不齿。他说我父亲一贯如此，总是无法安定下来，但是他说父亲不是坏人，只是太软弱了而已。我不是经常能见到西蒙伯伯。我总是跟母亲的朋友在一起，他们中的大多数人都毫无生气，古板无趣。我的整个生活都是极其无趣的……

"我当时在想，父亲真的回家了该有多好啊。我试图把他想得更好。比如他跟我说过的事，他跟我一起玩的游戏。他以前时常会引我发笑。我想方设法去找一些他的旧照。它们好像都被丢弃了。我想我母亲一定把它们都撕毁了。"

"那么她一直对此怀恨在心了。"

"我想她真正怨恨的是露易丝。"

"露易丝？"

他看到这个姑娘有一些拘谨。

"我不记得了，我告诉过您我不记得人和名字。"

"不要紧。您说的是那个与您父亲私奔的女人，是吗？"

"是的。我母亲说她酗酒无度，还滥用药物，最后不会有好果子吃的。"

"但是您不知道她是否做过这些？"

"我什么都不知道……"她的情绪又起了波澜，"我希望您不要问我这些问题！我不知道关于她的任何事！我再没听到过她的事！直到您说起她，我才想起来。我告诉您我什么都不知道。"

"好的，好的。"斯蒂林弗利特医生说道，"不要如此激动。您不需要对过去的事如此困扰。让我们想想未来吧。您下一步打算怎么做？"

诺玛深深叹了口气。

"我不知道。我没地方可去。我不能，这样更好，我肯定这样更好，彻底结束，只是——"

"只是您不能再这样做傻事了，不是吗？如果您这么做那就太傻了，我告诉您，我的姑娘。好吧，您无处可去，没人可以信任。您有钱吗？"

"是的，我有一个银行账户，我父亲定期会给我存一大笔钱，但是我不确定……我想他们现在或许正在找我呢。我不想被找到。"

"您不会被找到的。我能给您做好安排。有个叫作肯维院的地方。那个地方并不如它的名字听起来那么好。它是个供人休养的疗养院。那里没有医生，也没有什么心理分析，您在那里不会被关起来的，我向您保证。您任何时候都可以自行离开。您可以在床上用早餐，如果您愿意的话，可以在床上待上一整天。您去那儿好好休养，我会去看您的，跟您一起解决这些问题。这样行吗？您愿意吗？"

诺玛看着他。她坐在那里，脸上毫无表情地盯着他。过了一会儿，她缓缓点了点头。

2

那天稍晚的时候，斯蒂林弗利特医生打了一个电话。

"真是一次完美的绑架。"他说，"她现在待在肯维院，就像一只羔羊一般。我还不能告诉您更多的事。那个姑娘吃了太多的药物。我告诉您她吃了紫心锭、梦幻炸弹，或许还有迷幻药……她药物成瘾有一段时间了。她说自己没有服药，但是我对她所说的话不太相信。"

他听话筒那边的人说了一会儿。"不要问我！对于这件事，要小心点。她很容易激动……是的，她好像在害怕什么，或是假装害怕什么事……

"我还不知道，我说不清。吃这种药的人往往很狡猾，您要知道。您不能总是相信他们所说的话，我们不能步步紧逼，我不想吓着她……

"当她还是个孩子的时候，有着复杂的恋父情结。我感觉她并不是真心在意她的母亲，她的母亲不论从哪个方面看都是个阴郁的女人，还是那种自诩为贞洁女人的类型。要是我说，她父亲倒是个满心欢乐的人，他无法忍受那种阴郁沉闷的婚姻生活，您知道一个叫露易丝的女人吗？……这个名字似乎吓到了她。我认为她是那个姑娘最初怨恨的人。当她五岁的时候，那个女人拐跑了她的父亲。孩子们在那个年纪虽然不太懂事，但是他们会对那些始作俑者心怀怨恨。直到几个月前，她才见到了自己的父亲。要我说，她对自己的父亲心怀美好的幻想——她是她父亲的伴侣，是她父亲的掌上明珠。然而，她明显失望至极。她的父亲带着新的妻子回到了家，一个新的年轻而有魅力的妻子。她不叫露易丝，是吗？……啊，好的，我只是问问。我给您一个粗略的轮廓，一个大致的情况介绍。"

电话另一边的人高声问道："您说什么？再说一遍。"

"我说我只是给您提供一个粗略的轮廓。"

双方暂时都顿住了。

"顺便说一句，有个小小的事实细节，您可能会感兴趣。那个姑娘试图自杀。您对此感到很惊奇吧？……

"啊，并没有……不，她并不是服下一瓶阿司匹林，或是把头伸进烤箱里。她冲上了快车道，撞向一辆车速很快的捷豹车……我告诉您,幸好我及时拉住了她……是的,我得说这只是一时冲动……她承认了这一点。依旧是那句老话,她'想要彻底结束'。"

他听到对方滔滔不绝地说了一串话,接着他说:"我不知道。在这个阶段,我不能肯定,事实很清楚。一个精神紧张不安的姑娘,神经质,还有些滥用药物。不,我不能告诉您她服了什么类型的药物。这种药物随处可见,至少有几十种,每种产生的作用都不一样。会引起思维混乱,失忆,脾气暴躁,迷惘困惑,或是迟钝呆滞!困难的是,怎样分辨她的真实反应和因为服用药物所产生的反应。这里有两种选择,您懂的。要不就是这个姑娘自己戏弄了自己,觉得自己神经质,精神有问题,还有自杀倾向;也有可能真是这样。或者这完全就是谎言,我不能排除她出于某种模糊不清的原因编造了这一切——想要彻底地给人一种假象。如果是这样的话,她这么做非常高明。她给出的描述时不时地就会出现一些破绽,她是个很会演戏的人吗?或是她是个智力不健全并且有自杀倾向的人?这两种情况都有可能……您怎么看?啊,那辆捷豹车!……是的,它的车速的确很快。您认为她不一定有自杀倾向,是那辆捷豹车要故意撞倒她吗?"

他思考了片刻。"我说不清。"他缓缓地说,"只是有可能。是的,只是有可能,但是我不确定。问题就是,什么事都有可能,不是吗?不管怎么说,我短时间内应该会从她那里套出些什么的。我已经取得了她的部分信任,我不能推进得太快,这会让她生疑的。她很快就会越来越信任我,告诉我更多的事,如果她确实有精神方面的问题,她会把她的一切都告诉我的。没准到了最后,我还不得不听她说呢。她现在还在惧怕着什么事……

"当然,如果她故意要迷惑我们,我们就要找到她这么做的理由。她在肯维院，我想她会待在那里的。我建议您派个眼线去监视她一两天，防止她企图逃走。最好派一个她不认识的人监视跟踪她。"

第十一章

1

安德鲁·雷斯塔里克签了一张支票,他签字的时候露出了苦涩的表情。

他的办公室是一间宽敞大气、家具齐备、彰显出典型的巨富大亨风格的办公室。这里的家具和设备都是西蒙·雷斯塔里克遗留下来的,安德鲁·雷斯塔里克毫无兴趣地接手,并且未做过什么改动,只是把墙上的一两幅画像取了下来,换上了从乡下带过来的他自己的肖像画,还有一幅描绘桌山①的水彩画。

安德鲁·雷斯塔里克是个中年人,有点开始发福了,但是跟挂在墙上的他自己十五年前的画像相比,却奇迹般地没有多大变化。一样凸出的下巴,嘴唇紧紧抿在一起,眉毛有点微微上扬,带着一种戏谑的感觉。他不是那种非常引人注目的人,只是个普通人,此时此刻,他并不感到快乐。他的秘书走了进来,他抬起头,看到她向他的办公桌走来。

"有一位名叫赫尔克里·波洛的先生要见您。他坚持说他跟您约好了——但是我找不到预约记录。"

---

① Table Mountain,桌山,位于南非境内开普敦附近,又译作塔布尔山。

"一位名叫赫尔克里·波洛的先生？"这个名字好像有些耳熟，但是他不记得是在什么场合听说过了。他摇摇头说："我想不起关于他的任何事，虽然我好像听说过这个名字。他长什么样？"

"一个非常矮小的男人，外国人，可能是法国人，有着浓密的胡子。"

"啊，当然！我记得玛丽说起过他。他去拜访过老罗迪。但是他说跟我事先有约是怎么回事呢？"

"他说您给他写了封信。"

"我记不起来了。即使我真的写了，也可能是玛丽写的。啊，好的，不要紧，让他进来吧。我想我还是把这件事理理清楚。"

一两分钟之后，克劳迪亚·瑞希-何兰就把一位身材矮小的男人带了进来。他有着鸡蛋一样圆圆的脑袋，还有浓密的八字胡，穿着一双尖头的黑色漆面皮鞋，神情中满是自信，跟他妻子所描述的那个形象非常符合。

"这位是赫尔克里·波洛先生。"克劳迪亚·瑞希-何兰介绍说。

说完她就出去了，这时，赫尔克里·波洛走上前去。雷斯塔里克站了起来。

"雷斯塔里克先生？我是赫尔克里·波洛，乐意为您效劳。"

"啊，是的。我的妻子曾经提起过您，或者应该说您拜访过我舅舅。我能为您做些什么呢？"

"我是应您的那封信前来拜访您的。"

"什么信？我没给您写过信，波洛先生。"

波洛凝视着他。接着从口袋里拿出一封信，打开之后，扫了一眼，弯下身把它放到雷斯塔里克的办公桌上。

"您自己看看吧,先生。"

雷斯塔里克看着这封信。这是用他办公室里的信纸打印出来的,他的签名在信件的末端。

亲爱的赫尔克里·波洛先生:

   如果您能依照下面所写的地址尽早来与我会面的话,那我将不胜荣幸。我从我太太的描述和我在伦敦各个问讯处所打听的消息得知,如果需要办某件需要严守秘密、小心谨慎的事,您是最值得信任的人选。

谨致问候

安德鲁·雷斯塔里克

他语气尖锐地问道:"您是什么时候收到这封信的?"

"今天早晨。我手上正巧没有什么事,所以我就赶紧过来了。"

"这真是咄咄怪事,波洛先生。这封信不是我写的。"

"不是您写的?"

"不是的。我的签名根本就不是这样,您自己看看。"他随手翻开自己刚签上字的支票簿,递给波洛。"您看,这封信上的签名与我的签名完全不一样。"

"那就怪了。"波洛说,"真是太奇怪了。那么是谁写的这封信呢?"

"这也正是我的疑问。"

"会不会,不好意思,是您太太写的呢?"

"不会的,不会的,玛丽绝不会做这样的事。再说了,她为什么会签上我的名字呢?不,不会的,如果是她要求您来这里拜访的话,她会告诉我的。"

"那么您是全然不知为什么会有某个人给我写这封信了？"

"是的，没错。"

"雷斯塔里克先生，那么您也不知道在这封信里，您说您要雇用我，是所谓何事了？"

"我怎么会知道？"

"不好意思。"波洛说，"您没看完这封信。您没注意到在这封信的签名之下还有几个小字，上面写着'请翻看下一页'。"

雷斯塔里克把信纸翻了过来。下面的一张信纸顶端还有打印的字迹。

"我想和您谈谈我女儿诺玛的事情。"

雷斯塔里克神色大变，突然沉下脸。

"那么，就是这件事！但是谁会知道呢？谁可能会插手这件事？谁知道这件事？"

"是否有人想要促成您和我商量这件事呢？一位心存好意的朋友？您一点都不知道谁会这么做吗？"

"毫无头绪。"

"那么您的女儿没有陷入什么麻烦吧，您那个名叫诺玛的女儿？"

雷斯塔里克缓缓地说："我有一个名叫诺玛的女儿。我唯一的女儿。"当他吐出最后这几个字的时候，语调也随之有些微微的改变。

"她陷入了麻烦吗？"

"我想没有。"他有些迟疑。

波洛身子前倾。

"我觉得您说得不太正确，雷斯塔里克先生。我想您女儿一定是遇到了什么麻烦或是困局。"

"为什么您会这么想呢?有人跟您谈过这件事吗?"

"我只是从您的语调中推测出来的,先生。现如今有很多人,"赫尔克里·波洛说,"都遇到了关于女儿的这方面的困扰。他们家里有聪慧又年轻的姑娘,经常会惹各种麻烦和困难上身。很可能您也遇到了。"

雷斯塔里克沉默了好一阵,用手指轻弹着桌面。

"是的,我很担心诺玛。"他最后说道,"她是个棘手的姑娘。神经质,近乎歇斯底里。很可惜,我不是那么了解她。"

"麻烦,无疑,是因为年轻男人吗?"

"从某方面来讲,是的,但不止如此。我想——"他审视着波洛,"我能把您当作一个谨慎而有判断力的人吗?"

"如果我不是如此的话,那么在我的行业里就没什么地位可言了。"

"您看,我就是想要找回我的女儿。"

"啊?"

"她上周末跟往常一样回到我们在乡下的房子里度周末。周末晚上,她表面上是回到跟另外两个姑娘合租的公寓,但是现在我知道她并没有回去。她一定是逃到什么别的地方去了。"

"您的意思是,她其实是失踪了吗?"

"听起来有些夸张,但是的确如此。我想总该有个说得过去的理由吧,做父亲的都会担心。您看,她不给家里打电话,也没有跟与她合租的那两个姑娘打过招呼。"

"她们也很担忧吗?"

"不是的,我认为没有。她们对此应该都见怪不怪了。姑娘们都比较独立,不像十五年前我离开英国时那样了。"

"那么您说的那个你们家都反对的年轻男人呢?她有没有可

能跟他私奔了?"

"但愿不会这样。虽然有可能,但是我不这么认为,我的太太也不这么认为。我想那次您见到了他,就是您来拜访我舅舅的那天。"

"啊,是的。我想我知道您说的那个人。一个非常英俊的年轻人,但是我要说,他是那种做父亲的不会看得上的人。我注意到您的太太也对他不是很满意。"

"我太太确信他来我家那天是故意避开家里人的。"

"可能他知道,他在那里不受欢迎?"

"他肯定知道。"雷斯塔里克先生严肃地说。

"那么您认为您的女儿是不太可能跟他在一起的吗?"

"我不知道我应该怎样想。我不知道,一开始我没这么想。"

"您报警了吗?"

"没有。"

"通常这种有人失踪的情况,最好还是去找警察。他们会很谨慎,并且有一些像我们这类人无法做到的处理方法。"

"我不想去找警察。这是我女儿的私事,兄弟,您明白吗?我的女儿。如果她选择暂时逃离这里,不让我们知晓,这取决于她自己。没有理由以为她身处危险中或是其他的险境。我、我只是为了让自己安心,才想知道她到底在哪儿的。"

"雷斯塔里克先生,有可能,但愿我不是在胡乱猜测,这不是您唯一担忧您女儿的事吧?"

"为什么您会以为还有别的事?"

"如果只是一个姑娘在没有告知父母的情况下消失了几天,或是没有告诉跟她合租的人她的去向,这在当今不算是什么不寻常之事;因而,我认为一定是牵扯到其他什么事,才会让您如此焦心。"

"嗯,可能您是对的。那是——"他有些顾虑地看着波洛,"跟陌生人讲这些事真是难以开口。"

"那倒不一定。"波洛说,"有时对陌生人说要比对朋友或熟人说容易开口得多。您对此没有异议吧?"

"可能是的。可能是的。我知道您在说什么。是的,我承认我对我家女儿很担心。您看她,她跟其他的姑娘不太一样,还有些事已经令我感到很担忧了,让我们两人都很担忧。"

波洛说:"您的女儿,可能正处在少女时代的那种艰难时期,情绪不太稳定的青春期。实话说,她们有能力去做很多事,但是不一定能承担做这些事的责任。请您不要介意我的推测。您的女儿可能对她的继母有些反感吧?"

"真是不幸被您言中。可是她没有理由这么做啊,波洛先生。我和我前妻并不是因为她才分开的。我们很久之前就分居了。"他顿了顿,接着说,"我还是坦诚跟您讲吧。不管怎么说,也没什么好遮掩的。我的前妻和我逐渐生疏,我不需要对此遮遮掩掩。我遇到了其他人,一个让我十分迷恋的人。我离开英国跟另一个女人去了南非。我妻子不肯跟我离婚,我也没有强迫她离婚。我为她和孩子做了适当的财务上的安排,那时候我的女儿只有五岁而已。"

他一声叹息,接着说:"回头看看,我能看到我已经对我的生活不满很久了。我盼望着四处游历。在那段人生中,我厌弃了被束缚在办公桌前。我的哥哥好几次斥责我对家族事业不上心,现在我终于回来跟他一起了,他又说我没有全身心付出。但是我不喜欢这种生活,我不想安定下来,我想要充满冒险的生活。我想要看看世界,去往荒野之外……"

他突然停了下来。

"但是不论怎样，您也不想听我讲我的人生故事吧。我去往南非，露易丝与我一起。坦白地说，我们之间相处得并不好。我很爱她，但是我们不断地争吵。她讨厌在南非的生活，她想要回到伦敦和巴黎，所有那些精致高雅之地。在南非待了一年之后，我们就分开了。"

他叹了口气。

"可能我那时候应该回家，回到自己如此厌弃的安稳生活中。但是我不想。我不知道我的妻子还会不会重新回到我身边。可能她会认为她有责任这么做，她是个有责任感的伟大女性。"

波洛注意到他在说这番话的时候，语气中带着一丝苦涩。

"但是我应该多为诺玛考虑。嗯，我确实该这么做。那孩子跟她母亲生活得很安稳。我为她做了很好的财务安排。我偶尔写信给她，给她寄礼物，但是我从未想过回到英国去看看她。这也不全是我的过错。我想我的生活方式是一种跟她完全不同的方式，对于孩子来说，一个总是来来去去的父亲，可能会打乱她内心的平静。总而言之，我想说，我这么做是最好的安排了。"

雷斯塔里克的语速越来越快。面对一个怀着同情心的倾听者倾吐一切，可能对他来说是莫大的心理抚慰。这是波洛之前总是会留意到并且不断加以鼓励的反应。

"您从未因自己的原因返家吗？"

雷斯塔里克非常坚定地摇摇头。"不，您看，我一直过着自己喜欢的生活，那种我想要的生活。我从南非去往东非。我在商务上做得很不错，凡是我经手的事业都很兴旺，有的项目是和他人合伙经营，有的是自己独立经营，做得都很好。我总是在森林里长途跋涉。这才是我想要的生活。我是个天生喜爱户外生活的人。可能这就是为什么当我跟我第一任妻子结婚的时候感觉自己陷入牢笼，无法忍受的缘故。是的，我享受自由，我不希望回到这里的那种安逸生活之中。"

"但是您最终还是回来了啊？"

雷斯塔里克叹了口气。"是的，我还是回来了。啊，是的，我想我是老了。除此之外，我还跟另外一个人合作了一个非常不错的项目。我们取得了一项特许权，这会带来丰厚的利润。这需要在伦敦商谈，我本来可以拜托给我哥哥的，但是他去世了。我还是这家公司的股东，我可以回来自己经营。这是我第一次想这么做——我指的是回到城市的生活中。"

"可能您的太太，我是指您的第二任妻子——"

"是的，我明白。在我哥哥去世一两个月之后，我跟玛丽结婚了。玛丽出生在南非，但是她来过英国几次，她喜欢待在这里。她特别想拥有一个英式花园！

"至于我？我也是第一次感到自己可能也会喜欢在英国生活。我也想到了诺玛。她母亲两年前去世了。我跟玛丽谈到了这一切，她很愿意给我女儿一个家。这一切看起来是那么美好，因此——"他笑了起来，"——因此我回了家。"

波洛看了看挂在雷斯塔里克先生上方的肖像画。这间屋子里的光线比乡下的老房子里要好，很容易就能分辨出肖像画里的人物就是此时此刻坐在桌子后面的那个人。他的容貌很有辨识性——凸出的下巴，有些戏谑意味的眉毛，头部的姿势，但是坐在椅子上的这个人却少了肖像画中的人物所具备的某样东西。没有了青春朝气！

波洛又有了一些别的想法。为什么安德鲁·雷斯塔里克会把这幅肖像画从乡间搬到这间伦敦的办公室里呢？他和他太太的两幅肖像画都是由当时一位名声斐然的人像画家所绘。波洛想,按理说,依照之前的设想,这两幅画不是应该挂在一起吗?但是雷斯塔里克却把自己的肖像画移到了自己的办公室。这是不是他的某种虚荣心作怪呢?他想要传达他是一个城里人,对这个城市意义重大?虽然他在蛮荒之地待了很长时间,他也自称更喜爱荒野之地。或是他这么做是为了提醒自己,现在自己是个城里人了?他是否觉得需要强调这种形象呢?

或是,当然了,波洛想,可能只是因为虚荣心!

甚至我自己,波洛以一种不同寻常的谦虚之心想,甚至我自己偶尔也会虚荣心泛滥。

这一段这两人都未觉察的沉默被雷斯塔里克先生谦逊的话语打破了。

"您一定要原谅我,波洛先生。好像您已经被我絮叨的我的人生故事弄得很烦了吧?"

"这没什么,雷斯塔里克先生。您所谈到的您自己的生活也不过是那些可能会影响到您女儿的事罢了。您对您的女儿非常担忧。但是我觉得您还没有告诉我真正的原因。您想要找到她,您是这么说的吗?"

"是的,我想要找到她。"

"您想要找到她,是的,但是您想让我去找她吗?不,不要迟疑。那些客气话在生活中很有必要,但是此时此地却没有什么必要。听着,我告诉您,如果您想要我找到您女儿的话,我建议您,我,赫尔克里·波洛建议您去警察局,因为他们有这样的能力。据我所知,他们的言行都很谨慎。"

"我不想去找警察,除非,除非我走投无路。"

"您更愿意找一位私家侦探吗?"

"是的，但是您看，我不认识什么私家侦探。我不知道谁……谁能信任。我不知道谁——"

"您对我了解多少呢？"

"我对您略有了解。比如，您在大战期间在情报工作领域担当重任，事实上，我的舅舅就举荐过您。这是个无法辩驳的事实。"

波洛的脸上露出一丝轻微的嘲讽之感，雷斯塔里克并没有感觉到。那是无法辩驳的事实，波洛很清楚，完全就是幻想。雷斯塔里克对此也心知肚明，他知道罗德里克爵士记忆衰退、耳聋眼花，罗德里克爵士把波洛所说的那些关于他的传言都一股脑吞下。波洛并没有欺骗他，只是证实了自己一贯坚持的信条：在没有证实之前，绝不相信任何人所说的任何话。对每一个人心存怀疑，即使说不上奉行终生，也坚持了很多年，这是他的首要信条。

"我向您保证。"波洛说，"我的整个职业生涯可以说极其成功。我确实在很多方面都难以超越。"

雷斯塔里克听到这番话的表现比他可能该有的反应更缺乏说服力！对于一个英国人来说，一个如此吹捧自己的人，一定会引起他的某些怀疑的。

他说："您自我感觉如何，波洛先生？您有信心找到我的女儿吗？"

"可能不如警察找得那么快，但是肯定可以。我能找到她。"

"那么，如果您可以——"

"如果您希望通过我找到她，雷斯塔里克先生，您一定要告诉我所有的情况。"

"但是我已经告诉过您了。时间，地点，她可能会去哪儿。

我给您一份她的朋友的名单……"

波洛猛烈地摇摇头。"不，不，我要您告诉我实情。"

"您认为我对您隐瞒了什么吗？"

"您没有全部都告诉我。对此我可以肯定。您在害怕什么？那些不为人知的真相是什么？那些如果为了成功找到她需要了解的真相。您的女儿讨厌她的继母，这是显而易见的，对此不用感到奇怪，这是个很自然的反应。您一定记得她曾经在很多年间都把您当成一个理想的化身。对于在破碎婚姻中的孩子而言，这很有可能会发生。是的，是的，我知道我在说什么。您说一个孩子不太记事。确实如此。您女儿不太记得您，当你们再次重逢之时，她可能会忘了您的相貌和声音。她会自己塑造一个您的形象。您离她而去，她希望您再回来。她的母亲，毫无疑问，不想要她提起您，因此她可能会更加期盼您，您对她的意义会更如重要。并且因为她不能跟自己的母亲谈到您，所以一个孩子会有的正常反应是会将父母亲中离开的那一方的缺失都怪在留在自己身边的那一方的身上。她有时会理所当然地对自己说：'父亲是喜欢我的，他只是不喜欢我母亲。'这种存在于您和她之间的那种奇妙的联系会产生一种理想化的形象。发生的一切都不是她父亲的错。她不会相信这些事！

"啊，是的，我敢说这种情况时常会发生。我略微懂一些心理学的知识。所以当她知道您要回家了，您和她会重聚，那么那些搁置在一旁很多年都不愿意想起的记忆会再次翻涌起来。她的父亲要回来了！他和她会快乐地生活在一起！她可能几乎不会意识到她继母的存在，直到她真的见到了她。接着她会产生强烈的嫉妒。我跟您说，这再自然不过了。她的如此强烈的嫉妒心有一部分是因为您的太太是个美丽的年轻女人，精致高贵，姿态优雅，这是小姑娘们通常会感到非常嫉恨的地方，因为她们总是对自身缺乏自信。她自身可能言行笨拙，有自卑情结。所以当她看到她的继母是如此美丽优雅，她可能会嫉妒她，但是这种嫉恨只是一个像个半大孩子似的青春期姑娘的行为。"

"嗯，"雷斯塔里克先生迟疑着，"我们去咨询医生的时候，他差不多也是这么讲的，我的意思是——"

"啊哈。"波洛说，"那么您去咨询过医生了？您去找医生一定是出于某些理由吧？"

"倒也不能这么说。"

"啊，不，您可不能这么对我赫尔克里·波洛说。这没什么。一定是发生了严重的情况，您最好还是告诉我，因为如果我弄明白这个姑娘的所思所想之后，我会更好地推进这件事的，事情会办得更快。"

雷斯塔里克沉默了一会儿，接着下定决心。

"波洛先生，您能完全保守秘密吗？我信任您，在这件事上我能得到您的保证吗？"

"无论如何我都会的。您遇到了什么麻烦？"

"我不能那么肯定。"

"您的女儿对您太太做了什么事吗？不只是那种孩子似的粗鲁无礼或是说些令人不快的话，而是另一些更糟糕的事情，一些很严重的事？她是对她做出了什么身体上的攻击吗？"

"不是的，不是一次攻击，不是身体上的攻击，但是，这没办法证实。"

"不，不。我们需要对此证实。"

"我太太变得越发虚弱了。"他迟疑地说道。

"啊。"波洛说，"是的，我明白了……她患了什么病呢？消化系统疾病，我猜？一种胃肠炎吗？"

"您脑子转得真快，波洛先生。您的思维敏捷极了。是的，就是消化系统的疾病。我太太的这种疾病很让人费解，因为她身体一向很健康。最后我们只好送她去'观察'，他们是这样说的。就是检查身体。"

"那么结果怎样呢？"

"我看他们也不知道是怎么回事……在留院观察之后，回到家她就康复了。但是接着病情又出现反复。我们仔细地对她的饮食做了检查，她好像是肠道中毒，但是找不到中毒的原因。我们做了进一步调查，检测了她吃过的每一道菜。在每样食物都抽样送检之后，发现在不同的食物里都包含有一种物质。抽检的菜品都是我太太偏爱的。"

"也就是有人给她下毒，是吗？"

"确实如此。下毒的分量很小，但是最终累积起来会产生效果。"

"您怀疑自己的女儿？"

"不。"

"我想您是怀疑过她，除了她之外还能有谁？最终您还是怀疑您的女儿。"

雷斯塔里克深深叹了口气。

"坦白说，是的。"

2

波洛回到家，乔治正在等他。

"一个名叫艾迪斯的女人给您打过电话，先生——"

"艾迪斯?"波洛皱起眉来。

"她是,我猜啊,是在奥利弗夫人家里做帮佣的。她让我告知您奥利弗夫人现在在圣吉尔斯医院里。"

"她出了什么事?"

"据我所知,呃,是被人用短棍打了。"乔治没有说剩下的口信——"你告诉他,这都是他的错。"

波洛感叹:"我警告过她,昨天晚上给她打电话的时候没人接,我就有些不安了。女人啊!"

第十二章

"我们来买只孔雀吧。"奥利弗夫人毫无预兆地突然说出这句话。当她这么说的时候,眼睛并没有睁开,她的声音虽然满含愤恨却也相当虚弱。

三双眼睛惊恐地紧盯着她。她又说起话来。

"往脑袋上敲。"

她睁开那双有些不太聚焦的眼睛,努力想要知道自己身处何地。

她最先看到的是一张对于她来说完全陌生的脸庞。一个年轻人正在笔记本上写着什么。他拿着铅笔的手很是稳当。

"警察。"奥利弗夫人断然说道。

"请您再说一遍,夫人。"

"我说你是个警察。"奥利弗夫人说,"我说得不对吗?"

"是的,夫人。"

"暴力殴打。"奥利弗夫人满意地闭上了眼睛。当她再次睁开眼的时候,她对周围的环境了解得更全面了些。她躺在床上,据她观察,这是一张看上去很整洁的高级病床,是那种可以摇上摇下、随意调整方向的病床。她四下环顾,确认了自己所处的环境。

"医院,或者可能是疗养院。"她说。

一位修女带着一种权威感站在门口，还有一位护士站在她床边。她认出了第四个人。"没有人，"奥利弗夫人说，"会认错他那浓密的胡子。你在这里做什么呢，波洛先生？"

赫尔克里·波洛向床边走去。"我告诉过您要小心，夫人。"他说。

"人都会迷路的嘛。"奥利弗夫人说道，语气有些含含糊糊，她补充道，"我头痛。"

"那肯定是了。据您推测，有人敲击了您的头。"

"是的，是那只孔雀。"

那位警察紧张不安地盯着她。"不好意思，夫人，您说您是被一只孔雀袭击了吗？"

"当然是。我一直有种很不安的感觉，您知道的，一种气氛。"奥利弗夫人想要挥动着手描绘一下那种气氛，却把手缩了回来。"哎呀。"她叫道，"我还是别这么做了。"

"我的病人不能过于激动。"那位修女制止道。

"您能告诉我这次袭击发生在哪里吗？"

"我一点概念都没有。我迷路了。我从一间艺术工作室里出来——是那种肮脏杂乱的工作室。有一个年轻人已经很久没有刮过胡子了，还穿着一件油腻的脏兮兮的夹克。"

"是那个人袭击了您吗？"

"不，是另一个人。"

"要是您能告诉我——"

"我就是在跟您说啊，不是吗？我追踪着他，从我出了咖啡店之后——我不是那么善于跟踪人。练得不够，比你想象的要困难得多。"

她的眼睛聚焦在那位警察身上。"但是我想您一定很擅长。

我的意思是，您接受过如何跟踪人的培训。啊，不要在意，这不要紧。您明白的。"她语速突然加快，"这相当简单。我在'世界尽头'下了车，我想应该是那一站，我自然以为他会跟其他人待在那里的，或是走另外一条路。但是他却出现在我身后。"

"您说的是谁？"

"那只孔雀。"奥利弗夫人说，"您明白的，他吓住了我。当您发现事情被翻转过来之后，您就会被吓住。我的意思是，本来是我跟踪他，结果却反被跟踪，当然这之前我就有一种不安的紧张感。事实上，您知道的，我很害怕。我不知道为什么。他说话彬彬有礼，但是我还是感到害怕。总之，他就站在那儿，说：'来吧，跟我去看看工作室。'我跟他一起上了一个相当摇晃的破楼梯。那种像梯子一样的楼梯，上面的工作室里有另外一个年轻人，一个脏兮兮的年轻人，他正在画画，有一个姑娘在当他的模特。她很干净，还相当美丽。我们攀谈了一会儿，他们都很友善礼貌，接着我说我必须回家了，他们告诉我去往国王大道的正确路径。但是他们不可能告诉我正确的路径。当然了，也可能是我自己弄错了。您知道的，当有人给您指路的时候，告诉您第二个路口左转，第三个路口右转，好的，您有时候就会把方向弄错。最起码我是这样的。不管怎么说，我来到了临河的一个贫民区。那时候我已经不怎么感到害怕了。当那只孔雀袭击我的时候，我一定是失去了戒心。"

"我想她一定是神志不清醒。"那位护士解释道。

"不，我恐怕不是的。"奥利弗夫人说道，"我知道我在说什么。"

那位护士大张着嘴，看到了那位修女责怪的眼神，她很快又闭上了嘴。

"穿着天鹅绒和绸缎,还有一头长长的卷发。"奥利弗夫人说道。

"穿着黑色丝质衬衫的孔雀吗?一只真正的孔雀,夫人。您说您在切尔西区的河边看到了一只孔雀吗?"

"一只真正的孔雀?"奥利弗夫人说,"当然不是了。真是愚蠢!一只真正的孔雀跑到切尔西的河堤去做什么?"

没人能回答这个问题。

"他非常招摇。"奥利弗夫人说,"这就是我为什么给他取了'孔雀'这个绰号。你知道的,四处炫耀,虚荣,我应该这么说。对他的外貌很是自负,可能还对别的方面也颇为自得。"她看向波洛补充说:"叫大卫什么的。你知道我说的是谁。"

"您说那个名叫大卫的年轻人敲击了您的脑袋。"

"是的,是这样的。"

波洛开口问:"您看见他了?"

"我没看到他。"奥利弗夫人说,"我什么都不知道。我只是感觉有什么东西在我身后,在我转过头去看之前就发生了这样的事!就好像被千斤重的石头或是什么东西砸中。我想我现在该睡会儿了。"她补充道。

她轻轻移动了一下头,脸上满是痛苦的表情,她很快就进入了看上去很安详的昏睡状态。

第十三章

波洛很少用钥匙进入自己的公寓。相反,他选择了老式的做派,按门铃,等待着乔治来给他开门。可是,他从医院回来的这次,来开门的却是莱蒙小姐。

"您有两位来访者。"莱蒙小姐将声音调整成一种让人感觉很舒服的语调,算不上私语,但是却比她平日里的声音低了几个音阶。"一个是戈比先生,另一个是一位名叫罗德里克·霍斯菲尔德的老绅士。我不知道您想先见谁。"

"罗德里克·霍斯菲尔德爵士。"波洛沉思着说。他思考的时候,头偏向另一侧,这让他看上去颇有些像一只知更鸟,他衡量着这个最新的发展对这整件事有怎样的影响。这时戈比先生如往常一样突然出现在供莱蒙小姐打字的小房间里,很显然他是被莱蒙小姐提前安排待在这里的。

波洛脱下大衣,莱蒙小姐帮他把大衣挂在衣帽架上,戈比先生还是习惯性地坐在莱蒙小姐后面说着话。

"我跟乔治一起去厨房喝杯茶。"戈比先生说,"我的时间属于我自己,由我自己支配。"

他很规矩地进入了厨房。波洛走进客厅,罗德里克爵士精力充沛地来回踱着步。

"终于见到你了,我的小伙子。"他温和可亲地说,"电话真是个好东西。"

"您还记得我的名字？我真是不胜荣幸。"

"嗯，我不是真的记得住您的名字。"罗德里克爵士说，"记名字，您知道的，不是我的强项。我却永远不会忘记任何一张脸。"他颇为自负地说，"不，我给伦敦警察厅打了电话。"

"啊！"波洛略微显得有些惊讶，虽然他知道这是罗德里克爵士喜欢做的那类事。

"他们问我想要跟谁通话，我说，给我找你们的头儿。我的小伙子，为人处世就要这样。不要跟那些次要人等耗费时间，没有用。直接去找顶头上司，我就是这么办事的。我说了我是谁，说我找上面的头儿通话，他们最后也为我接通了电话。那人倒也不错。我告诉他我想要问问某个时段在法国某地和我一起在联军情报工作机构共事的人的住址。那个人看上去好像有些茫然，于是我说：'您知道我说的是谁。'我说是一个法国人，或是个比利时人。您是比利时人吧，是吗？我说：'他的名字是阿基里斯什么的。不是阿基里斯，'我说：'只是像阿基里斯，是个小个子。'我说：'胡子浓密。'他似乎有些明白了，接着他说您的名字可能在电话簿里。我说这好极了，但是我说：'他的名字不会只是阿基里斯或是赫尔克里——他是这么说的，是吗？我不记得他的姓了。'所以接着他就告诉我了。真是个很好的家伙，非常友善，我必须得这么说。"

"很高兴见到您。"波洛说，他的脑海中匆匆闪过一个念头，不知道那个之前在电话中跟罗德里克爵士交谈过的人之后会怎么跟他说呢。幸好那个人不是什么真正的头儿。可以推测那个人是某个跟他相熟的人，他所做的工作就是为那些昔日里声名显赫的名士做些服务。

"总而言之。"罗德里克爵士说,"我来到了这里。"

"不胜荣幸。我给您上点饮品。茶、红石榴汁、威士忌还是苏打水,或是黑醋栗蜜糖水——"

"天呐,不要。"罗德里克听到黑醋栗蜜糖水这个词就感到大为吃惊。"我还是喝威士忌吧。虽然我是不被允许喝酒的,"他补充道,"但是医生们都是些傻瓜,我们对此都心知肚明。他们做的就是去阻止你做你自己喜欢做的事。"

波洛摇铃把乔治召唤来,给了他指示。乔治把威士忌和苏打水放在罗德里克爵士手肘旁之后,就退了出去。

"现在,"波洛说,"我能为您做些什么呢?"

"我给您找了个活儿,老伙计。"

一段时间之后,他似乎更加确信自己过去和波洛确实有着紧密的来往,这正合波洛的意。因为这就会让罗德里克爵士的外甥更加依赖于波洛的能力。

"文件。"罗德里克爵士压低声音说,"我丢了一些文件,我必须要找回来,您明白吗?所以我想既然我的眼神不好,记忆力衰退,我还是找个懂门道的人来帮我吧,您明白吗?您那天来拜访我,很是及时,也很有必要,因为我一定要找回它们,您知道的。"

"这听起来很有趣。"波洛说,"那些文件是什么?我能问问吗?"

"嗯,我想既然要请您帮我找它们,您肯定会询问我的,不是吗?不好意思,它们都是绝密的。最高机密,或者它们之前是这样的,看起来现在又是如此了。是一些往来的信件。在当时并没有那么重要,或者说人们认为它们没有那么重要;但是政治这事总是风云变幻。您对此应该能理解。总是反复无常,您知道当战事一起，什么都可能发生。没有人知道我们将会往哪里去。上一场战争中，我们和意大利还是盟友，然而到了下一场战争中，就反目成仇了。我不知道什么才是最糟糕的。第一次世界大战中，日本是我们亲密的盟友，下一次大战中，他们就炸毁了珍珠港！你永远不知道自己是站在哪一边的！最初是跟俄罗斯并肩战斗，结果最后却分道扬镳。我告诉您，波洛，现今没什么比分辨盟友更为困难的事了。一夜之间，什么都会变的。"

"您说您丢失了一些文件？"波洛说，提醒那位老绅士注意此行的目的。

"是的。您知道，我有许多文件，我最近都翻了出来。我把它们保存得很安全。在一家银行里，事实上，我把它们都取了出来。我想要给它们做分类，因为我想写一本回忆录。现在那些家伙都在写这玩意儿。蒙哥马利、阿兰布鲁克、奥钦列克都在书里胡侃乱说，多半是一些关于其他元帅们的闲言碎语。甚至那位老莫兰，那个备受尊敬的医生，也在大说特说他那些有名望的病人呢。真不知道下一个该轮到谁了！不管怎么说，我有些触动，想到我确实也有兴趣写一些我所知的逸闻轶事！为什么我不能跟其他人一样把这些倾吐出来呢？我也经历过这一切啊。"

"我肯定读者们一定会对此很感兴趣的。"波洛说。

"啊哈，是的！我认识很多新闻人物。人们都对他们很是敬畏，但是他们不知道那些人物所犯下的愚蠢的错误，我知道。我的天呐，那些著名人物所犯下的错误，您简直都不敢相信。所以我取出了我的文件，我找了个小姑娘协助我整理它们。一个非常不错的小姑娘，还相当聪慧，只是英文不是很好，但是除此之外，她很聪明，能帮我做很多事。我收藏了很多材料，但是它们有一些无序。最关键的是，我想要的文件竟然不在那里面。"

"不在里面？"

"不在。我们原以为是一开始就没有，但是又检查了一遍之后，我告诉您，波洛，我觉得这些文件中的很大一部分被人动过了。它们中的一些文件不是很重要。实际上，我要找的文件也不是特别重要，我的意思是，没人觉得它们很重要，要不然我也不会被允许保留这些东西了。但是不管怎么说，那些重要的信件都不在了。"

"我肯定会保守秘密的。"波洛说，"您能告诉我您所说的那些信件的性质吗？"

"不知道我是否能说出来，老兄。我最多能跟您说这是关于现今那些人在书里胡侃那些自己过去做的事情和说的话，但是他们并没有说实话，这些信件恰恰能证明他们是怎样的骗子！不好意思，我认为现在我的这些信件都没有人敢付诸出版。我们就是想复制一份寄给当事人，告诉他们当时究竟说了些什么，有信件为凭证。如果事情之后会变得大为不同的话，您明白吧？我都不必问，我需要问吗？您对于这类消息的快速传播应该很熟悉吧？"

"您说得对极了，罗德里克先生。我知道您的意思，但是您要知道，如果我不知道这些文件是什么，或是它们现在可能在哪儿的话，我是很难为您找回来的。"

"首要的事是：我想要知道是谁动过它们，因为您知道，这一点很重要。在我收藏的东西里可能还有更机密的材料呢，我想要知道是谁胡乱翻动过它们。"

"您自己一点想法都没有吗？"

"您认为我应该知情，嗯？"

"嗯，看起来最有可能的是——"

"我知道。您是想要我说是那个小姑娘。这件事,我不认为是那个小姑娘做的。她说她没有动过,我相信她。您明白吗?"

"是的。"波洛深深叹了口气,"我明白。"

"一方面来讲,她太年轻了。她不会知道这些文件的重要之处的。那些事发生在她很小的时候。"

"其他什么人或许会指使她这么做。"波洛向他指出了这一点。

"是的,是的,确实可能。但是这也太明显了吧。"

波洛叹息了一声。鉴于罗德里克爵士如此偏袒她,他怀疑自己的坚持有没有用。"还有谁能接触到这些文件呢?"

"安德鲁和玛丽,当然了,但是我甚至怀疑安德鲁会不会对此感兴趣。不管怎么说,他一直是个很正派的孩子,一贯如此。虽然我也没有那么了解他。只是在过节的时候,他和他哥哥会来看我一两次而已。当然了,他抛弃了自己的妻子,跟另一个魅惑的女人私奔到南非,但是这样的事,在任何男人身上都有可能发生,特别是那种娶了个像格蕾丝那样的妻子的男人。当然了,我也没有见过她很多次。她是那种眼高于顶的女人。不管怎么说,我是不敢想象安德鲁那样的人会做间谍的。至于玛丽嘛,她看上去似乎也完全正常,除了她的玫瑰花圃,她什么都不在意。还有个老迈的园丁,但是他已经八十岁了,一辈子都待在乡下。还有两个女人,总是在房子里推着噪声巨大的吸尘器。所以您看,她们肯定也是外行。当然了,玛丽戴着一顶假发。"罗德里克爵士有些跑题地说道,"我的意思是这可能会让人觉得她或许是个间谍,因为她戴着假发,但是这也事出有因。她十八岁那年发了一场高烧,这使她掉光了头发。这对于一个年轻女人来说真是太不幸了。最初我也不知道她戴了假发,直到有一天我看到她的头发挂到了玫瑰枝子上,玫瑰枝子把她的假发都弄歪了。是的,真是不幸。"

"怪不得我总觉得她的发型有一些奇怪呢。"波洛说。

"总之,最优秀的情报人员是永远不会戴假发的。"罗德里克爵士告诉他,"那些可怜的家伙得做整形,需要改头换面。但是一定是有人乱动过我的私人文件了。"

"您会不会是把它们放在了其他地方呢?比如在抽屉里或是另一个档案夹中。您最后一次看到它们是在什么时候?"

"我一年前翻阅过它们。我那时想拷贝一些的,我特别留意的那几封信现在不见了。一定是有人拿走了它们。"

"您对您的外甥安德鲁不抱怀疑,认为他的妻子或是家里其他的用人也没什么值得怀疑的。那么他们家的女儿呢?"

"诺玛?嗯,诺玛是有些不太正常。我的意思是她可能患有偷窃癖,拿了别人的东西却不自知。但是要说是她拿了我的文件,也说不通。"

"那么您是怎么想的呢?"

"嗯,您来过我家。您看到了我的房子的构造。任何人都能随意进出。我们不锁门,我们从不锁门。"

"您自己的房间上锁吗?比如当您前往伦敦的时候?"

"我从不认为有必要那么做。我现在当然锁门了,但是那又有什么用?太迟了。反正,我只有一把普通的钥匙,能开所有门。一定是有外人进来过。现在为什么盗窃犯会如此猖獗呢?大白天,就跑进你的家,上楼去他们想去的任意房间,洗劫了珠宝箱,就开溜了。没人看到他们,或是看到了也不在意他们是谁。他们看上去大概是摩登派或是颓废派或是不知道该怎么称呼的家伙,留着长发,还有脏兮兮的指甲。在家里,我不止看到过一个这样的人。我也不想问,你到底是谁?您永远猜不出他们的性别,真是尴尬。这里全是这样的人。我猜可能是诺玛的朋友。这些人在往日是不能登堂入室的。如果您把他们赶出去,说不定您接着就会发现他们是恩德斯勒子爵或是夏洛特·马奇班克斯家的小姐。简直不知道如今是什么世道。"他顿了顿,"如果有人能查出来的话,那一定是您了,波洛。"他咽下了最后一口威士忌之后,站了起来。

"嗯,就是这样。全靠您了。您会接受的吧,是吗?"

"我会全力以赴的。"波洛说。

前门的门铃响了。

"是那个小姑娘。"罗德里克爵士说,"真是准时准点。好极了,不是吗?没有她跟我一起来伦敦真是不幸,您明白的。我眼瞎得就像只蝙蝠一样。我连马路都过不去。"

"您为什么不戴眼镜呢?"

"我有几副眼镜,不知放在哪儿了。他们不是从我的鼻梁上滑落下来,就是被我弄丢了。而且,我真的不喜欢眼镜。我不用眼镜。我六十五岁的时候还不用戴眼镜看书呢,这很不错吧。"

"没什么东西,"赫尔克里·波洛说,"能一直使用。"

乔治带着索尼娅进来。她看上去特别漂亮。她的那种略带羞涩的举止看上去很可爱,波洛想。他带着高卢人的热诚之态迎了上去。

"很高兴见到您,小姐。"他弯下腰亲吻她的手。

"我没迟到吧,罗德里克爵士。"她说,目光略过波洛,"我没让您久候吧。希望没有。"

"小姑娘,一点都没有。"罗德里克爵士说,"全部都井然有序,妥妥当当。"他补充道。

索尼娅看上去有些不知所措。

"茶喝得还不错吧,但愿如此。"罗德里克爵士继续说,"我告诉你去享用一杯茶,给自己买一些圆面包或是手指小饼,或是现今那些年轻女士喜欢吃的点心,嗯?你是否听从我的建议了?我希望如此。"

"不,没有。我抽时间去买了一双鞋子。看啊,它们很漂亮,不是吗?"她伸出一只脚来。

真的是非常漂亮。罗德里克爵士高兴地看着它。

"好的,我们必须要离开了,去赶火车。"他说,"我可能有些老派,但是我真的很喜欢坐火车。开车准时,抵达准时,它们本就应当这样。但是那些汽车,在繁忙时人们就大排长队,拖拖拉拉,至少要耗费一个半小时。这就是汽车!"

"要我叫乔治帮您叫辆出租车吗?"赫尔克里·波洛问,"我向您保证,这一点都不麻烦。"

"我已经叫了一辆出租车在外面等着了。"索尼娅说。

"您看,"罗德里克爵士说,"您看,她什么事都考虑得很周全。"他拍一拍她的肩膀。她看向老爵士的眼神是赫尔克里·波洛最为欣赏的了。

波洛陪同他们走到大厅的门口,礼貌地道别。戈比先生从厨房里走出来,站在廊下,露出一副好像刚刚上门修好了瓦斯炉的工人的那种神情。

当他们走下台阶不见人影之后,乔治就迅速关上了大厅的门,和波洛的眼神正面相遇。

"乔治,我能问问您吗?您是如何看待那位年轻小姐的?"波洛说。在某些事情上,他一贯认为乔治是正确的。

"嗯,先生。"乔治说,"如果您允许的话,我可能会这么回答,先生,我要说他陷得很深,完全被她迷住了。"

"我想您是对的。"赫尔克里·波洛说。

"对于他这样年纪的绅士,这种事情也算是很正常。我还记得蒙特伯伦爵士。他的人生经验丰富得很,您也说过他非常机智敏捷。但是让人大跌眼镜的是,有一次一位年轻的女人来给他做按摩,他送给她一套晚礼服和一只美丽的手镯,简直是一见倾心。还有绿松石和钻石,不是那么贵重但依然花费不菲。还有一条毛皮围巾——不是貂皮的,是俄国白鼬皮,还搭配了一只优雅的晚宴包。这之后,她的哥哥出了麻烦,负债或是什么其他的事,虽然有时我很怀疑她是否有个哥哥。蒙特伯伦爵士给她钱去还债,她对此表现得很是悲伤!但是可别被骗了,这都是些走理想纯情路线的设定,绅士们到了这样的年纪总是会失去理智。上钩的是那些心甘情愿之人,而不是那些厚脸皮的公子哥。"

"乔治,我对您所说的毫不怀疑。"波洛说,"但是您还是完全没有回答我的问题,我是问您是怎么看待那位年轻小姐的?"

"啊,那位年轻小姐啊……嗯,先生,我不敢说得那么肯定,但是她是那种很明确的类型。您在她身上找不出什么毛病。要我说,这种女孩很清楚自己的所作所为。"

波洛走进会客厅,戈比先生顺着波洛的手势紧跟其后。戈比先生一如常态般坐在一张高脚椅上。膝盖并拢,脚尖向内。他从衣服口袋里拿出一本折角的笔记本,小心地打开它,对着那杯放在桌上的苏打水作起报告。

"向您报告您要我调查的家庭背景等情况。

"雷斯塔里克家族是个极受尊敬、声望斐然的家族,没有丑闻和流言。父亲詹姆斯·帕特里克·雷斯塔里克是个善于做生意的精明人。这个家族世代经商,已经传了三代。是由祖父最先创立的，父亲将生意扩张，西蒙·雷斯塔里克又接手过来继续经营。西蒙·雷斯塔里克两年前得了冠心病，健康情况每况愈下。一年前死于冠状动脉血栓。

"小弟弟安德鲁·雷斯塔里克从牛津大学毕业之后，就涉足家族产业了，他跟格蕾丝·鲍德温成婚，育有一个女儿——诺玛。之后他抛下妻子去了南非。一位名叫比雷尔的小姐跟他一起去的。他没有和妻子办理离婚手续。安德鲁·雷斯塔里克夫人两年半前去世了，去世前已卧病多年。诺玛·雷斯塔里克小姐曾在牧野女子学校住宿读书。没有什么不好的记录。"

视线在赫尔克里·波洛脸上扫过之后，戈比先生说道："根据库克的调查，这家人一切正常。"

"没有败家子，也没有精神有问题的人？"

"好像没有。"

"真是让人沮丧。"波洛说。

戈比先生略过这部分，清清嗓子，舔舔手指，翻了一页。

"大卫·贝克，有很多不良记录，有两次缓刑。警方对他很关注。他与数起存疑的案子有关联，似乎是关于重要的艺术品失窃的案件，虽然没有什么证据能证明是他所为。他混在艺术圈子里，没有什么特别的谋生手段，但是似乎还过得不错。他喜欢富有的姑娘，还厚颜无耻地靠着喜欢自己的姑娘过活。也不是很在乎她们的父亲掏钱把他打发走。"

戈比猛然看了一眼波洛。

"您遇到过他？"

"是的。"波洛说。

"我想问问，您是怎么看他的？"

"我的看法跟您一样。"波洛说，"一个华而不实的人。"他深思熟虑后补充说道。

"对女人很有吸引力。"戈比说,"问题就是现今的姑娘对于那些勤恳工作的青年连看都不想看。她们总是喜欢坏小子,像'乞丐'一般的人。她们总是说:'他只是没有好机会,可怜的人。'"

"像孔雀一般招摇过市。"波洛说。

"是的,您倒是可以这么说。"戈比先生有些疑惑不解地说。

"您觉得他是那种会用棍子袭击他人的人吗?"

戈比先生想了想,对着壁炉里的火焰缓缓摇着头。

"他没有这类的犯罪记录。我不能说他没有这种可能,但是我认为那不是他所擅长的。他是那种花言巧语的类型,不是那种会动手的类型。"

"不。"波洛说,"不,我不该这么想的。他能用钱给打发走?这是您的看法?"

"只要值得这么做,他会像丢掉一块烫手山芋一样把姑娘丢弃的。"

波洛点点头。他记起了什么事。安德鲁·雷斯塔里克曾经把写了签名的支票簿拿给他看。波洛不但看到了上面的签名,还看到了接受款项的人名。那一大笔钱是付给大卫·贝克的。大卫·贝克会拒绝这张支票吗?波洛猜测着。他认为基本上他是不会拒绝的。戈比先生也很赞同这个想法。不被看好的年轻男人被钱打发走是任何一个时代都会发生的事,年轻女人也是一样的。男人们说着誓言,女人们泪水涟涟,但是钱毕竟是钱。对于诺玛来说,大卫确实曾经催促过他俩的婚事,但是他是发自内心这么想吗?他是真的爱着诺玛吗?如果是的话,他不会被钱轻易打败的。他的话听起来足够真诚,诺玛也不怀疑他的忠贞。不过安德鲁·雷斯塔里克、戈比先生以及赫尔克里·波洛看法迥异，他们的看法可能更为正确。

戈比先生清清嗓子，继续说。

"说到克劳迪亚·瑞希－何兰小姐，她完全没问题。身家清白，没有任何值得怀疑之处，就是这样。她父亲是国会议员，很有钱，没有流言丑闻，不像我们听说的有些议员那样言行出格。她在罗婷女子学院和牛津大学玛格丽特夫人学堂接受过教育，毕业之后担任秘书工作。最先是在哈利街的一家诊所做医生秘书，接着就去了煤矿局。她是一流的秘书，已经给雷斯塔里克先生做了两个月的秘书了。没有固定的爱人，只有几个你能称之为小情人的男朋友。如果她想要约会，那是不用发愁的。她和雷斯塔里克先生之间看不出有什么牵连。我自己也认为没有什么。之前的三年她就租住在博罗登大楼，那里的租金很昂贵，所以她和另外两个姑娘合租，彼此不是什么密友。她们来来往往，各自独立。一位名叫弗朗西丝·凯莉的年轻女士是第二位租客，已经住了一段时间了。她在英国皇家戏剧艺术学院读过一段时间书，接着去了史莱德。她在韦德伯恩画廊工作，那是邦德街一处非常有名的地方。专门在曼彻斯特和伯明翰举行画展，有时候也在海外做画展。她常常去瑞士和葡萄牙。她是那种从事艺术工作的类型，在艺术圈和戏剧圈有很多朋友。"

他顿了顿，清清嗓子，大致看了一眼那本记事本。

"还无法在南非那边查到什么东西。我觉得我也查不到什么了。雷斯塔里克踪迹不定。肯尼亚、乌干达，有时还会去南美待一段时间。他总是各处游荡，是那种不喜欢安定的家伙。似乎没人特别了解他。他很有赚钱的能力，能用这些钱去他喜欢的任何地方。他赚了很多钱，喜欢去往蛮荒之地。每个认识他的人似乎都会喜欢上他。好像他是个天生的游荡者。他不跟其他人保持联络。据我所知曾经有三次他被报告已经身亡,深入丛林后很久没有再现身,但最后他总是能脱身。五六个月之后他就能出现在完全不同的地方或国家。

"去年他在伦敦的哥哥突然去世了。家人们费尽心力才找到了他。他哥哥的死亡似乎给他很大的震动。可能他游荡够了,也可能他最终遇到了那个对的女人。她要比他年轻得多,他们说她是一位老师,是那种安稳的类型。不管怎么说,他似乎下定决心结束游荡的生活,回到英国的家里。除了他自己的财富之外,他还继承了哥哥的遗产。"

"一个成功的故事,但是他家里却有个闷闷不乐的女儿。"波洛说,"我希望能更多地了解她。您已经竭尽全力为我搜集了我所需要的事实了。这个姑娘身边的人,谁可能会影响到她,或是真的影响到了她?我想知道她的父亲、她的继母和那个她喜欢的男人,那些和她合租的人,以及她在伦敦共事的同事的信息。您确信没有任何死亡事件和这个姑娘有牵连吗?这很重要——"

"没查出任何这类的信息。"戈比先生说,"她在一家名叫归鸟的公司工作——濒临倒闭了,他们对她也不是很在意。她的继母最近在医院里接受观察——在乡下,就是这些了。各种流言四起,但是什么也查不出来。"

"她还没死。我需要的是,"波洛有些凶狠地说道,"是一桩死亡。"

戈比先生对此表示抱歉,并站起身来。"您目前还需要更多的资料吗?"

"不需要那种背景调查之类的信息了。"

"那好,先生。"他把笔记本合上装在口袋里,说,"先生,请您原谅我,我多说一句,那个刚才来这儿的年轻姑娘……"

"是的,她怎么了?"

"嗯,当然我并不是想做什么,我只是想到我刚才也许向您提到了……"

"请说。我猜,您之前见到过她?"

"是的。几个月之前。"

"您在哪儿看到她的?"

"英国皇家植物园。"

"皇家植物园?"波洛有些惊讶。

"我不是跟踪她。我是跟踪其他什么人,那个人去跟她会面。"

"那人是谁?"

"我想我跟您说说也不碍事。先生,那人是赫兹戈维尼大使馆新来的武官。"

波洛挑起眉毛。"真有意思。是的,很有意思。皇家植物园。"他思索着,"真是个见面的好地方。非常不错。"

"我也是这么想的。"

"他们说话了吗?"

"没有,先生,您都不能说他们是相互认识的。那位年轻女士带着一本书。她坐在椅子上,读了会儿书,接着她把书放在了旁边,接着那个武官也坐在了同一条长椅上。他们彼此之间没有交谈,然后那位年轻女士就起身独自离开了。他在那里坐了一小会儿也径自离开了,他把那位女士落在那里的书拿走了,就是这样,先生。"

"明白。"波洛说,"这真有意思。"

戈比先生对着书柜说了声晚安就走了。

波洛筋疲力尽地叹了口气。

"终于结束了。"他说,"真是太复杂了!太离谱了。现在连间谍和反间谍这类的事情都出现了。我本来想要解决的不过是一桩简单的谋杀案。我现在开始怀疑那只不过是一个嗑药的糊涂脑袋所臆想出来的玩意儿。"

第十四章

"亲爱的夫人。"波洛向奥利弗夫人鞠躬致意,并送上一捧极具维多利亚气息的花束。

"波洛先生!嗯,说真的,能见到你太好了,这一看就是你的风格。我所有的花都是胡乱摆放的。"她看了看自己花瓶里蓬乱的菊花,接着又看了看这束整齐美丽的蔷薇花蕾。"你能来看我真是太好了。"

"夫人,我来这里是为了祈盼您早日康复的。"

"是的。"奥利弗夫人说,"我想我好多了。"她轻轻地左右摇动脑袋。"但我还是头疼。"她说,"头疼得厉害。"

"夫人,您记得我警告过您不要做任何危险之事么?"

"事实上,你叫我不要去冒险,但是我却一意孤行。"她补充道,"我感到事情有点不对劲儿。我也很惊恐,我告诉自己不要那么傻,那么害怕,因为我有什么可感到害怕的呢?我的意思是,我是在伦敦,就在伦敦的城市中心地带,人来人往。我的意思是我为什么要感到害怕?我又不是身处蛮荒的森林或是什么这一类的地方。"

波洛若有所思地看着她。他想奥利弗夫人是真的感到了这种不安的恐惧之感,真的对邪恶的存在抱有疑虑,真的预感到某些人或事会给她招致麻烦,还是这一切发生之后才了解到事情的全部经过的?他只知道这些事经常会发生。不知道多少当事人说过与奥利弗夫人一样的话。"我知道有什么不对劲。我能感知到不好的事情。我知道有什么事要发生。"实际上,他们在那时候根本就没有这样的感觉。奥利弗夫人究竟是哪一类的人呢?

他从她的立场来思考。奥利弗夫人觉得自己的直觉很靠谱。一件又一件事不断发生,每当她的直觉被证实是正确的之后,她都会非常自得。

然而这在动物身上也经常会出现,例如狗和猫在大暴雨之前都会有不安的感觉,它们知道有什么事不对劲,但是却不知道到底是哪里不对劲。

"它是什么时候向您袭来的呢,那种恐惧?"

"当我走上主路的时候。"奥利弗夫人说,"在那之前,一切都很正常而且相当刺激,是的,我很享受这个过程,虽然我发现跟踪某人真的很困难,这让我有些沮丧。"

她顿了顿,思考着。"就像一场游戏。接着突然它变得不再那么像一场游戏了,因为那里充斥着各种古怪的小巷和破败的地方,那里有仓库,还有很多荒地,被清理干净之后要修筑新的建筑。啊,我不知道,我解释不了。但是就是变得不同了。真的就像是一场梦。你知道梦是怎样的吧?它们由一件事引发,一场聚会或是什么的,接着突然你发现自己跑进了灌木丛或是其他什么完全不同的地方,并且很骇人。"

"一片灌木丛?"波洛说,"这比喻倒是很有意思。您感觉自己误入了一片灌木丛,而且您对一只孔雀深感害怕?"

"我不知道自己是不是特别怕他。不管怎么说,孔雀不是什么危险的动物。它是——嗯,我的意思是我把他比作孔雀,因为我觉得他是那种花枝招展的类型。孔雀通常很招摇,不是吗?那个讨厌的家伙也很是招摇。"

"在您遭到袭击之前,您一点都没有觉察到后面有人跟着您吗?"

"是的,是的,我一点感觉都没有,但是我认为他就是故意给我指错了路。"

波洛若有所思地点点头。

"但是必然是那只孔雀袭击了我。"奥利弗夫人说,"还能有谁?那个穿着油腻肮脏衣服的小伙子吗?他闻起来恶心透了,但是他不是坏人。那个名叫弗朗西丝的慵懒姑娘就更不可能了,她就像是盖着一块布的箱子,黑色的长发垂地。她让我想起了某些演员或是什么的。"

"您是说她在做模特?"

"是的,不是给那只孔雀做模特,而是给那个肮脏的小伙子。我不记得您是否见过她。"

"我还没有那种荣幸能见到她,如果那真的是一种荣幸的话。"

"嗯,她很美貌,是那种艺术家的类型。化很浓的妆。惨白的脸,刷了很多睫毛膏,柔软的头发贴在脸上。她在画廊工作,我认为她为那些颓废的青年做模特是再自然不过的事了。那些姑娘真是什么都敢做!我想她或许很喜欢那只孔雀,但也说不定是那个脏兮兮的小伙子。不管怎么说,我都觉得她不可能是那种会在我头上敲上一棒的人。"

"我还有另外一种想法,夫人。有人可能注意到您在跟踪大卫,并且转而跟踪您。"

"有人看到我在跟踪大卫,接着就开始跟踪我?"

"或者是有人早就藏在那块建筑工地里,也在监视着那个您在跟踪的人。"

"当然了，也有这种可能。"奥利弗夫人说，"他们会是谁呢？"

波洛沮丧地叹了口气。"啊，是啊。这就是困难所在，真是太难了。有太多的人和事。我什么都弄不清楚。我只知道有个姑娘说她可能犯了谋杀罪！只有这些，我只好依据这些来进行下去，甚至连这一点本身也困难重重。"

"您所说的困难重重是什么意思？"

"思考。"波洛说。

奥利弗夫人对于思考这一点不是很在行。

"您总是让我犯迷糊。"她抱怨道。

"我是在谈论一桩谋杀，但是是谁被杀了呢？"

"我想是继母被杀了。"

"但是继母并没有被谋杀，她还活着。"

"你真是个最神经的人。"奥利弗夫人说。

波洛在椅子上坐直身子。他十指合拢，像是如奥利弗夫人推测的那样，准备去自得其乐了。

"您拒绝思考。"他说，"但是要想得到些什么，必须要思考。"

"我不想去思考。我想要知道的就是当我躺在医院的这段时间，您的所作所为。您一定是去做了什么事。您都做了些什么呢？"

波洛忽略了这个问题。

"我们必须从头开始。那天您打电话给我，我很是烦躁。是的，我要承认这一点，我很烦躁。有些话深深伤害了我。夫人，您很善良。您鼓励我，您要我放宽心。您给我喝了杯热巧克力。除此之外，您还说要帮助我，而且您确实帮了我。您帮我找到了那个来我家拜访我的姑娘，她说自己可能犯了谋杀罪！让我们扪心自问，夫人，这桩谋杀究竟如何呢？谁被谋杀了？它发生在何处？为什么他会被谋杀呢？"

"啊，不要说了。"奥利弗夫人说，"你让我又开始头疼了，这对我的身体很不好。"

波洛对这一请求置之不理。"我们是否接手了一桩谋杀案？您说是那位继母，但是我回复您她并没有死，于是这里面就没有谋杀存在了。但是这其中应当存在一桩谋杀，因此我最先要问的是，谁死了？有人来找我，跟我提起一桩谋杀案，一桩没有时间和地点的谋杀案。但是我无法查到这桩谋杀案，对此您又会再次重复，是有人试图谋杀玛丽·雷斯塔里克，这就解释得通了，但这种说法并不能让我——赫尔克里·波洛感到满意。"

"我真的想不明白您还想要得到些什么？"奥利弗夫人问。

"我想要一桩谋杀案。"赫尔克里·波洛说。

"这听起来真是凶残，当您这么说的时候。"

"我在寻找一桩谋杀案，但是我无法查到一桩谋杀案。这真是太让人焦心了，所以我要您和我一起反思。"

"我有个极好的想法。"奥利弗夫人说，"假设安德鲁·雷斯塔里克在他急匆匆赶往南非之前谋杀了他的上一任妻子。您想到这种可能了吗？"

"我当然是没想过这样的事情。"波洛恼怒地说。

"嗯，我想到了。"奥利弗夫人说，"这很有意思。他跟另一个女人坠入爱河，他迫切地想要跟她远走高飞，所以他就谋杀了自己的妻子，并且没有被任何人怀疑。"

波洛恼怒地长叹一口气。"但是他的前妻是在他去南非十一二年之后才去世的，而他的孩子是不会在五岁大的时候就能搞清楚这桩与自己亲生母亲相关的谋杀案的。"

"她可能给她母亲吃错了药，或是可能就是雷斯塔里克本人说她死了。然而，我们并不知道她是否真的死了。"

"我知道。"赫尔克里·波洛说，"我做过调查。第一任雷斯塔里克夫人是在一九六三年四月十四日去世的。"

"您是怎么知道这些事的呢？"

"我雇了某些人去调查事实。夫人，我请您不要贸然下一些不可能的结论。"

"我想我还是很聪明的。"奥利弗夫人坚持说，"如果要我写书的话，我就会这么安排的。我会让那孩子动手的。不是有意为之，就是她的父亲告诉她要她给她母亲喝下一杯掺了捣碎的树枝的药水。"

"一派胡言！"波洛说。

"那好吧。"奥利弗夫人说，"跟我说说你查到的吧。"

"天呐，我没什么能说的。我要找谋杀案，却怎么也找不到。"

"玛丽·雷斯塔里克发病了，住进了医院，身体康复之后回了家，然后又再次发病，如果他们去搜查的话，可能会找到那些被诺玛藏起来的砒霜或是什么别的毒药。"

"他们确实找到了。"

"嗯，说真的，波洛先生，你还想找到些什么呢？"

"我想要您留意一下语言的内涵。那位姑娘对我和我的仆人乔治所说的话是一样的。她既没有说'我想要杀一个人'，也没有说'我想要杀死我的继母'。她每次都说那些已经做过的事，一些已经发生了的事。的的确确发生过了的事情，用过去式。"

"我放弃了。"奥利弗夫人说，"你就是不相信诺玛试图谋杀她的继母。"

"是的，我觉得诺玛极有可能想要谋杀自己的继母。我想这件事的确可能会发生。在那种精神状态之下，她的神志不清，有些发狂。但是这并没有得到证实。请记住，任何人都能在诺玛的私人物件里藏匿一些东西，甚至有可能是那位丈夫放的。"

"你总是认为谋害妻子的一定是她们的丈夫。"奥利弗夫人说。

"丈夫常常是最有可能的人选。"赫尔克里·波洛说，"所以应该最先考虑的人是他。也可能是那个叫诺玛的姑娘，那些仆人，或是那位陪伴老爵士的姑娘，或是那位老罗德里克爵士，或是雷斯塔里克夫人自己。"

"胡说。为什么？"

"总能找到理由。或许是八竿子打不着的理由，但是总不会让人完全无法相信。"

"真的是，波洛先生，你不能怀疑每个人。"

"当然喽，我就是这么做的。我怀疑每一个人。先怀疑，再寻找理由。"

"那个可怜的外国小姑娘，你怀疑她有什么理由？"

"这可能取决于她在这个家里担当的工作了，还有她为什么要来英国，还有很多别的理由。"

"你真是疯了。"

"或者也可能是大卫那家伙，您说的那只孔雀。"

"真是八竿子打不着。大卫不在那儿。他从没去过他们家。"

"啊，他去过。那天我去他们家的时候，他就正在别人家里晃荡。"

"不是去诺玛的屋子里藏毒药吧？"

"您是怎么知道的？"

"她和那个坏家伙正在恋爱啊。"

"我承认，表面上看是这样。"

"你总是把什么事情都搞得很复杂。"奥利弗夫人抱怨说。

"一点都不是,是事情本身让我很困扰。我需要更多的信息,只有一个人能提供给我这些信息。但是她却失踪了。"

"你是指诺玛?"

"是的,我说的是诺玛。"

"但是她并没有失踪。我们找到她了,你和我。"

"她从咖啡店里逃走了,之后就消失了。"

"你就这么让她走了?"奥利弗夫人气得声音都有些发抖了。

"哎呀!"

"你让她走了?你甚至没有再去找她?"

"我可没说我没有尝试去找她。"

"但是你直到现在都没有什么眉目。波洛先生,我对你深感失望。"

"我已经有些模糊的构想了。"赫尔克里·波洛像说梦话一样嘟囔着,"是的,我已经有些想法了。但是因为缺失一项要素,这种思维模式还没能落实。您明白吧,是吧?"

"不。"奥利弗夫人说。她的头很疼痛。

波洛继续自言自语,不管他的听众是否在倾听。奥利弗夫人感到自己生气极了,她觉得雷斯塔里克家的那个姑娘说得不错,波洛真是太老了!她为他找到了那个姑娘,给他打电话让他及时赶来,自己去跟踪这对情侣中的另一个。她已经把那个姑娘留给波洛了,但是看看波洛都做什么——跟丢了她!事实上,她看不出整件事情从头到尾波洛到底做了些什么,起了什么作用。当他住嘴之后,她一定要把这些话告诉他。

波洛仍旧在平静而有条理地描述着他所谓"那种模式"的大纲。

"是连锁性的。是的，因为是连锁性的，所以才显得如此困难。一件事与另一件事关联，接着你发现它又跟其他的看似不在这个模式之内的事情关联，但是这些事并非在这个模式之外。这会带来一连串的可疑的人。可疑之处在哪儿呢？我们对此一无所知。我们最先说这个姑娘，在这一堆混乱的自相矛盾的模式之中，我们要找到其中最关键的问题。那位姑娘是受害人，还是她自身处于危险之中？亦或是她很有心计，为了达到自己的目的而不惜制造出这种假象？这两种可能都会发生。我仍然需要些别的东西，一些更确定的指示，它一定存在于某处。我肯定它一定藏在哪里。"

奥利弗夫人在她的手包里寻找着什么。

"我不知道为什么在我需要阿司匹林的时候却总也找不到。"她气恼地说。

"我们能看到一组相互紧密连接的关系。那位父亲，他的女儿，她女儿的继母。他们互相关联地生活在一起。还有一位有些糊涂的老舅公跟他们一起居住。我们还能想到那位姑娘索尼娅。她跟那位老爷子有关联，她为他工作。她的言行举止都很优雅美丽。他对她很是倾心。我们或许能说他对她很着迷。但是她在这个家里是什么身份？"

"我想，是想学习英语吧？"奥利弗夫人说。

"她在皇家植物园跟一位赫兹戈维尼大使馆的职员相会。他们在那里会面，但是她并没有跟他说话。她把自己带来的一本书留在了那儿，那个职员拿走了它……"

"你说的都是些什么啊？"奥利弗夫人问。

"这跟其他的模式有无关联呢？我们还不知道。看起来似乎不可能，但是也不一定。玛丽·雷斯塔里克是否无意中看到了一些对于那位姑娘来说会带来危险的文件呢?"

"不要跟我说这些事又跟间谍或是什么事情有关联吧?"

"我不是跟您说了嘛,我只是在猜测。"

"您自己说过老罗德里克爵士是个老糊涂蛋。"

"问题不在于他是不是糊涂。他是第二次世界大战中的一位有些分量的人物。他经手过一些重要的文件,有很多写给他的重要信件。当战时的信件在失去其重要性之后,就可以由他自己保存。"

"您所说的战争早就是很多年前的旧事了。"

"确实是的。但是过去发生的事并不会因为年代久远就被彻底抹去。新的联盟结成了。公开演说总是批驳这个,否认那个,各处散播谣言。假如仍旧存留有某些人物的信或是文件,这会改变某些对于战争人物的设定。我没有告诉您任何事,我只是做一些推测。据我所知,这些推测在过去都是真实发生过的。由于它们极度重要,这些信和文件应当被销毁,不然就会流入一些外国政府的手中。担任此项任务的人,有谁能比那位年轻美丽的秘书小姐合适呢?她辅助老迈的爵士整理资料撰写回忆录。现今人们都喜欢写回忆录,人们无法阻止他们这么做!假设就在那个能干的秘书小姐做饭的那天,那位继母在她的食物里吃到了一些毒药呢?假设是她想要将它嫁祸给诺玛呢?"

"您真是异想天开。"奥利弗夫人说,"歪理邪说,依我看来。我的意思是你说的这些事都不可能发生。"

"就是这样啊。这里面包含太多的模式了。哪个才是正确的呢?那个名叫诺玛的姑娘离开了家,去往伦敦。您跟我说,她作为第三个女郎,和另外两个女郎合租一间公寓。那么我们又有了另一种模式。那两个女郎对她来说是陌生人。但是接着我又了解到了什么呢？克劳迪亚·瑞希－何兰是诺玛·雷斯塔里克父亲的私人秘书。这里又出现了新的联系。这只是碰巧吗？抑或是隐藏在其他的模式之后？那另外一个女郎，您告诉我，是做模特的，与那个您称之为'孔雀'的小伙子熟识，而那个小伙子又爱着诺玛。又是一个关联。更多的关联。至于那个大卫，那只孔雀，在整件事中又起了什么作用呢？他爱上了诺玛吗？看起来是这样的。她的父母不喜欢他，这是很合理很自然的。"

"克劳迪亚·瑞希－何兰是雷斯塔里克的秘书这件事真是古怪。"奥利弗夫人若有所思地说，"我觉得她不管做任何事，都非常高效。或许就是她把那位住在七楼的女人推下去的。"

波洛慢慢向她这边转过身。

"您在说什么？"他质询道，"您在说什么？"

"就是在公寓里有一个人，我甚至不知道她的名字，她从公寓七楼自己跳了下来或是被人推了下来。"

波洛很严肃地提高了嗓门。

"而您从未告诉过我！"他斥责道。

奥利弗夫人吃惊地盯着他。

"我不知道你是什么意思。"

"我是什么意思？我问您是否知道一桩死亡。这就是我的意思。一桩死亡。而您说您不知道什么死亡案件。您只想着试图下毒的事。其实早就发生了死亡事件。一场发生在——那地方叫什么名字来着？——的死亡。"

"博罗登大楼。"

"是的，是的。什么时候发生的事？"

"那次自杀事件吗？或是什么别的叫法？我想，是的，我想是发生在我去那里之前的一星期。"

"好极了！您是怎么打听到这件事的？"

"一个送奶工告诉我的。"

"一个送奶工，真的吗？"

"他来跟我搭话。"奥利弗夫人说，"听起来真是太惨了。是在白天，我想是在凌晨时分。"

"她的名字是什么？"

"我不知道，我想他并没有提起这个。"

"是年轻人，中年人，还是老年人？"

奥利弗夫人思索着。"嗯，他没有说她确切的年纪。五十多岁，我记得他是这么说的。"

"现在我想知道，那三个姑娘中没人认得她吗？"

"我怎么知道？没人再说过那件事。"

"您就从未想过要告诉我吗？"

"是的，确实，波洛先生，我想不出这跟我们接手的这件案子有什么关联。好吧，我想这可能有关系，但是没人这么说过，也没人这么想过。"

"但是就是这样的，里面是有联系的。那个名叫诺玛的姑娘住在那幢公寓楼里，某一天有人自杀了——对于这个，我想大多数人都会这么认为。也就是，有人从七楼的窗户摔下来，死了。那么接着发生了什么？几天后，那个诺玛在您参加的那次聚会中听您提到我之后，就自己来到我这儿，告诉我她恐怕犯了谋杀罪。您还不明白吗？一桩死亡，死亡发生之后没多久就有人认为自己可能犯了谋杀罪。是的，这一定是一桩谋杀案。"

奥利弗夫人想要说"一派胡言"，但是她没敢这么做。不管怎么说，她心里是这么想的。

"那么这个必定是我一直寻找的缺失的那条线索了。这可能把整件事连接起来！是的，是的，我虽然现在还看不明白，但是一定是这样。我要好好想一想。我必须这么做。我要回家，直到我能把这些碎片都慢慢拼接起来，因为这是把这些线索串联起来的关键一块。是的，最起码我能看到我该如何推进了。"

他起身说道："再会，亲爱的夫人。"接着迅速从屋子里跑开了。奥利弗夫人终于感到放松了。

"一派胡言。"她对着空荡荡的屋子说，"完全是荒谬无稽。吃四片阿司匹林是不是太多了？"

第十五章

赫尔克里·波洛手肘旁边放着一杯乔治为他准备的草药茶。他一边品着茶,一边思索着。他那特定的思维方式对他自己来说也颇为特别。他选择的思维方式跟一位玩拼图游戏的人选择碎片一样。按照一定的顺序,把这些碎片一张一张拼凑起来,就能得到一幅清晰和谐的完整画面。此时此刻,最重要的事就是去挑选,去分门别类。他喝了一口草药茶,放下了杯子,将手臂放在椅子的扶手上,让这些纷繁复杂的碎片一张张进入他的脑海中。一旦他全部将它们分辨清楚之后,就可以开始选择了。一片蓝天,一块绿色的堤岸,或许还有一只老虎身上的条条斑纹……

他在黑色漆皮鞋里的脚趾隐隐作痛。他就从这里开始,沿着他的好友奥利弗夫人所铺就的道路。一位继母。他看到了自己的手在推一扇门。一位女人转过身来,她正在弯腰修剪玫瑰花,她转过身来,是要观察他吗?这一幕有什么可供他选择的吗?没有。一头金发,就像玉米田一般散发着金色光芒的金发,头发上的小发卷倒是与奥利弗夫人的发型有些许类似。他微微一笑,但是雷斯塔里克夫人的头发可比奥利弗夫人的要整齐得多。她的头发像一副金色画框一般围绕着她的脸庞,对于她的脸来说,这"画框"似乎有些太大了。他记起罗德里克爵士曾说过,她不得已要戴一顶假发,因为她曾经生过重病。对于一位年轻的女士来说，这真是十分不幸。当他现在回想起来的时候，怪不得当时会觉得她的头发略微有些怪异。太服帖了，打理得也太整齐了。他在想雷斯塔里克夫人的假发——如果那真是一顶假发的话，因为他不知道自己到底能对罗德里克爵士的话相信多少。他开始审视这顶假发的可能性，因为其中可能会涉及什么重要的信息。他又仔细回忆了他们之间的谈话。他们说到过什么重要的事情吗？他觉得好像没有。他想起了那间他们一起走进去的屋子，那间屋子没有什么特色，之前曾有某个人在这里居住过。两幅画像挂在墙上，一幅画像是一位穿着鸽子灰衣服的女士。薄嘴唇，两片嘴唇紧紧抿着。发色是灰褐色的。那是第一任雷斯塔里克夫人，她看上去似乎比她的丈夫年纪大一些。雷斯塔里克先生的画像挂在另一面墙上，正对着她。真是极好的肖像画，两幅都是。兰斯贝格是一位优秀的人像画家。他的思绪停留在雷斯塔里克先生那幅画像上。他第一次看到这幅画像的时候，没有他之后在雷斯塔里克先生的办公室里见到的时候那么清楚……

安德鲁·雷斯塔里克和克劳迪亚·瑞希－何兰。他们之间有什么秘而不宣的东西吗？他们的关系是否不仅仅是老板和秘书的关系？看起来不会的。这是一个离开自己的国家多年，直到最近才回来的男人，他并没有亲密的朋友和亲戚，正因为女儿的个性和行为而感到气恼和忧心。自然而然，他会向自己最近雇用的干练的秘书寻求建议，为她的女儿在伦敦寻得一处安身之地。对于那位秘书来说，她正好也在寻找"第三个女郎"，所以正好可以送个人情。"第三个女郎"……这个出自奥利弗夫人口中的词语，一直环绕在他的心中。好像其中还有某些不知出于什么原因导致他一直想不明白的第二种意义。

他的仆人乔治走进了屋子，轻轻关上了身后的门。

"先生,有位年轻的小姐来了。她之前来过这里。"

这句话跟波洛正在想的不谋而合。他大为惊诧。

"是那天在早餐时间来这里的小姐吗?"

"不,不是的,先生。我说的是那位跟罗德里克先生一道来这里的小姐。"

"啊,是她啊。"

波洛挑着眉毛。"带她进来。她现在在哪儿?"

"我让她在莱蒙小姐的屋子里先等着,先生。"

"啊,好的,带她来吧。"

索尼娅没等乔治带她,就急匆匆地在他之前闯了进来。

"我要离开一会儿是很困难的,但是我不得不来这里告知您,我没有拿那些文件,我没有偷任何东西。您明白吗?"

"有人这么说您吗?"波洛问道,"坐下来,小姐。"

"我不想坐下来。我的时间不多,我只是来告诉您这根本就没有根据。我是非常忠诚的,我只按照要求和命令行事。"

"我明白您的意思了。我已经知道了。您的意思是您没有从罗德里克·霍斯菲尔德爵士家里窃取任何东西,是这样吗?是不是?"

"是的,我来这里就是为了告诉您这个的。他相信我。他知道我是不会做这样的事情的。"

"那么好的。您的这些话我记下了。"

"您认为您能找到那些文件吗?"

"我还有些别的事情要做。"波洛说,"罗德里克爵士的文件得等我办完这些事才能处理。"

"他很担忧,非常担忧。有些话我不能跟他讲。但是我要跟您说说。他总是丢东西,总是会记错东西放置的地方。他把它们放在，我该怎么说呢，很有意思的地方。啊，我知道了。您是在怀疑我。每个人都怀疑我，因为我是个外国人。因为我来自外国，所以他们以为，他们以为我就像英国间谍小说里描写的那样去窃取文件。我不是那样的人。我是个有知识的人。"

"啊哈，"波洛说，"谢谢您告知我这些。"他补充道，"您还有什么要告诉我的吗？"

"为什么我要跟您说？"

"没人知道。"

"您说您还有别的事要调查，还有什么事？"

"啊，我不想浪费您的时间。可能您今天休息。"

"是的，一周之中我有一天可以自由支配。我可以来伦敦，我可以去大英博物馆。"

"啊，是的，毋庸置疑，您还会去逛逛维多利亚和艾伯特博物馆。"

"是的。"

"还可以去英国伦敦国家美术馆看名画。或是在天气好的时候去肯辛顿花园，或者可能还会去稍远的英国皇家植物园。"

她呆住了……满是恼怒地瞥了他一眼。

"为什么要提英国皇家植物园呢？"

"因为那里有很多珍贵的植物，那里还有灌木和树。啊！您不该错过英国皇家植物园的，门票很便宜。我想可能是一便士或是两便士。您可以去观赏热带树木，或是坐在椅子上看书。"他朝她友善地笑笑，同时注意到她不安紧张的情绪更加强烈了，"但是我想我不能再浪费您的时间了，小姐。你或许还要去看一位在大使馆里工作的友人吧？"

"您为什么这么说？"

"没什么特别的原因。正如您所说,您是个外国人,在驻英国的您自己国家的大使馆里,可能会有您的朋友。"

"一定是有人跟您汇报了,有人背地里说了一些不利于我的话!我告诉您,他就是个总是忘事的糊涂蛋!就是这样!他根本就不知道什么重要的事情。他没有什么秘密信件和文件,从来都没有过。"

"啊,您并没有仔细想过您说的话。您知道的,时光飞逝。他曾经是个知道很多重要秘密的重要人物。"

"您就是要恐吓我。"

"不,不是的。我不会那样虚张声势的。"

"雷斯塔里克夫人。一定是雷斯塔里克夫人跟您说的这些事。她不喜欢我。"

"她没有跟我说这些话。"

"嗯,我也不喜欢她。她是那种我最不信赖的女人。我想她倒是心怀秘密呢。"

"是吗?"

"是的,我想她有一些不能让她丈夫知晓的秘密。我想她经常去伦敦或是其他什么地方密会一些男人,每次至少见一个男人。"

"是吗?"波洛说,"这真是有意思了。您认为她常常跟其他男人密会?"

"是的,我是这么以为的。她频繁地去伦敦,我想她不太把她的行程告知她的丈夫,或是借口说去伦敦购物什么的,诸如此类的事。他忙于事业,不太在意他的妻子为什么会来伦敦。她在伦敦的时间远比在乡下的时间要长。可是她却总是假装忙于园艺事务。"

"您知道跟她密会的那个男人是谁吗？"

"我怎么会知道？我又没跟踪她。雷斯塔里克先生不是那种爱猜忌的人。他相信他太太告诉他的事。他整天可能都在为生意操心。而且，我觉得他对自己的女儿也很是忧心。"

"是的。"波洛说，"他确实很担忧他的女儿。您对他的女儿了解多少呢？你们之间相熟吗？"

"我不是太了解她。如果您问我对她的看法，嗯，我告诉您！我认为她精神错乱。"

"您以为她精神错乱？为什么？"

"她有时候会说一些奇怪的话。她能看到那些根本就不存在的东西。"

"看到不存在的东西？"

"根本就没人在那儿。有时候她会异常激动，有时又似乎在梦中。您跟她讲话，她似乎听不到您所说的话，她不会回应。我觉得她好像是在祈盼什么人去死一样。"

"您是指雷斯塔里克夫人吗？"

"还有她父亲。她看他的神情也满是恨意。"

"因为他们都试图阻止她跟她选择的那个小伙子结婚吗？"

"是的，他们都不希望这件事发生。他们是对的，当然了，这让她大为光火。总有那么一天，"索尼娅有些欢欣地点点头补充道，"我觉得她会自杀。希望她不会做那样的傻事。但是当一个人深陷爱河的时候，最有可能会这么做。"她耸耸肩，"那么，现在我要走了。"

"就再告诉我一件事。雷斯塔里克夫人是戴着一顶假发吗？"

"一顶假发？我怎么会知道？"她思索片刻。"可能是的，是的。"她又肯定地说,"这很方便出行。还很时尚。我有时候也戴假发。一顶绿色的!应该是的。"她再次补充道,"现在我要走了。"接着她就离开了。

第十六章

"今天我要做很多事。"第二天,当赫尔克里·波洛起身从餐桌边站起来,去找莱蒙小姐的时候这样说道,"要查询很多事。事先约定的会面和必要的联络人您都帮我安排妥当了吗?"

"那是自然了。"莱蒙小姐说,"都在这里了。"她递给他一个小公文包。波洛匆匆扫了一眼,接着点点头。

"莱蒙小姐,我总是信赖您。"他说,"您真是太不可思议了。"

"真的,波洛先生,我一点也看不出这有什么不可思议的。您给我下命令,我遵照指令去做。自然而然。"

"呵,才不是那么理所当然呢。"波洛说,"我也常常给那些瓦斯工、水电工还有维修工指示,他们总是按照我的指示去做吗?极少,极少会这么做的。"

他走在通往前门的走廊的时候说:"乔治,拿我的那件薄外套来。我感受到了外面凉凉的秋意。"

他探头看向秘书室。"顺便问一句,那位昨天来这里的小姐,您觉得她怎么样?"

莱蒙小姐正准备伸出手指打字,她简洁地答道:"外国人。"

"是的,是的。"

"很明显是个外国人。"

"除此之外,您就没有别的评价了吗?"

莱蒙小姐思索着。"我判断不出她的能力。"她有些怀疑地补充道,"她似乎因为某事而深感沮丧。"

"是的,她被怀疑了,你明白的,被怀疑偷了东西!不是钱,是文件,从她雇主那里。"

"天呐,天呐。"莱蒙小姐喊道,"很重要的文件吗?"

"很有可能是的。但是还有可能他根本就什么都没有丢。"

"啊,这样啊。"莱蒙小姐说道。她向她的雇主投去了意味深长的一瞥,当她想要把他打发走,以便于专心投入工作的时候,她总是会用这种眼神。"嗯,我总是说当您雇什么人的时候,最好还是要考虑到自己身处何地,还是用英国本地人比较妥当。"

赫尔克里·波洛走了出去。他要先去博罗登大楼。他叫了一辆出租车。在大楼院内下车后,他环视四周。有一位身着制服的看门人守在一扇大门之前,吹着一首有些孤寂的小调。当波洛走上前去的时候,他开口说道:"先生,您有什么事吗?"

"我想,"波洛说,"您能否跟我讲讲关于最近发生在这里的那场惨不忍睹的事故。"

"惨不忍睹的事故?"看门人问道,"我一无所知。"

"一位女士纵身从楼上跳下,或者可以说她是从高楼上掉下来,结果摔死了。"

"啊,那件事啊。我对此一无所知,因为我只在这里工作了一个星期而已,您明白的。您好,乔!"

一位从对面公寓走出来的看门人朝他们这边走来。

"您知道那个从七楼掉下来的女士的事吗?那件事大约发生在一个月前,是吧?"

"没有隔那么久。"乔说。他是个语速很慢的年迈老人。"那真是太骇人了。"

"她是直接就摔死了吗？"

"是的。"

"她的名字是什么？她或许是我的一位亲戚。"波洛解释道。他不是那种对说谎心有顾虑的人。

"是吗？先生。真是太不幸了。她是一位叫作卡彭特的夫人。"

"她在这里住了有一段时间了吧？"

"是的，现在让我回想一下。大约是一年，或许是一年半。不是的，我想一定是两年。住在七楼的七十六号。"

"那是顶层吗？"

"是的，先生。卡彭特夫人。"

波洛没有再进一步问一些细节，因为他想既然他是那位女士的"亲戚"，自然会对她有所了解。所以他又换了一种问法：

"那件事引起大的轰动了吗？有没有人对此问这问那的？是什么时段发生的？"

"早晨五点或是六点，我想。事先没有什么预兆。她就这么掉了下来。虽然是清晨，但还是立即围上来一大群人。您知道人们都是喜欢看热闹的。"

"那是当然，警察也来了吧？"

"啊，是的。警察很快就来了。还来了一位医生和一辆救护车。就是通常的那套。"那位看门人用厌烦的口吻说道，听起来就好像这里每个月总有那么一两次会有人跳楼。

"我想楼上的住户听到楼下的声音之后，就都跑了下来吧？"

"啊，没什么人下来，因为这里车辆往来的声音太过嘈杂，住户们大多数并不知道下面发生了什么。有人说当她摔下来的时候似乎小声尖叫了一下，但是声音太小，并没有引起什么真正的轰动。只有那些在街上路过的人看到了。当然了，之后，他们伸着脖子往栏杆里看，其他的人看到他们探头往里看，也跟着挤着一起看。您知道的，一旦出了什么事故，人们就喜欢看热闹！"

波洛对他说自己对这种现象也很是了解。

"她是独居吗？"他用一种很随意的口吻说道。

"是的。"

"但是我想她总有些朋友吧，她和住在这所公寓里的其他住户关系密切吗？"

乔耸耸肩，摇摇头。"可能会有，我不清楚。我从来没在餐厅里看到她和别人在一起。有时候，她会请外面的朋友去餐厅吃饭。不，我不能说她跟这里的任何人有亲密的关系。您最好还是，"乔略有些厌烦地说，"还是去找我们的主管麦克法兰先生吧，如果您想知道关于她的更多的事。"

"啊，谢谢您。是的，我正要去呢。"

"他的办公室在那幢楼的底层，先生。您能在他的门口看到门牌。"

波洛按照指示走了过去。他从手提包里拿出莱蒙小姐为他准备好的信件中最上面的那封，上面写着"麦克法兰先生"。麦克法兰先生是一位长相英俊、颇为精明的二十五岁的男士。波洛把信递给他。他打开了信件，读了起来。

"啊，好的。"他说，"我知道了。"

他把信放在桌子上，看向波洛。

"这座公寓的主人吩咐我在露易丝·卡彭特夫人死亡这件事上全力协助您。先生，现在我具体能帮助您什么呢？"他再次看了一眼信，"波洛先生？"

"当然了，这次的行动要完全保密。"波洛说，"警察和律师曾经和她的亲属联系过，但是他们太过焦急，因为我要来英国，所以他们希望我能获得一些其他的事实真相。希望您能理解我，您知道只依靠官方的报告，是很难让人真正放心的。"

"是的，确实是这样。是的，我很明白确实是这样。好的，我会尽我所能告诉您一切的。"

"她在这里住了多久，她是怎么租下这里的公寓的？"

"她在这里……我能立马查出来，大约两年了。当时这里有一间空房，我想那位要搬走的女士肯定是跟她熟识，所以提前告诉她自己要搬走。那位女士是怀尔德夫人，在BBC工作。她在伦敦待了一段时间，但是她要去加拿大了。真是位不错的女士。我认为她与这位意外死亡的女士并不太熟。她只是偶然之间说起自己要搬走，而卡彭特夫人很喜欢这间公寓罢了。"

"您认为她是个合适的租客吗？"

麦克法兰先生在回答之前先迟疑了一阵。

"她是个不错的租客，是的。"

"您可以跟我有话直说，"赫尔克里·波洛说，"她在公寓里举办狂野的派对了，嗯？有一点太……我们该怎么说呢，在招待朋友的时候有些过于喧闹？"

麦克法兰先生的态度变得不那么拘束了。

"有时会这样，有人对此有些抱怨，但是大多是些年纪比较大的人。"

赫尔克里·波洛做了个意味深长的手势。

"有点过于爱喝酒了，是的，她的朋友都是些游戏人间之人。有时候，就会给自己招惹些麻烦。"

"她喜欢跟男士们交往吗？"

"这个，我不想扯得太远。"

"是的，是的，我理解。"

"当然了,她也不年轻了。"

"外表往往其有欺骗性。您看她有多大年纪?"

"这很难说。四十,四十五。"麦克法兰先生补充道,"您知道的,她的健康状况不是太好。"

"我知道。"

"她酗酒,毫无疑问。她还常常深陷忧郁之中。她对自己的状况很担忧。她总是去看医生,而且不相信医生所说的话。女士们在这种年纪总是会有这样的担忧,她以为自己得了癌症,还对此深信不疑。医生说她没有生病,但是她却不相信。在验尸的时候,医生也说她一点病都没有。啊,是的,人们总是会听到这类的事。她对此无法忍受,有一天——"他点点头。

"真是太惨了。"波洛说,"在这所公寓楼的租户里,她有没有什么朋友?"

"对此我不是很了解。这个地方,您看,不是那种关系亲密的地方。租户们多半是经商的人或是有自己工作的人。"

"我想到了克劳迪亚·瑞希-何兰小姐。不知道她们两个人之间熟识吗?"

"克劳迪亚·瑞希-何兰小姐?不,我不认为如此。啊,我的意思是,她们只是认识而已,是那种会在电梯里打个招呼的关系。但是我认为她们在社交上没有任何联系。您看,她们不是一个年龄段的人。我的意思是……"麦克法兰先生有些慌张。波洛猜测着其中的原因。

波洛说:"我想,另一位跟何兰小姐合租的小姐知道卡彭特夫人——诺玛·雷斯塔里克小姐。"

"她知道卡彭特夫人吗?这我可没想到,她是最近才搬过来的,我对她还有些不太眼熟呢。她是一个总是面露惊恐的年轻女士。我觉得她离开学校还没多久。"他补充道,"先生,我还能为您做些什么呢?"

"不了,谢谢您。您真是友善。我想如果可能,我是否可以去看看那间公寓?只是为了能跟她的亲属们说——"波洛顿住了,不知道自己要说些什么。

"哦,让我看看。现在是一位名叫特拉弗斯的先生住在那里,他全天都在城里工作。好的,如果您想看看的话,请随我来,先生。"

他们上到了七楼。当麦克法兰先生把钥匙插进锁眼的时候,门牌从大门上掉了下来,差点砸到波洛的黑色漆皮皮鞋上。他躲开了,接着弯腰拾起了门牌,小心地把门牌上的钉子复归原位。

"这个门牌都松了。"他说。

"先生,不好意思。我会记下来的。是的,它们时不时就会松。好的,我们进来吧。"

波洛走进起居室。他进来的那一刻,看到这里并没有什么个人特色。墙壁贴着木纹的壁纸。屋里摆放着那种常见的、舒适的家具,属于租客个人的东西只有一台电视机和一些书。

"您看,我们这里的公寓都是带家具的。"麦克法兰先生说,"租客不用带任何东西,除非他们自己要带。我们这里多半是经常搬进搬出的租客。"

"屋内的装饰都是一样的吗?"

"不全一样。人们似乎很喜欢这种原木的效果,跟挂画很相配。唯一不同的是正对着大门的挂画。我们有一系列水彩画可供租客选择。"

"一共有十套。"麦克法兰先生带着自豪感说,"有日本风情系列,非常具有艺术气息,您不觉得吗?英国园林系列,还有稀有鸟类系列，树木系列，小丑系列，线条和立体抽象效果系列，色彩对比鲜明系列……它们都是由著名的艺术家设计的。我们的家具都是相同的。有两种色彩，可供租客随意挑选。不过通常他们都不在这上面费心。"

"就如您所说，他们中的大多数都不是那种爱操持家的类型。"波洛说道。

"是的，更像是那种漂泊不定之人，或者是那种工作繁忙，需要纯粹的舒适，只要可以方便洗漱，而对室内装饰不太感兴趣的人。虽然偶尔也会有那么一两位喜欢随自己的意愿摆弄，但在我们看来，并没有什么好的效果。我们在租房合约上写明了租客在退租之前要把东西都摆回原位，如果有什么破坏之处，是要赔偿的。"

他们之间的谈话似乎离卡彭特夫人之死这个话题越来越远了。波洛朝窗口走了过去。

"是从这里跳下去的吗？"他轻声问道。

"是的，就是从这扇窗户。左手边的那个。那外面有个阳台。"

波洛朝下看去。

"七层。"他说，"真是挺高的。"

"是的，还算幸运，当场就死了。当然，这也可能是一场意外。"

波洛摇摇头。

"您不会真的这么想吧，麦克法兰先生？这肯定是有意为之的。"

"嗯，总要找个说得通的理由。恐怕她不是个快活的女人。"

"谢谢您。"波洛说，"谢谢您帮忙。这么一来我就能给身在法国的她的亲戚们一个清楚的说法了。"

波洛对于这件事的了解不像他想要的那样清楚。迄今为止，没有什么发现可以支持他认为露易丝·卡彭特之死具有重要的意义这一理论。他若有所思地重复着她的名字。露易丝……为什么露易丝这个名字一直在他的脑中挥散不去呢？他摇摇头。他谢过了麦克法兰之后就离开了。

第十七章

尼尔检察官坐在桌子后面,显得相当官方和正式。他彬彬有礼地接待了波洛,并请他就座。当将波洛带进来的那位年轻人离开之后,尼尔的态度马上就变了。

"您这个神秘的老魔头,您来这里做什么呢?"他问。

"说到这个,"波洛说,"您已经知道了。"

"啊,是的。我已经搜集了一些资料,但是我想从那个洞里挖不到什么东西给你。"

"为什么是那个'洞'呢?"

"因为您就像个优秀的捕鼠能手,一只蹲在洞口等待着老鼠出洞的猫。嗯,如果您问我,我会告诉您那个洞里并没有什么老鼠。不要介怀,我不是说那个洞里任何有价值的、可疑的勾当都挖不出来。我敢说一定有些猫腻在其中,那些矿产、专利和石油,还有诸如此类的事情。但是约书亚·雷斯塔里克有限公司是一家声望极高的公司,是个家族企业,或者一度是这样的,但是您现在不能这么说了。西蒙·雷斯塔里克没有孩子,他的弟弟安德鲁·雷斯塔里克只有一个女儿。还有他妈妈娘家那边的一位老姨妈,安德鲁·雷斯塔里克的女儿在离开学校、亲生母亲去世之后曾跟她住在一起。那位老姨妈因为中风在六个月前去世了。她有些迷迷糊糊,我认为她曾加入过一些相当古怪的宗教团体,倒也不是什么邪恶的团体。西蒙·雷斯塔里克是个彻头彻尾的精干的商人，他有一位善于交际的夫人。他们是晚婚。"

"那么安德鲁呢？"

"安德鲁看起来似乎很喜欢漫游。没什么对他不好的传闻。他从来不在任何一个地方待太久，在南非、南美、肯尼亚和其他很多地方漫游。他的哥哥不止一次强令他回来，但是他从不肯遵从。他不喜欢伦敦，也不爱生意，但是他似乎有雷斯塔里克家族赚钱的天赋。他喜欢追逐矿藏，事情就是这样。他不是个捕猎大象的猎人，或是什么考古学家、植物搜集者或是其他的人。他所经手的都是些商业方面的事务，他经常能从中大赚一笔。"

"这么说从他的行事方式来说，他也算是个符合常规的人了。"

"是的，可以这么概括。我不知道在他哥哥去世之后，是什么让他返回英国的。可能是他的新太太，他再婚了。夫人是一位相貌美丽，比他年轻不少的女人。现今，他们和罗德里克·霍斯菲尔德老爵士一起居住，那位老爵士的妹妹曾经嫁给过安德鲁·雷斯塔里克的叔叔。但是我想他们也只是暂时住在那里。我说的这些对您来说有什么是未曾听闻的吗？还是说您都已经了解过了？"

"多数的事我都知道了。"波洛说，"这两方家族里有人患过精神病吗？"

"应该没有，除了那个老姨妈，她参加过一些古怪的宗教团体。这对于独居的老人来说也算是稀松平常之事。"

"这么说您能告诉我的事就是他们家很富有。"波洛说。

"很富有。"尼尔检察官说，"并且都是通过正当的途径。我提醒您，这其中一部分是由安德鲁·雷斯塔里克给这个公司带来的。包括南非的专利、矿产和矿藏。我要说当这些都被开发出来，或者是都上市之后，将会是一笔数目巨大的财富。"

"那么谁会继承它们呢?"波洛问。

"这取决于安德鲁·雷斯塔里克怎么处置了。这取决于他，但是我看除了他的妻子和女儿，再没有其他人了。"

"那么说她们两人有朝一日都有可能会继承到这一笔巨大的财富?"

"要我说是这样的。我猜应该有不少的家庭信托基金吧，通常在伦敦金融区里。"

"举个例子，他有没有可能钟情于另一位女人?"

"没听说过这样的事。我也不认为有这个可能。他的新妻子是个相貌美丽的女人。"

"一位年轻男人。"波洛若有所思地念叨着，"会很轻易就知道这一切吗?"

"您是说和他的女儿结婚吗?没人能够阻止他，甚至法庭裁定她受到监护，或是什么类似的。当然了，如果他父亲愿意的话，可以取消她的继承资格。"

波洛看着他手上那张字迹整齐的单子。

"韦德伯恩画廊那边情况如何?"

"我不知道您是怎么扯到这里来了。您是被委托调查赝品吗?"

"他们售卖赝品吗?"

"那里的人不售卖赝品。"尼尔检察长有些不悦地说，"那里倒是发生过一桩不是很愉快的交易。一位来自得克萨斯的百万富翁来买画，付给他们一大笔钱。他们卖给了他一幅雷诺阿的画和一幅梵·高的画。雷诺阿的那幅画是一个小女孩的头像，关于这幅画，曾有些质疑的声音。虽然看起来韦德伯恩画廊当初在购进这幅画的时候并没有什么歪心思,但是这位富翁还是请来了很多艺术品专家做鉴定。事实上,一如往常,这些专家得不出一个统一的结果。这家画廊表示他们愿意将画收回,但是那位百万富翁没有改变初衷,因为那位最炙手可热的鉴定专家发誓说这幅画是真的。于是他决定将它购进。从那之后,关于韦德伯恩画廊的可疑传言就散播了出去。"

波洛再次看了看单子。

"那么您知道大卫·贝克的底细吗?您有没有替我查查他的情况?"

"啊,他就是通常所说的暴民。乌合之众,拉帮结派,在夜总会里大肆捣乱。靠着紫心锭、海洛因和可卡因过活,姑娘们对他疯狂着迷。他是那种姑娘们最为哀怜之人,她们说他命运坎坷,是个绝妙的天才,他的画作没有得到赏识之类的。如果要我说,他就是个身无长物,只能激起姑娘们欲望的人。"

波洛再次审视起自己的单子。

"您对于议员瑞希-何兰先生有什么了解吗?"

"在政治上做得相当不错,在论辩方面很有天赋。他在伦敦市内做过一两次不清不楚的交易,但是都很利落地全身而退。我要说这位先生很狡猾,他会用一些可疑的手段捞到一大笔钱。"

波洛提出了最后一个问题。

"那么罗德里克·霍斯菲尔德爵士呢?"

"很不错的一个老家伙,就是有点糊涂。您真是嗅觉灵敏啊,波洛,您什么都能感觉到,不是吗?是的,我们英国警方的政治保安处都快要被他烦死了,都是这阵盛行撰写回忆录的风潮惹的。没有人知道又会有什么人写些什么胡言乱语。那些老家伙,做过战时服务工作或是其他什么的,都争先恐后地发表自己所能记得的那些关于他人的失误遗漏之事！通常来说，这也无伤大雅，但是有时候，嗯，您知道的，内阁改变了政策，他们不想伤害某些人脆弱的感情或是做出错误的舆论引导，所以我们想方设法去堵住那些老家伙的嘴。他们中的一些人真是难对付。但是如果您想挖掘这方面的资料，最好还是去政治保安处吧。我想那里不应该会有多大的错误。问题是他们没有把该销毁的文件销毁掉，他们保存了大量的文件。但是，我想这些东西并没有多大价值，但是我们有证据表明，的确有一股势力在探查什么。"

波洛深深叹了口气。

"我今天所说的对您可有帮助？"检察官问道。

"我很高兴能从官方得到一些真正的内幕。但是，我不觉得您说的事情对我有多大帮助。"他叹了口气接着说，"如果有人偶尔跟您提起，有一位年轻且充满魅力的女人戴着一顶假发，您怎么看？"

"这没什么。"尼尔检察官说道，接着又带着些许刻薄意味补充道，"不论我们什么时候去旅行，我的太太总是戴着假发。这倒是省了不少麻烦。"

"不好意思。"赫尔克里·波洛说。

当这两个人互相道别的时候，检察官问道："关于那起发生在公寓的自杀案件，我想，您都弄明白了吧？我已经把资料都送到您那里了。"

"是的，谢谢您。最起码官方的报告我是有了，虽然只是关于案件的笔录。"

"您刚刚提到的某些事让我想起了些什么。让我想一想。这是那种常见的悲剧故事。一个乐观的女性，很喜欢男人，还有足够的钱财，没有什么需要特别忧心之处，但她饮酒过量，人生走上了下坡路。接着她患上了过度担心健康的毛病。您知道的，她们会确信自己得了癌症或是这一类的绝症。她们去医生那里问诊，医生会告知她们身体完全没问题，等她们回家之后，却对医生的话一点都不相信。如果您问我，我要说这通常是因为她们发觉自己已经不再那么具有女性魅力了，对男性而言吸引力愈来愈弱导致的。这是真正让她们感到沮丧的事。是的，这种情况总是会发生。我认为她们很孤单，是些可怜的家伙。卡彭特夫人就是其中一个。我想她不会——"他停了下来，"啊，是的，当然了，我记得。您问我关于瑞希-何兰议员的情况。他是个很喜欢玩乐的人，但是通常行事谨慎。不管怎么说，露易丝·卡彭特一度是他的情妇。就是这些了。"

"他们之间的关系密切吗？"

"啊，我想也没那么密切。他们曾经在一些声名狼藉的夜总会上一起出现过。您知道的，我们对这类事会予以监察。但是在报刊上并没有关于他们的任何绯闻，没有任何这类的消息。"

"我明白了。"

"他们的情人关系维系了很长一段时间。他们分分合合，大概在一起有六个月。但是我想他们都不是对方唯一的情人。所以您就不能说他们之间关系紧密了，不是吗？"

"我也不这么认为。"波洛说。

"但是仍然有可能。"当波洛下楼的时候口中喃喃自语道，"仍然有可能，这是一环。这解释了为什么麦克法兰先生会感到尴尬的原因。这是一个微弱的环节，一条连在埃姆林·瑞希-何兰议员和露易丝·卡彭特之间的环节。"可能这并不能说明什么。为什么它会有重要的意义呢？但是——"我想知道的简直太多了。"波洛气恼地对自己说，"我想知道的简直太多了。对于每件事、每个人我都知之甚少,但是我无法据此塑造出一种思维模型。一半的事实都与之不相关。我想要一种模式,我拼尽全力所求的不过是一种模式。"波洛大喊道。

"先生,您说什么?"开电梯的小伙子转过头吃惊地问道。

"没什么。"波洛说。

第十八章

波洛在韦德伯恩画廊的门口停下脚步,站在那里观看一幅画,画中描绘了三头看上去颇富攻击性的牛,它们硕大顾长的身体被一座设计复杂的大型风车映衬着。这两者之间似乎没有关联,画上的颜色也是那种奇怪的紫色调。

"这幅画很有意趣,不是吗?"一个像猫一样轻柔的声音说道。

他的身旁出现了一位中年人,那人初看之时,就好像是在微笑,还露出了一排数量有些过多的美丽洁白的牙齿。

"如此清新。"

他那双又白又胖的手像在跳芭蕾舞一般挥舞着。

"真是高明的展览。上周才闭幕。克劳德·拉斐尔的画展前天才开幕。会进行顺利的。一定会很成功。"

"啊。"波洛附和着,穿过灰色的天鹅绒帷幕,走进了一间狭长的内室。

波洛作了一番小心谨慎却不置可否的评论。那个胖男人亲切地握住波洛的手。很显然他觉得这样的一个人一定是不会被吓跑的。他是位在艺术品推销领域颇为老到的人。从他那儿立即就能感受到,即使不购买任何艺术品,他也欢迎您在这家画廊里待上一整天,专心致志地看着这些令人愉悦的画作;即使当您刚踏进画廊的时候可能并不觉得它们令人赏心悦目,但是当您走出画廊的时候,就会确信赏心悦目确实是形容这些画作最恰当的词汇了。在波洛听取了一些艺术方面的实用指导,还说了那些门外汉经常会说的"我很喜欢那幅画"之类的话之后,博斯库姆先生颇具鼓舞地吹捧道:

"您真是看法独到。要我说,这显示了您极强的洞察力。当然了,您知道这不是普通人的那种反应。很多人会选择,嗯,我该怎么说呢,那种更引人注目的,就像那幅画——"他指着一幅在画布的角上勾画了一些蓝绿相间的线条的画作,"但是这一幅,您的确是道出了这幅画的特质。我自己也觉得,当然了,这只是我的个人观点,那是拉斐尔的杰作之一。"

波洛和他一道转过头来,看到了一幅画,画上斜挂着一颗橙黄色的钻石,两边各用蛛丝一般的线系着一只人眼。完美的关系被建立了起来,时间一瞬间落入永恒之中,波洛说:

"我想一位名叫弗朗西丝·凯莉的小姐是在您这里工作,是吗?"

"啊,是的,弗朗西丝,那个聪慧的姑娘。非常有艺术品位,也很称职。她刚从葡萄牙归来,为我们安排了一次艺术展,非常成功。她也是个很优秀的艺术家,但是要我来说,她的创造力有所欠缺。她最好还是从事艺术商务方面的工作。我想她自己也意识到了这一点。"

"据我所知,她对于艺术界的人士很是扶持?"

"啊,是的。她对后起之秀很感兴趣,会鼓励那些有天分的人。春季的时候,她还劝我为一帮年轻的艺术家办了一次画展。那次画展相当成功。报纸也注意到了这次活动,刊登了一条短小的报道。您明白的,是的,她就是那群年轻画家的扶持者。"

"您知道,我是那种有些老派的人。其中一些人真是怪人!"波洛双手一摊。

"啊。"博斯库姆先生宽慰道,"您不能从他们的外表来判断。这只是一种潮流,您明白的。胡子、牛仔服或是锦缎衣和长发。只是一时的时尚,很快就会过去的。"

"有个叫大卫什么的人。"波洛说,"我忘记他的姓了。凯莉小姐似乎对他评价很高。"

"您确定您说的不是彼得·卡迪夫吗?他是目前凯莉手下炙手可热的人物。但是我对他却不像她那么赞赏有加。他实在是算不上什么艺术先锋,嗯,还有些过于反动。颇具、颇具、有些时候颇具伯恩·琼斯之流的风范!然而,没人知道,您不能这么轻易下结论。她偶尔也做他的模特。"

"大卫·贝克,我想起来他的名字了。"波洛说。

"他还算不错。"博斯库姆先生毫无热情地说道,"依我看来,他没什么个人原创。他只是那个我刚才提及的艺术团体里的一员罢了,他给人的印象不那么深刻。但是仍旧是一位不错的画家,只是没什么突出之处。不太入流!"

波洛回了家。莱蒙小姐递给他一堆需要签名的信件,她接过签了名的信件就离开了。乔治给他端上了一碟法式香草煎蛋卷,可以这么说,乔治端上来的时候带着一种对波洛既小心又心疼的感觉。午餐过后,当波洛坐在那张四方靠背椅上的时候,电话响了起来。

"先生,是奥利弗夫人。"乔治说着,把听筒放在波洛身旁。

波洛有些勉强地拿起听筒。他不想跟奥利弗夫人说话,他预感到她又要催他做一些他不愿意去做的事了。

"是波洛先生吗?"

"正是在下。"

"嗯，你在做什么？你最近都做了些什么呢？"

"我正在椅子上坐着。"波洛说。"思考着。"他补充道。

"就这些了？"奥利弗夫人问道。

"这是很重要的事。"波洛说，"是否会有成功的结果现在还不得而知。"

"但是你一定要找到那个姑娘。她或许被人绑架了呢！"

"确实有这个可能。"波洛说，"今天中午我收到了他父亲寄来的一封信，催我去见他，跟他说说事情的进展情况。"

"那么，有什么进展吗？"

"到现在为止，"波洛没好气地说，"什么都没有。"

"波洛先生，真的吗？你真的需要好好掌控自己的节奏啊。"

"您也是！"

"这是什么意思？"

"一直催促着我。"

"为什么不去切尔西区呢？就是那个我头部被打的区域。"

"然后让我自己也被打一棍子吗？"

"我就是搞不懂你。"奥利弗夫人说，"我在那个餐馆里替你找到了那个姑娘，提供给你一条线索。你是这么说的啊。"

"我知道，我知道。"

"那么那个从窗户纵身一跃的女人呢？你从她那里查到了些什么呢？"

"我已经做了调查，是的。"

"结果呢？"

"什么都没查到。那个女人是个普通人。她年轻的时候很有魅力，各种风流韵事不断，之后她年华老去，不再那么有吸引力了,她变得悲伤,酗酒过度,自以为得了癌症或是什么绝症,因而最终变得绝望、孤独,从窗户里纵身一跃!"

"你说过这桩死亡意义重大,其中一定有什么内情。"

"应该是有的。"

"真是可以!"奥利弗夫人气得说不出话来,她挂断了电话。

波洛舒展身体尽力靠回了扶手椅中,当他挥手让乔治拿走咖啡壶和电话听筒的时候,开始反思那些他知道和不知道的事。为了理清思绪,他大声自言自语。他反复思索着三个形而上的问题。

"我知道些什么?我能期盼些什么?我应当做些什么?"

他不确定他这么排列这三个问题的顺序是否正确,或者说,这些问题本身是否正确他也不确定。但是他还是想要思考这些。

"可能我真的太老了。"处在绝望的低谷中的赫尔克里·波洛说,"我都知道些什么?"

在经过思考之后,他想自己知道的太多了!他应当暂时把这个问题抛在一边。

"我能期望些什么?"嗯,人总是要有所希冀的。他希望自己那出色的、优于别人的头脑,迟早有一天能够给出这个让他坐立不安、让他无法真正了解的问题的答案。

"我应当做些什么呢?"嗯,这个问题的答案就明确多了。他应当做的就是去拜访一下雷斯塔里克先生,他显然为了他的女儿操碎了心,毫无疑问的是他也会责备波洛现在还没能找回他的女儿。波洛对此很了解,也对此深表同情,但是他不想在如此不利的情况下去与他会面。他唯一能做的事就是打个电话,问问那边的情况进行得怎么样了。

但是当他这么做之前,他又重新回到那个刚才抛在一边的问题上了。

"我都知道些什么？"

他知道韦德伯恩画廊处在质疑之下，至今为止，虽然没有在法律上有什么差池，但是他们在出售有待考证的名画给那些无知的百万富翁方面毫不手软。

他想起了博斯库姆先生那双胖胖的白手和他那过盛的牙齿，他觉得自己不喜欢那个人。他是那种很明显会从事不法勾当的人，毫无疑问，他也很会妥善巧妙地自我保护。这是一个很有用的事实，因为这可能会与大卫·贝克有关联。说到大卫·贝克，那只孔雀，他对他又了解多少呢？他曾经遇到过他，跟他攀谈过，也在心中形成了对于大卫·贝克的某种看法。他会为了钱而从事不正当的事，会为了钱而不是出于爱跟一位有钱的女继承人结婚。他可能会被人收买吗？是的，他或许会被收买，安德鲁·雷斯塔里克一定是这么想的，他可能是对的。除非——

他思量着安德鲁·雷斯塔里克这个人，比起他本人，他想得更多的是那幅挂在他办公室墙上的肖像画。他想到了他那强烈的个人色彩，凸出的下巴，身上散发出的果决干练的气质。接着他想到了那位已故去的安德鲁·雷斯塔里克夫人。她的嘴唇边显露出悲苦的线条……可能他要再去克劳斯海吉斯那里一趟，看看那幅肖像画，因为说不定能从中发现什么关于诺玛的线索。诺玛，不，他不能再想诺玛了。除此之外还能想些别的什么呢？

据那位叫索尼娅的姑娘说，玛丽·雷斯塔里克夫人一定是在外面有了情人，因为她频繁地前往伦敦。他思考着这一想法，但是他不认为索尼娅说的是对的。他觉得雷斯塔里克夫人前往伦敦，更有可能是为了购置房屋，奢华的公寓、伦敦上流住宅区的房子，以及那些在大都市中能用金钱购买的一切东西。

金钱……似乎在他脑中闪过的一切东西都归结在这一点上了。金钱的重要性。在这件事情中牵涉了一大笔钱。不知为什么，虽然从某些角度来讲并不明显，但是金钱还是占据着重要的位置。迄今为止，没有什么证据能证明卡彭特夫人的死亡是诺玛造成的。没有证据，没有动机；虽然在他看来总觉得这两者之间似乎存在着什么牵连。那个姑娘说她"可能犯了谋杀罪"。而这桩死亡就是发生在这之前一两天。一桩碰巧发生在她所居住的公寓楼中的死亡案件。如果要说这桩死亡跟她一点关系都没有，这也太巧了吧？他再次想到玛丽·雷斯塔里克所患的那种神秘的疾病了。这整件事情是如此简明，以至于从表面看来有些过于典型。在下毒事件中，那个下毒的人一定是家里的某个人。玛丽·雷斯塔里克会不会是自己服毒的呢？还是她的丈夫试图毒死她，或是索尼娅下的手呢？还是嫌疑人是诺玛？赫尔克里·波洛不得不承认，所有的事实都指向这一点：诺玛才是那个最符合逻辑、最说得通的人。

"但是这又怎样？"波洛说，"我还是找不出任何关于这次从窗户坠楼事件的合情合理的理由。"

他叹了口气，站起来，告诉乔治给他叫辆车。他一定要去赴安德鲁·雷斯塔里克的约。

第十九章

克劳迪亚·瑞希-何兰今天不在办公室。取而代之的是一位中年妇人,她来负责招待波洛。她对波洛说雷斯塔里克先生正在恭候他,她带着波洛来到了雷斯塔里克先生的办公室。

"进展如何?"雷斯塔里克不等他进门就急切地问,"嗯,我女儿怎么样了?"

波洛摊开手。

"到现在为止还没有什么消息。"

"但是您看,您总会有些什么消息吧,一些线索。一个姑娘不能凭空消失的。"

"姑娘们之前这么做过,现今也会继续这么做。"

"您是否明白我说的不惜任何代价、什么代价都行的意思?我……我不能再这样等下去了。"

这一次,他似乎完全失控了。他看上去瘦了不少,双眼通红,无声地表露出他最近很少能睡安稳的情况。

"我明白您一定是感到极度焦虑,但是我向您保证,我已经竭尽全力做了一切事去追踪她。这些事,天呐,都是急不来的。"

"她或许是失忆了,或者、或者她有可能,我的意思是,她有可能是生病了。"

波洛想他明白他断断续续的话语背后的含义。雷斯塔里克原本是要说"她很有可能死了"。

他在桌子另一侧坐下,说道:"相信我,我知道您焦心的感觉,我再次建议您,如果您去找警察的话,事情会推进得更快的。"

"不!"这个字眼如同火山喷发一样有力。

"他们有更好的设备,更多的线索和途径。我向您保证,这不是钱的问题。钱不像一个更加高效的组织一样,能够给您同样的结果。"

"老兄,您这么安慰我是没用的。诺玛是我的女儿,我唯一的女儿,我唯一的骨肉。"

"您确定您已经将一切都告知我了吗?一切有可能的事,关于您的女儿?"

"我还能告知您些什么呢?"

"这要由您来说,不是我。比如,过去是否发生过什么事故?"

"哪一类的?您的意思是什么?"

"任何精神不稳定的确诊案例。"

"您认为,认为她——"

"我怎么会知道?我怎么能知道?"

"那么我又怎么会了解呢?"雷斯塔里克突然苦涩地说,"我对她又了解多少呢?这些年来,格蕾丝是个心怀怨恨的女人,一个不会轻易忘却也不会轻易原谅的女人。有时候我感到,我感到她不是那个抚育诺玛的正确人选。"

他站了起来,在屋子里来回踱步,接着再次坐下。

"当然了,我不该抛下我的妻子。我知道这一点。我丢下她独自抚育孩子。但是那时我觉得自己做了正确的选择。格蕾丝是个对诺玛很负责的母亲,是她最佳的监护人。但是她是吗?她真的如此吗?格蕾丝给我写的信里尽是些愤怒和怨恨之情。嗯,我想这也很自然。但是我离开了这么些年,我应该回家的。经常回来看看我的孩子成长得怎么样了。我想我问心有愧。啊,现在再找借口也没用了。"

他猛然转过头来。

"是的,当我再次见到诺玛的时候,我觉得她整个人变得神经兮兮,并且毫无教养。我希望她和玛丽能够,能够在一段时间后相处得更好,但是我不得不承认,这姑娘有些不正常。我觉得最好在伦敦给她找个工作,她在周末回家就好,这样就不必强迫她整日跟玛丽待在一起了。啊,我想我一定是把事情都搞得一团糟。但是她在哪里,波洛先生?她在哪里?您认为她会失忆吗?您认为她可能会失忆吗?我们都听闻过这一类事。"

"是的。"波洛说,"有这个可能。以她的处境来说,她可能会完全没有意识地四处游荡。或是她遇到了什么事故?这不太可能。我跟您保证,医院和其他地方我都打听过了。"

"您不认为她,您不认为她死了吗?"

"她死了的话比她活着要好找得多,我向您保证。请放轻松,雷斯塔里克先生。她说不定还有一些您根本就不知道的朋友。在英国任何一个地方的朋友,可能是当她跟她母亲或是姨妈同住的时候认识的朋友,或者是她在学校的同学的朋友。这类事情要去慢慢调查。或许,您一定要有心理准备,或许她和她的一个男朋友待在一起。"

"大卫·贝克吗?要是我能想到这个——"

"她没有跟大卫·贝克在一起。是的。"波洛冷淡地说,"我一开始就查清楚了。"

"我怎么会知道她有什么朋友呢？"他叹了口气,"如果我找到了她,等我找到她,我一定要这么做,这次我一定要带她离开这一切。"

"带到哪儿去？"

"带出这个国家。我真是难过极了,波洛先生,自从我回家就一直很难过。我总是对都市生活感到厌倦。围绕着办公室的枯燥生活,和律师、金融业人士商谈无穷无尽的事。我热爱的生活始终都是相似的,那就是旅行,从一个地方到另一个地方。这就是我的生活方式。我根本就不该回国的。我早就应当把诺玛接过来跟我在一起的,就如我所说的,等我找到她的时候就这么做。已经有人找我商洽收购的事了。嗯,他们能够以丰厚的条件收购整个公司。我需要现金,然后回归乡村,它意味着某些东西,那就是真实。"

"啊哈！您的夫人对此会怎么说呢？"

"玛丽吗？她已经习惯了那样的生活。那就是她的故乡啊。"

"对于一个富有的女人来讲,"波洛说,"伦敦具有莫大的吸引力。"

"她会遵从我的意愿的。"

办公桌上的电话响了,他拿起话筒。

"是吗？啊,从曼彻斯特来的电话吗？是的,如果是克劳迪亚·瑞希-何兰的话,请她说话。"

他等了一会儿。

"您好,克劳迪亚。是的,请大声说话,线路不是太好,我听不清。他们同意了？……啊,遗憾……不,我认为您做得不错……是的……那么好的,坐明晚的火车回来吧。明天早晨我们再谈。"

他放下听筒。

"真是个称职的姑娘。"他说。

"瑞希-何兰小姐吗?"

"是的,相当能干。为我分担了不少麻烦。关于曼彻斯特的这次交易,我放手让她去权衡。我真的觉得自己有点难以集中精力。她做得很不错,在某些方面,她跟那些男人一样优秀。"

他看向波洛,猛地将话语又带回到目前的话题。

"啊,是的,波洛先生。嗯,我恐怕有点力不从心了。您需要更多的费用吗?"

"不,先生。我跟您保证,您的女儿一定会平平安安地回来的。对于她的人身安全,我已经采取了一定的措施。"

波洛穿过外面的办公室出来了。当他走到街上时,抬头看了看天空。

"一个明确的答案。"他说,"这就是我所寻求的。"

第二十章

赫尔克里·波洛观察着这座肃穆庄严、具有乔治时代风格的房屋，不久之前这个地方还是一个老式的商业街区。时代的进步迅速占据了这一地区，幸好新的超级市场、礼品店、玛格丽特服装店、佩格咖啡店还有一家宏伟的银行都在克罗夫特大街上选址，而没有蚕食这条狭窄的街道。

波洛带着些赞许注意到，门环被擦拭得锃亮。他按响了门环旁边的门铃。

一位身形高大、看上去很高贵的女人立马就来开了门，她灰色的头发向上梳着，看上去精神饱满。

"波洛先生？您真守时，请进来吧。"

"您是贝特斯比小姐吗？"

"是的。"她向后拉着门，让波洛进来。她把他的帽子挂在衣帽架上之后，就领着他前往一间十分舒适的屋子，从那间屋子向外看，能看到一个被墙围起来的狭小花园。

她给波洛拉来了一张椅子，自己也带着满是期待的神情坐了下来。很明显，贝特斯比小姐不是那种会在通常的寒暄上浪费时间的人。

"您是牧野女子学校的前校长吗？"

"是的，我一年前退休了。据我所知，您来见我是为了我之前的一位学生——诺玛·雷斯塔里克。"

"确实是这样。"

"在信里,"贝特斯比小姐说,"您并没有提供进一步的细节。"她补充道,"我可以这么说,我知道您是谁,您是波洛先生。在我们谈话之前,我想知道多一点的信息。比如,您是否在考虑雇用诺玛·雷斯塔里克?"

"这不是我的目的,不是的。"

"根据您的职业,我想您会理解为什么我要知道更多的细节。您是否有来自诺玛亲属的介绍信?"

"我没有。"赫尔克里·波洛说,"我会进一步向您解释的。"

"谢谢您。"

"事实上我是被雷斯塔里克小姐的父亲所雇用的,也就是安德鲁·雷斯塔里克。"

"啊。我想他在多年的海外漂泊后,最近回英国了。"

"确实是的。"

"但是您没有他写的介绍信吗?"

"我没有让他给我写一封。"

贝特斯比小姐有些疑惑地看着他。

"因为那样的话,他可能会坚持要跟我一道来。"赫尔克里·波洛说,"这会妨碍我问您我想问的问题,因为那些问题可能会给他带来悲痛和苦恼。他现在已经受尽折磨了,我不想再给他徒增烦恼。"

"诺玛发生了什么事吗?"

"我希望没有……但是也有这种可能。贝特斯比小姐,您记得那个姑娘吗?"

"我记得我所有的学生。我的记忆力好极了。而且牧野学校不是个什么大型的学校。只有两百个姑娘。"

"贝特斯比小姐,您为什么要从那里离职?"

"波洛先生,我觉得这个跟您一点关系都没有。"

"确实,我只是想表达一下我自然而然的好奇。"

"我七十岁了,这个理由还不够吗?"

"我要说,以您的状况来看,这根本就不是问题。您显得那么精力充沛,还能继续担任校长一职好多年呢。"

"时代不同了,波洛先生。不是所有人都喜欢这种变化。我会满足您的好奇心。我发现自己对家长们越发无法忍受了。他们为自己的女儿所设的目标十分短视,坦白来说,简直是愚昧。"

波洛已经从贝特斯比小姐的履历中得知,她是一位非常著名的数学家。

"不要以为我过得很清闲。"贝特斯比小姐说道,"我现在的工作和生活与我的性格更加相投。我指导高年级的学生。那么现在,您是否能告诉我您对那个姑娘——诺玛·雷斯塔里克感兴趣的原因?"

"情势相当令人焦心。她——我直截了当地告诉您,她失踪了。"

贝特斯比小姐还是那副不甚关心的样子。

"是吗?当您说'失踪'的时候,我想您是说她在没有告知父母的情况下就离家出走了。啊,我知道她母亲去世了,所以应该是没有告知自己的父亲就私自离家了。如今,这样的事真的不算是什么不寻常的事。波洛先生,雷斯塔里克先生没有报警吗?"

"他在这点上固执己见。他拒绝报警。"

"我能向您保证,我对于那个姑娘身在何处一无所知。我没有听闻过她的任何消息。自从我离开牧野学校之后,就不曾听闻过她的消息。所以我恐怕是帮不上您的忙了。"

"我所需要的不仅仅是这方面的信息。我想要知道的是,她到底是怎样的一个姑娘,您是如何形容她的。不是她的个人外貌特征,我指的不是那个。我的意思是她的品德和个性如何?"

"诺玛在学校的时候,是一个非常普通的姑娘。学业上并不是那么优秀,但是学习还算跟得上。"

"不是那种神经质的类型吗?"

贝特斯比小姐思考了一下。接着她缓缓地说:"不,我不那么认为。从她的家庭状况来说,她绝对不算严重。"

"您是说她那病恹恹的母亲吗?"

"是的。她来自一个破碎的家庭。她的父亲,我想是她深爱的人,突然之间抛家舍业跟另一个女人私奔了,这一事实自然而然地让她的母亲愤恨至极。她可能把这种极大的怨气毫无节制地撒在女儿的身上,这让她女儿的情绪更加低落。"

"可能我应该问问您关于已故的雷斯塔里克夫人的情况才更切题吧?"

"您是问我的个人看法吗?"

"如果您不反对的话。"

"不会的。在回答您的问题这一点上,我没有什么好顾虑的。家庭环境在一个姑娘的一生中扮演着重要角色,我总是竭尽所能地去调查她们的家庭背景。我认为,雷斯塔里克夫人是一位值得尊敬的、正直的女性。但是,她自以为是、吹毛求疵,在生活中软弱无能,这让她变成了彻底的愚昧可怜之人。"

"啊。"波洛赞赏地叹了口气。

"我觉得她也是一个病态的假想者,会过分夸大身上的小毛病，是那种把进出疗养院当作常态的女人。这种家庭背景对一个姑娘来说很不幸，特别是那些没有非常明确的个人特性的女孩。诺玛没有表现出在学业方面的野心，对自己也没什么自信，她是那种我会为她推荐职业的姑娘。她只不过需要找个普通的工作，然后结婚生子，这就是我对她的唯一期望了。"

"您看，原谅我这么问，在任何一个时段她都没有表现出精神不稳定吗？"

"精神不稳定？"贝特斯比小姐说道，"真是胡说！"

"这就是您的看法吗，是一派胡言！而不是什么精神疾病？"

"任何一个姑娘，或者说几乎所有的姑娘，都可能会有些神经质，特别是在青少年时期，在她与外界社会最初接触的时候。她还没有成熟，面对性方面的问题还需要引导。姑娘们通常会被那些完全不适合自己，甚至带着些危险性的年轻男子所吸引。现今，几乎没有家长有能力去把女儿们从这种危局中解救出来，所以她们总是会经历一段令人迷醉发狂的时段，可能还会进入不合适的婚姻之中，没过多久就会以离婚收场。"

"但是诺玛没有表现出一点精神不稳定的情况吗？"波洛坚持问这个问题。

"她是个情绪化的女孩，但是她是个正常的姑娘。"贝特斯比小姐大声说道，"精神不稳定？就如我之前所说的，是一派胡言！她可能会跟某个年轻人私奔结婚了，再也没有什么比这个更正常的事了！"

第二十一章

波洛坐在他的那张方形扶手椅上。他的手搭在扶手上，视线落在面前的壁炉架上，却没有真正在看它。他旁边是一张小桌子，上面整齐地摆放着各种各样的文件。来自戈比先生的报告，波洛的朋友尼尔检察官提供的消息，还有一堆散页，上面标有"传闻，流言，谣言"，还写明了消息的来源。

此时此刻，他并不用看这些文件。事实上，他都仔细地看过了，他把它们放在这里，是为了在遇到任何特殊的情况时，再去看一下。他现在把他所知道和了解的情况聚集在一起，因为他坚信这些东西一定能形成某种模式。这里面一定有某种模式。现在他思索着，应该从哪个角度来找到这个模式。他不是那种对直觉深信不疑的人，他不是那种直觉超群的人——但是他有着自己的直觉。重要的不是直觉本身，而是可能会引发它的原因。那种引发它的原因才是有趣之处，这种起因通常不是你所想的那样。你需要依靠逻辑、感觉和直觉，才能将它发掘出来。

对于这个案件，他的直觉又是什么？这到底是个什么类型的案件？他要从最普通的事实入手，接着去探寻那些特殊之处。这个案件有什么突出之处呢？

他认为金钱是其中之一，虽然他不知道自己为什么会这么想。但是莫名其妙地就是这样，金钱……这种想法愈发强烈，这里面隐含着罪恶。他了解罪恶。他之前遇到过。他知道罪恶的气息、味道和它显露的方式。麻烦之处在于他不知道这罪恶究竟藏在哪里。他已经采取了某些措施去和罪恶搏斗。他希望这些措施能够起作用。有些事情已经在悄然发生了，有些事情还在推进中，还没有完成。处在某地的某个人正面临着危险的境遇。

问题在于，事实指向两个方向。如果他认为那个身处危险中的人确实面临危险的话，但是至今为止，他却找不到导致这种情况的原因。为什么这个特定的人会身处危险中呢？这里面没有动机。如果他认为的那个身处危险中的人不是真的面临危险的话，那么整个办案的思路就要做个彻底的调整了……他必须要掉转过来，从完全相反的角度来看这整件事的指向。

此刻他将这个问题放到一边，将重点转移至对于个性的探讨上来，也就是那些人的个性。他们塑造了什么样的模式？他们在其中扮演了什么样的角色？

先说安德鲁·雷斯塔里克。迄今为止，他已经搜集了不少关于安德鲁·雷斯塔里克的信息。对他出国前后的生活有了大体的了解。他是一个不安稳的人，从不在一个地方久留，也从不长久坚守一个目标，但是总体来说，口碑不错。不是什么败家子，也不是什么卑劣、狡猾之人。或许他不是一个个性极强的人，在很多方面都表现得很软弱？

波洛不满意地皱着眉。这种形象跟他自己所见到的安德鲁·雷斯塔里克不相符。他那突出的下巴，坚毅的眼神，还有果决的气质都很明显地显示出他不是那种软弱之人。很明显，他也是位成功的商人。早些年，他做得相当不错，在南非和南美都做过几笔不错的生意。他持有的资产也在不断增长。他带回英国的是一段成功的经历而不是失败的伤痛。这么说，他的个性又怎能是软弱不堪的呢？可能在女人方面他是软弱的。他有一段错误的婚姻，跟一位错误女人结了婚……是被他的家庭逼婚的吗？接着他遇到了另外一个女人。只有那个女人，还是另外还有几个女人？想要调查多年前关于这方面的记录简直太难了。不管怎么说，众所周知，他的确是个不忠的丈夫。他曾有个正常的家庭，从各个方面来说，他还是很爱自己的女儿的。但是他遇到了另外一个女人，他爱上了她，为她抛妻弃子，背井离乡。这是一段真实存在的恋情。

但是这可能与任何其他的动机相匹配吗？厌恶办公，厌恶城市，厌恶每日在伦敦的日常生活？他想这有可能。这跟这个模式相匹配。他似乎也是那种孤独的类型。国内和国外遇到他的人都喜欢与他打交道，但是他却似乎没有亲密的朋友。确实，因为他从来不在一个地方久留，所以在国外就更难交到知心的朋友。他曾经一度沉迷于赌博，出了一手妙招，赚了一笔，接着就对此厌倦了，之后又去其他地方游历。游牧者！一位漫游者！

但是这仍然跟他为这个男人描绘的形象不甚相符……一个形象？这个词汇唤起了他对于悬挂在雷斯塔里克办公桌后面墙壁上的肖像画的印象。那是这个男人十五年前的画像。十五年的时间使得这个男人有多少改变呢？总的看来，竟然只有令人惊讶的微小变化！头发中夹杂了几缕灰发，肩膀变得更宽了一些，但是脸上那富有个人特征的线条依然未变。一张果决的脸。一个知道自己想要什么的男人，也会为了目标而持续追逐。一个敢于冒险的男人。一个带着些许无情和冷酷之感的男人。

他在想，为什么雷斯塔里克会把这幅画带到伦敦？这是一对夫妻的肖像画，从艺术的角度来说，它们应当被挂在一起的。心理学家是否会说这是雷斯塔里克在潜意识里想要再次和他的前妻断绝关系，与她分离？虽然她已故去，但是他在心理上仍然试图避开她的个性特征？真是颇有意味的观点……

这幅肖像画想必是和那些家庭装饰品一起从储藏室里拿出来的。玛丽·雷斯塔里克无疑是为了在克劳斯海吉斯这所宅子里布置一些自己所选择的家具而请罗德里克爵士腾出一些地方来的。他想是否是玛丽·雷斯塔里克，这位新的夫人，要把这一对肖像画悬挂起来。她把前任夫人的肖像画扔在阁楼里反倒更自然。但是接着他又想，可能克劳斯海吉斯这个地方并没有什么可以放置杂物的阁楼。推测起来，可能是这对夫妇从国外回来在伦敦寻觅新的住处的时候，罗德里克爵士暂借一些地方给他们放置东西。那这些东西也就没那么碍事了，把这两幅肖像画挂在一起也更加方便。除此之外，玛丽·雷斯塔里克也是个明事理的女人，而不是那种爱嫉妒、情绪化的女人。

罢了。赫尔克里·波洛私下里想着，女人，都是爱嫉妒的，特别是那种你觉得最不会嫉妒别人的女人！

他又转向了玛丽·雷斯塔里克，开始思量起这个女人。最令他感到奇怪的是，他竟然对她没有什么想法！他只见过她一次，但是不知道为什么，她却没有给他留下什么印象。他想到的就是她的干练，还有一种，他该怎么说呢，有些造作？（"但是，伙计，"赫尔克里·波洛又插进来一句话，"您又想到了她那顶假发！"）

真是荒谬，他竟然对一位女士知之甚少。一位干练的女人，一位戴着一顶假发的女人，很是貌美，还十分明智，但是容易感到愤怒。是的，当她看到那个如孔雀般浮夸的青年在家里游荡的时候，她感到十分愤怒。她展露出一种尖锐的、不容置疑的态度。而那个青年，他又怎样了？不再受欢迎。但是她表现得很愤怒,当她发现他在那里的时候她非常愤怒。嗯,这再自然不过了。他不是那种身为母亲会为自己女儿选择的青年——

波洛的思路又碰壁了,他生气地摇着头。玛丽·雷斯塔里克不是诺玛的母亲,她不至于为了女儿不适宜、不愉快的婚姻,或是跟一位不得体的青年私下里生了个孩子而痛苦气恼!玛丽对诺玛的感觉是怎样的?推测一下,她原本就是一个让人感觉烦透了的女孩,她挑选了一个让安德鲁·雷斯塔里克担忧和烦恼的男朋友。但是除此之外呢?对于一个明显有意要毒杀她的继女,她是怎么想的,自身的感受又如何?

她的态度看起来似乎是很明事理的。她想要把诺玛赶出家门,让自己远离危险;她也曾和她的丈夫一道试图掩盖家中发生的丑闻。诺玛每个周末都回家,在家里露个脸,但是她的生活重心将转向伦敦。甚至当雷斯塔里克夫妇在伦敦找到了新住处之后,他们也不会提议诺玛搬过来一同居住。现今的大多数姑娘都住在远离家庭的地方。那么这个问题早就已经解决了。

除此之外,对于波洛来说,谁给玛丽·雷斯塔里克下的毒这个问题还远没有答案。雷斯塔里克也相信是他的女儿做的——

但是波洛还在猜测着……

他在脑海中思考着那个名叫索尼娅的姑娘的可能性。她要在这所房子里做些什么?为什么她来这里?她让罗德里克爵士时时刻刻都处在她的掌控之中,可能她并没有想返回自己国家的想法,或许她只是盘算着跟他结婚,一个像罗德里克爵士那样年纪的老人跟一位年轻漂亮的姑娘成婚,这样的事每天都在上演。从世俗的眼光来看,索尼娅这么做对自己大有裨益。一个更加稳固的社会地位,守寡之后还能得到一大笔丰厚的收入,或者她还有完全不同的目的?她去英国皇家植物园是将罗德里克爵士丢失的文件夹在那本书里吗？

玛丽·雷斯塔里克曾对她起过疑心吗？对于她的行为还有她的忠诚度，以及她休息的日子里都去了哪儿，去见了谁？那么是不是索尼娅下了那种剂量很少、不会引起任何怀疑，但是累积起来会引起肠胃疾病的药物呢？

他决定先把克劳斯海吉斯这所房子里所发生的事情放在一边。

他就像诺玛一样，把思路拉到了伦敦。他开始思量起那三位在伦敦合租的姑娘。

克劳迪亚·瑞希－何兰，弗朗西丝·凯莉，诺玛·雷斯塔里克。克劳迪亚·瑞希－何兰是一位知名的国会议员的女儿，富有、干练、训练有素、样貌美丽，是一位一流的秘书。弗朗西丝·凯莉是一位乡下律师的女儿，颇有艺术气质，在戏剧学校短期培训过，接着去了史莱德学校，在那里中途退学，偶尔为艺术委员会工作，现在在一家艺术画廊工作，收入丰厚，还有许多放荡不羁的朋友。她认得那个年轻人，大卫·贝克，虽然表面上看两人不是那么亲密。可能她会爱上他？波洛觉得他是那种通常不会被父母认可，不会被一般人和警察所喜欢的人。为什么他会对那些家世良好的姑娘如此有吸引力，波洛百思不得其解。但是我们又得承认这是事实。就波洛自己来说，他是如何看待大卫·贝克的呢？

一个样貌俊美的青年，带着些厚颜无耻和诙谐俏皮的气质，他第一次见到他是在克劳斯海吉斯的宅子里，他应该是为诺玛来这里的。（或者是自己去探查些什么，谁知道呢？）他让他搭顺风车的那次是第二次见到他。大卫·贝克是一位极具个性的年轻人，给人的印象是确实有能力去做他想要做的事。虽然很明显，他有着令人感到不甚满意的一面。波洛拿起桌上的资料看了起来。虽然说不上是犯罪，但是他还是有些不良记录。在汽修厂有过小的欺诈行为，打架斗殴，损毁东西，还有过两次缓刑记录。所有这些事在当今都算得上是一时的风气。在波洛的分类中这也算不上是罪恶之流。他曾是个前途光明的画家，但是他放弃了。他是那种不会从事稳定工作的人。他贪慕虚荣、颇为自负，就像一只被自己外貌迷住了的孔雀。除了这些，他还有什么别的吗？波洛推测着。

他伸出一只手，拿起一张上面大致写着诺玛和大卫那一日在餐馆里的谈话内容的纲要，那也只是奥利弗夫人所能记得的内容。她能记住多少呢？他有些怀疑地摇摇头。没人知道奥利弗夫人的想象力会在什么地方显露出来！那个年轻人真的关心诺玛吗？真的想要跟她结婚吗？她对他的感情是毋庸置疑的。他曾建议她和他成婚。诺玛拿到了自己的那部分钱了吗？她是一位富有的男人的女儿，但是这又是另一档子事。波洛气恼地感叹了一声。他忘了去查看一下已经故去的雷斯塔里克夫人的遗嘱的条目了。他又查阅了一些资料。不，戈比先生没有忽略这个明显的需求。雷斯塔里克夫人显然在生前被她丈夫很好地供养了起来。看起来，她每年大约有一千英镑的收入，她把这笔钱都留给了女儿。波洛想，这笔钱也没能构成缔结一桩婚姻的足够动机。或许，作为他唯一的女儿，诺玛会在父亲去世之后继承到一大笔钱财，但是这也不一定。她的父亲如果很不喜欢她的结婚对象的话，可能不会留给她多少钱。

那么他可以这么说，大卫真的很爱她，因为他想要跟她成婚。虽是这样——波洛摇摇头，这是他第五次摇头了，所有这些事还是无法密切联系在一起，它们无法构成一个令人满意的模式。他想起雷斯塔里克的办公桌，还有他写的那张支票，很明显是为了收买那个年轻人，并且那个年轻人是相当乐意被收买的！但是这又跟实情不符。那张支票确实是给大卫·贝克的，而且面额巨大，真的可谓惊人的数额。这笔钱足以诱惑任何品行不端的穷困的年轻人。但是他是在这张支票开出来的前一天向诺玛提议结婚的，当然这可能是他的阴谋中的一招——为了抬高自身的要价。波洛记得雷斯塔里克坐在那里，嘴唇紧闭。他一定是对女儿怀着深切的爱，才会愿意付出如此高昂的数额；他一定是害怕自己的女儿下定决心要嫁给这位年轻人。

他把思路从雷斯塔里克身上转移到克劳迪亚身上。克劳迪亚和雷斯塔里克。是否是机遇，纯粹的机遇，让她成为他的秘书？可能在他们之间存在什么联系。他思考着关于克劳迪亚的问题。三个姑娘分租的公寓，是克劳迪亚·瑞希-何兰的公寓。是她最先完整地租了下来，之后分租给她的一个朋友，一个她已经熟知的朋友，接着又分租给另外一个姑娘，第三个女郎。波洛想着。是的，总还是要回到这个地方。第三个女郎。事情最终还是离不开她。他不得不把思路拉回到她身上。当他思考着不同的模式的时候，总会被引回到她身上，回到诺玛·雷斯塔里克这里。

一个在他享用早餐的时候来他家里请教的姑娘，一个他曾在餐馆里与之交谈过的女郎，她在那里刚和自己深爱的男朋友吃完了一盘焗豆。（他发现，自己总是在进餐的时间遇到她！）他怎么看待她呢？首先，应该想一想别人是怎么看待她的。雷斯塔里克很爱她，为她感到万分焦心，极度恐惧。他不只是怀疑，很明显他对此非常确信，他女儿想要毒死他的新婚夫人。他曾经找过医生去咨询关于女儿的事。波洛觉得自己也非常想和那位医生聊聊，但是他怀疑即使他去了也不会有什么结果。医生是极端谨言慎行的,除了那些极其可靠的人,比如病人的双亲之外,他们通常不愿意把病人的病情透露给他人。但是波洛能想到那位医生会怎么说。波洛想他一定很谨慎,作为医生理应如此。他可能会含糊而委婉地说到一些可能的治疗方法。他不会直接强调精神类的疾病,但是肯定会暗示它的存在。事实上,医生可能私下里认为诺玛肯定是发病了。但是他也对那种歇斯底里的姑娘很了解,有时候她们做事不一定真的是受精神病症的影响,可能只是发脾气、嫉妒、情绪化和精神躁狂而已。可能那位医生本身并不是一位心理分析学家或是精神病学家,只是一位内科医生,他并不敢冒风险给那些自己也不甚肯定的诊断,他只是出于谨慎的态度去做了些建议。比如在某个地方先找份工作,在伦敦找份工作,接着可能再接受专业的专科医生的治疗?

那其他人对诺玛·雷斯塔里克是如何看待的呢?比如克劳迪亚·瑞希-何兰?他不知道。他对何兰小姐知之甚少。她是那种善于掩藏秘密的人,她必定能保守那些她不愿意透露的秘密,她不会把这些秘密泄露出去。在她这里,没有任何迹象显露她有意要把诺玛的消息透露出去,要是她担忧她的精神状况的话,她可能会这么做的。她和弗朗西丝之间对此也不会有过多的讨论的,因为那个叫弗朗西丝的姑娘毫无顾忌地脱口而出,诺玛上个周末回到家之后就没有返回公寓。克劳迪亚对此感到有些生气。可能相比弗朗西丝来说,克劳迪亚更有可能在这个模式中。波洛觉得她有头脑,非常干练……他的思路回到诺玛身上,再次回到了第三个女郎身上。在这个模式中,她扮演了什么角色?搞清楚她的位置可以把这整件事整合在一起。他猜想,是跟奥菲莉亚一样吗?但是说到奥菲莉亚,有两种看法,对诺玛的看法也是分为两极。奥菲莉亚是真的疯了还是在装疯?演员们用两种完全不同的方式去演绎这个角色，或者可能，他会说，是制作人造成了这两种观点。哈姆雷特是发疯了还是精神正常，由观众自己决定吧。那么奥菲莉亚是疯了还是正常的？

即使雷斯塔里克这样看待他的女儿，他也不会用"疯癫"这个词汇来形容她。一般人会选择"神经错乱"这个词语。其他形容诺玛的词汇有"怪异""她有些怪异""精神有点恍惚""少点什么，您知道我的意思吧""普通的女人"，这些都是可信的判断吗？波洛觉得或许是这样的。诺玛确实有点怪异，但是这种怪异跟她表现出来的怪异不一样。他想起当她毫无生气地走进他的房间时的样子，一个属于现代的姑娘，跟其他的时尚姑娘一样。软塌塌的头发垂在肩膀上，连衣裙的长度没有过膝，在那些老派人士看来，就像是一个成年女人非要装出一副小女孩的样子。

"不好意思，您实在太老了。"

可能这句话是对的。他就是以一种老年人的眼光来审视她的，没有什么赞赏的意味，他觉得她就是个不会逢迎、魅力全无的姑娘。一个对于自身女性特征完全没有意识的姑娘，没有亮眼的感觉，或是神秘感和打动人心的东西，可能除了平淡的生理特性之外，再没有什么可以展露出来的了。因而，他对她的看法是有一定道理的。他无法帮助她，因为他根本就不了解她，因为他无力去欣赏她。他已经尽力了，但是直到现在，又有什么成果呢？自从她来寻求帮助的那一刻起，他都为她做了些什么呢？关于这个问题的答案立即就跳了出来。他已经尽力保障了她的安全，最起码他做到了这一点。如果她确实需要被保护的话。这就是问题的关键所在了。她需要被保护吗？还是那句不明所以的招供！真的，与其说是招供，不如说是一句宣言："我觉得我可能犯了谋杀罪。"

波洛紧紧抓住这句话，因为这是这整件事的关键所在。这也是他所擅长之处，处理谋杀案。去搞清楚谋杀案，去阻止一桩谋杀案！就像是一条追捕凶手的优秀警犬一样。谋杀案已经被宣告了。在某处一定发生了谋杀案。他曾经费心找寻，但是一无所获。是在汤里下毒的模式，还是年轻的小混混用刀打架斗殴的模式，还是那句荒谬的、令人脊背发凉的话：在公寓内院的血迹，左轮手枪的枪响，手枪指向了谁？为什么会这样！

这应当不是和她所描述的那种犯罪方式相符合的模式。"我可能犯了谋杀罪。"他一直在暗处摸索着，试图看明白这种犯罪的模式，试图找到这第三个女郎是如何与这种模式相匹配的，这又回到了那个他最急切想要知晓的问题：那第三个女郎到底是个什么样的人？

他认为阿里阿德涅·奥利弗不经意所说的一句话给他指明了道路。居住在博罗登大楼的一位女人被传自杀。这就匹配上了。那正是第三个女郎所居住的区域。这一定是她所指的那桩谋杀。如果要说在同一时段又发生了一桩谋杀的话，那也过于巧合了吧。而且也没有任何迹象表明同一时段还发生了另外一桩谋杀。在听闻了他的朋友奥利弗夫人在聚会上对他成就的大肆赞扬之后，不会有其他的死亡案件能让诺玛急匆匆地跑来向他求救的。因而当奥利弗夫人不经意间向他说起有一个女人纵身跳出窗外的时候，对他而言这似乎正是他在尽力求索的答案。

线索就在这里。这个答案解决了他的疑惑。他所需要寻找的正是这个。原因、时间和地点。

"我差点儿以为就是这样。"赫尔克里·波洛大声喊了出来。

他伸出手拿出一份整齐的记录有这位女士生平的资料。上面有关于卡彭特夫人直白的生平事迹。一位有着良好社会地位的四十三岁女人，据说是一位颇为放纵不羁的女人。她结过两次婚，离过两次婚。她是一个很喜欢跟男人交往的女人。一个上了年纪之后就饮酒过度的女人。她很喜欢各式各样的聚会。据说她是一个喜欢跟比自己年轻的男人交往的女人，在博罗登大楼独自居住。波洛能够体会这类女人的感受，他也能看得出为什么这样一个女人会在一大早精神崩溃，陷入绝望，之后从高楼上纵身跳下。

是因为她罹患癌症或者是她以为自己罹患癌症？但是在验尸报告中显示的结果却不是这样的。

他需要的是一个和诺玛·雷斯塔里克相关联的环节。他找不到这种关联性。他再次审阅这个女人的生平资料。

一位律师在验尸报告中提供了她的身份证明。露易丝·卡彭特，她用了一个法国姓氏，卡彭特。因为这和她的名字更搭配吗？露易丝？为什么露易丝这个名字如此熟悉呢？是不是有人在不经意间提起过？在一句话里出现过吗？他的手指翻动着打印得整整齐齐的资料。啊！就在这里！就是这条。那个让安德鲁·雷斯塔里克抛弃妻子和她一起私奔的女人的名字是露易丝·比雷尔。这个女子后来在雷斯塔里克的晚年生活中没有什么重要性。他们大约在一年之后就因为争吵而分道扬镳了。波洛想这是同一个模式。相同的事情也发生在资料中这个特别的女人身上。激烈地爱着一个男人，拆散了他的家庭，可能还跟他同居在一起，接着跟他争吵，继而离开他。他很确信，完全确信，这个露易丝·卡彭特就是那个露易丝。

即使是这样，又能跟那个女孩诺玛扯上什么关系呢？难道当雷斯塔里克返回英国之后，他和露易丝·卡彭特又鸳梦重温了吗？波洛对此感到很怀疑。他们的生活早在多年前就不相干了。

他们之间再度聚首的机会看上去似乎可能性极小！他们之间的关系也只是简短的、不甚重要的迷恋罢了。他现在的妻子完全没可能会出于嫉妒，将这个之前的情妇推出窗外。真是荒谬！照他看来，那个唯一可能身怀怨恨多年，要对一个拆散她的家庭的女人做报复的人，只可能是雷斯塔里克的前妻。但是这听起来也完全没可能，因为第一任雷斯塔里克夫人已经去世多年了。

电话铃响了。波洛却没有起身。在这个特殊的时刻，他不想被别人打搅。他有一种感觉，感觉自己要进行一场追寻……他想要追踪到它……电话铃停止了。好的，莱蒙小姐会去处理的。

门被打开了，莱蒙小姐进来了。

"奥利弗夫人想要跟您通电话。"她说。

波洛摆摆手。"现在不行，现在不行，我求求您！我现在不能跟她通话。"

"她说她刚刚想到一些事情，一些她忘了告诉您的事情。关于一张纸条，一封未完成的信。看起来似乎是从那辆搬运行李的货车上的书桌抽屉里飘落下来的。不知道她在说些什么。"莱蒙小姐补充道，语气中明显有一种不满的情绪。

波洛更加猛烈地摆着手。

"现在不行。"他催促她，"求求您，现在不行。"

"我会告诉她您现在正忙。"

莱蒙小姐回复道。

屋内再一次恢复安静。波洛感到一阵阵精疲力竭的感觉向他袭来。想得太多了。一定要休息。是的，一定要休息，一定要放轻松。在休息的过程中，那种模式说不定就会出现。他闭上了眼。所有的元素都在这里了。他现在很肯定，他不会从外界再获取到什么了。如果有的话，一定是来自内在。

但是十分突然，就在他闭眼休息的时候，它来了……

都在这里了，在等着他！虽然他要把它们都整理出来。但是最起码他现在知道了大概。所有的碎片都在这里了，它们都可以被拼凑起来。一顶假发，一幅肖像画，早晨五点，女人和她们的发型，那个孔雀一般的小伙子，所有的这一切都指向了一句话，那句话的开头是：

第三个女郎……

"我可能犯了谋杀罪……"当然了！

他的脑中突然出现了一首可笑的童谣。他大声唱了出来。

刷刷刷，三个男人坐在浴盆里
你猜都有谁
一个屠夫，一个面包师，一个制作烛台的人
……

真是糟糕，他不记得最后一句了。

一个面包师，是的，但是这句有些牵强附会了，一个屠夫——

他把里面的人都改换成了女人，模仿着作了另外一首童谣：

嘟嘟嘟，三个女郎住在公寓里
你猜都有谁？
一位私人秘书，还有一个来自史莱德的女郎
那第三个女郎是一个——

莱蒙小姐进来了。

"啊，我想起来了，'他们都是从一个马铃薯里出来的'。"

莱蒙小姐有些担心地看着他。

"斯蒂林弗利特医生坚持要立马跟您通话。他说有急事。"

"告诉斯蒂林弗利特医生，他可以，您是说斯蒂林弗利特医生吗？"

他越过她，拿起电话听筒。"是我，我是波洛！发生了什么事？"

"她偷偷跑了。"

"什么？"

"您听我说。她跑出去了。从大门跑出去了。"

"您就让她走了吗？"

"我能怎么样呢？"

"您应该阻止她。"

"不。"

"您让她走了，真是疯了。"

"不。"

"您不明白。"

"我们之间有过约定。她想什么时候走就什么时候走。"

"您不知道这可能会牵扯起多大的事。"

"那么好吧，就算我不知道。但是我知道要做什么，并且如果我不让她走，所有我在她身上所做的工作就都白费了。我在她身上下了不少功夫呢。您的工作和我的工作不一样，我们的目标不同。我告诉您我的工作已经起了一些效果。因为有了效果，所以我才相当确信她是不会走掉的。"

"啊，是的。那么现在呢，老兄，她确实是跑了。"

"坦白来说，我不是很理解。我不明白怎么会出现这种差错。"

"发生了一些事。"

"肯定是的,但是究竟是什么事?"

"她见到了什么人,那人跟她说过话,有人发现了她身在何地。"

"我真不知道这是怎么发生的……但是您似乎忘了她是自由的人。她是有自身意志的。"

"有人抓住了她。有人发现了她身在何处。她收到过一封信、一封电报或是一通电话吗?"

"不,任何这类的事都没有。我对此很确信。"

"那么怎么会?当然了!报纸。我想您那里有报纸,您一定订阅了报纸。"

"当然。这是日常的事,做我们这个行业的要留意这些。"

"那么就是通过这个,他们找到了她。您订阅了多少份报纸?"

"五份。"他说出了那五份报纸的名称。

"她什么时候离开的?"

"今天早晨。十点半。"

"那正好,这时间正好是她读完报纸的时候,这就好着手了。她经常阅读什么报纸?"

"我想她没有特定的阅读习惯。有时候是这一种,有时候是另一种,有时候都会看,有时候只是随便浏览一下。"

"嗯,我不能再闲聊了。"

"您觉得她是看到了广告吗?诸如此类的东西……"

"那还有别的什么解释吗?再见,我不能再跟您聊了。我要去找找,找到那条有可能的广告,立马采取行动。"

他把电话听筒放下。

"莱蒙小姐,给我拿两份报纸。《早报》和《每日彗星报》。

让乔治再去买些别的报纸。"

他打开报纸,在个人广告栏仔细搜寻着,心里也有了思路。

他会及时找到的,他一定能找得到……已经发生了一桩命案了,可能还会再有一桩。但是他,赫尔克里·波洛,会阻止它,只要他发现得及时。他是赫尔克里·波洛,无辜受难者的复仇天使。他不是说过吗(当他这么说的时候人们还嘲笑他),"我不赞成谋杀"。别人以为这只是一种轻描淡写的陈述。但是这不只是一种陈述,这是对于事实本身不带情绪色彩的看法。他不赞同谋杀。

乔治拿着一沓报纸来了。

"先生,早晨的报纸都在这里了。"

波洛看向莱蒙小姐,她站在一旁正等候着为他效力。

"看看我之前看过的那些报纸,以防我遗漏了什么。"

"您是说私人广告栏吗?"

"是的。我想那里会出现大卫这样的名字。还有一个姑娘的名字。小名或是外号。他们不会用诺玛这个名字。可能是求助或者是要求会面那一类的。"

莱蒙小姐有些不情愿地接过报纸。这不是那种能体现出她的效率的事情,但是此时此刻,他没什么别的工作可交给她做。波洛自己打开了《纪事晨报》。这份报纸上有最大的私人广告栏版面可供他搜寻,共有三栏。他弯腰凑近看。

一位女士想要出让她的皮毛大衣,有位旅客征求同伴一道去海外搭车旅行,舒适的房子求出售,求寄宿房客,发育迟缓的儿童,家庭自制巧克力。"朱丽叶,永远难忘,您永远的爱人。"这个广告还有些贴近。他思考着,但是仍然跳过了这条。路易十五时期的家具,中年妇人想要参与经营旅社,"紧急事件,一定要碰面。准时在下午四点半来公寓。我们的暗号是哥利亚。"

他听到门铃响的同时高喊道:"乔治,叫辆出租车。"他穿上大衣,穿过走廊,当乔治为他打开大门的时候,他正好撞上了奥利弗夫人。在这条狭窄的走廊上,三个人挣扎着给对方让路。

第二十二章

1

弗朗西丝·凯莉拿着她的旅行袋走在曼德维尔路上,与在街角偶遇的朋友一边走一边攀谈。不远处就是博罗登大楼。

"真的,弗朗西丝,你住的那公寓就像是监狱一般,就像是苦艾草监狱或是什么其他地方一样。"

"真是胡说,艾琳。我告诉你,那个公寓舒适极了。我能跟克劳迪亚这样的好姑娘合租真是走运,她永远不会打扰你。她雇的那个清洁女工也很不错。公寓被照管得相当好。"

"那公寓里只有你们两个人吗?我忘了,我想你们还有第三个女郎一起合租呢?"

"啊,是的,但她似乎丢下了我们。"

"你的意思是她不付房租吗?"

"啊,不是房租的问题。我想她可能是找到了男朋友吧。"

艾琳失去了兴趣。男朋友当然是另一回事了。

"这次你是从哪里回来的?"

"曼彻斯特。不是公开的画展,但是很成功。"

"你下个月真的要去维也纳吗?"

"是的,我想是的。我已经做好决定了。应该相当有意思。"

"如果带去的画作被偷了，岂不是很糟糕吗？"

"啊，它们都上了保险。"弗朗西丝说，"起码所有那些值钱的画作都上了保险。"

"你的朋友彼得的画展怎么样了？"

"恐怕不是那么好。但是在《艺术家》杂志上的评论还不错，那还挺有用的。"

弗朗西丝转身进入了博罗登大楼，她的朋友继续向马路前面走着，要回到她居住的那间老旧的小房子去。弗朗西丝跟守门人道了声晚安，接着坐电梯上六层。她哼着小调走上了走廊。

她把钥匙插进公寓的锁眼里。门廊的灯没有开，克劳迪亚还要一个半小时才会从公司回家，但是从半掩的门里透出了客厅的灯光。

弗朗西丝大声说："灯是亮的。真是奇怪。"

她脱下外套，放下旅行袋，推开了客厅的门，接着走了进去……

之后她僵在那里。嘴大张着，又合上了。她全身僵硬，眼睛惊恐地看着倒在地板上的人；然后视线又慢慢转移到墙壁上的镜子，她在里面看到了自己无比惊恐的脸庞……

她深吸一口气。暂时的瘫软过去之后，她向后猛一甩头，大声尖叫起来。踩到了旅行袋，她把它踢到一边，沿走廊跑出了公寓，之后猛烈地叩响隔壁屋子的大门。

一位上了年纪的女人打开了门。

"究竟出了什么事？"

"有人死了，有人死了。我想是我认识的某个人死了……大卫·贝克。他躺倒在地板上……我想他被刺伤了……他一定是被刺死了。血，到处都是血。"

她开始歇斯底里地呜咽起来。雅各布斯小姐递给她一杯酒。"别动,先喝了这个。"

弗朗西丝听话地喝了下去。雅各布斯小姐迅速走出房门,沿着走廊走到透出灯光的房门前,客厅的门是开着的,雅各布斯小姐径直走了进去。

她不是那种爱大嚷大叫的女人。她站在门口,嘴唇紧紧地闭在一起。

她看到的是噩梦般的场景。地板上躺着一个俊美的年轻男人,他的双臂展开,栗色的长发搭在肩膀上,身穿一件深红色天鹅绒外套,白色的衬衫上满是血迹……

当她发现屋里还有另外一个人的时候,大为吃惊。一个姑娘紧紧靠着墙站着,墙上的小丑似乎要跳出来了一样。

那个姑娘穿着白色羊毛连衣裙,浅褐色的头发黏在脸颊两旁。她手上握着一柄菜刀。

雅各布斯小姐盯着她,她也以同样的目光回看着她。

接着她用一种答话式的语气说着话,就好像是在回答某人的提问。

"是的,是我杀了他……刀上的血沾到了我的手上……我要去浴室清洗,但是无法清洗掉这类痕迹,您能吗?接着我又回到了这儿,看看事情是不是真的发生了……但是它确实……可怜的大卫……但是我想我不得不这么做。"

惊吓使得雅各布斯小姐说出了某些听起来不像是她会说的话。当她这么说的时候,她自己都感觉有些荒谬无稽!

"真的吗?你为什么要做这样的事呢?"

"我不知道……最起码——我想,我真的不知道。他陷在困境里。他来找我,而我来了……但是我要摆脱他。我想要离开他。我不是真的爱他。"

她小心地把菜刀放在桌子上,然后坐在椅子上。

"这不安全,不是吗?"她说,"去恨一个人……这很不安全,因为你永远不知道自己可能会做些什么……就像露易丝……"

接着她平静地说:"你们还不去叫警察吗?"

雅各布斯小姐遵从命令拨打了九九九。

2

此刻,除了墙上的小丑之外,屋里有六个人。时间过了很久。警察们来了又离开了。

安德鲁·雷斯塔里克像个受惊的男人一样坐在那里。他口中好几次蹦出同一句话。"我不敢相信……"接到电话之后,在克劳迪亚·瑞希-何兰的陪伴下,他从办公室赶来。一路无言,她总是办事效率极高。她给律师和克劳斯海吉斯那边打了电话,还向两家房产公司打听,试图联系到玛丽·雷斯塔里克。她给弗朗西丝·凯莉一片镇定药,搀着她躺下休息。

赫尔克里·波洛和奥利弗夫人在沙发上挨着坐在一起。他们是和警察一同赶来的。

几乎所有人都赶来之后,一位灰色头发、举止文雅的男人才匆匆赶到。那是伦敦警察厅的尼尔检察官,他向波洛轻轻点头致意,波洛给他介绍安德鲁·雷斯塔里克。一个身形高大的红发年轻人站在窗户边盯着下面的院子。

他们都在等什么?奥利弗夫人百思不得其解。尸体被移走了,现场拍摄人员和其他的警务人员都完成了工作,他们被带到了克劳迪亚的房间之后,又被带回客厅,她猜测,大概是在等着这位伦敦警察厅的长官来这里吧。

"要是你想要我离开的话……"奥利弗夫人有些不太确定地问道。

"阿里阿德涅·奥利弗夫人,是您吗?不,如果您不介意的话,我希望您能待在这里。我知道这不是什么令人愉悦的事儿——"

"简直有点不真实。"

奥利弗夫人闭上眼,整件事再次浮现在眼前。那个孔雀一般的小伙子,像倒在舞台上一样真切。而那个姑娘,那个姑娘又不同了,不是那个来自克劳斯海吉斯的畏畏缩缩的诺玛了,那个并不吸引人的奥菲莉亚,波洛就是这么称呼她的,但是确实是位悲壮的人物,接受了自己的宿命。

波洛曾请求打过两个电话。一个是打给伦敦警察厅的,这个电话是经过警方允许的,一位警官先是在电话里作了一番质询,才让波洛到克劳迪亚的房间里去使用电话的分机。他把克劳迪亚房间的门关上之后,就开始打电话了。

那位警官仍旧是满腹质疑,对他手下的人嘟囔道:"他们说没问题。不知道这人到底是谁?是个看上去有些古怪的小个子。"

"外国人,是吗?可能是政治保安处的人吗?"

"不是这样的。他想要找的人是尼尔检察官。"

警官的助手挑起眉毛,吹了声口哨。

波洛打完电话之后,打开了门,招手示意站在厨房里满心犹疑的奥利弗夫人,让她过来,他们肩并肩坐在克劳迪亚·瑞希-何兰的床上。

"我希望我们能做点什么。"奥利弗夫人总是待不住。

"有点耐心,亲爱的夫人。"

"你肯定有事可做吧？"

"我已经做完了。我给我必要的人打了电话。在警察们做完初步调查之前，我们只能待在这里，什么都做不了。"

"您是给负责刑侦的人打了电话吗？给她父亲打电话了吗？难道他不能把她保释出来吗？"

"牵涉到谋杀案的嫌疑人是不能被保释的。"波洛冷淡地说，"警方已经通知他的父亲了。他们从凯莉小姐那里要到了电话号码。"

"她在哪儿？"

"据我所知，她待在隔壁雅各布斯小姐的房间里，惊恐万分。是她发现了尸体。这让她惊恐极了。她当时是从公寓里尖叫着跑出去的。"

"她是那个搞艺术的，是吗？克劳迪亚会比她更沉稳。"

"我同意您的说法。克劳迪亚是一个非常泰然自若的年轻女士。"

"那么，您是给谁打的电话呢？"

"第一通电话，您已经听说了，是给伦敦警察厅的尼尔检察官。"

"那群人愿意他来插手此事吗？"

"他不是要来这里插手这件事。最近他一直帮我进行某些调查，这些调查会促成这件案子真相大白的。"

"啊，我明白了……你还给谁打了电话？"

"约翰·斯蒂林弗利特医生。"

"他是谁？是来证明可怜的诺玛陷入疯狂，无法抑制自己而杀了人吗？"

"如果将来要在法庭上做出这类必要的举证的话，我想以他的资历完全可以胜任。"

"他对她了解吗?"

"非常了解,我要说的是,自从您在快乐三叶草餐馆发现她的那天起,他就在悉心照料她了。"

"是谁把她送到了他那里?"

波洛笑了起来。"是我。我跟您在餐馆会合之前,就在电话里做了相应的安排。"

"什么?我一直对你深感失望,一直催促你去做些什么。你居然已经做了这些事了?并且从未告诉我!真是的,波洛!什么都没说!你怎么可以这么、这么恶劣!"

"夫人,我请求您别那么生气。我这么做,是为了事情可以更好地推进。"

"当人们这么做的时候总是有自己的一套说辞。你还做了些什么别的事?"

"我想方设法让她的父亲雇用我,以便我为了她的安全做一些安排。"

"您是指斯蒂林弗利特医生吗?"

"斯蒂林弗利特医生,是的。"

"你究竟是怎么做到的?我怎么也想不出她的父亲会选择你这样的人来做这些安排。他看上去是那种对外国人心存怀疑的人。"

"我把自己强推给他,就像是魔术师在做纸牌的戏法一样。我去拜访他,谎称自己收到了一封他托我去协助处理他女儿的事情的信件。"

"他相信你所说的吗?"

"那是自然。我把信拿给他看。那封信是用他公司的信纸打印的，上面还签了他的名字，虽然他向我说明那字迹不是出自他手。"

"您的意思是那封信实际上是你自己写的吗？"

"是的，正如我所想，这引起了他的好奇心，他想要见我。既然到了这一步，我对自己的才智很有信心。"

"你告诉他你在斯蒂林弗利特医生那里所做的安排了吗？"

"不，我谁都没有告诉。你知道的，这很危险。"

"是对诺玛有危险吗？"

"是对诺玛，或者是诺玛对别人有危险。从一开始，就有两种可能性。事实可以以两种方式来解释。有人试图毒杀雷斯塔里克夫人这件事不是那么可信，这事拖拖拉拉得太久，不像是真的有人想要谋杀谁。接着是在博罗登大楼里发生的左轮手枪枪击事件，也说不清楚，其次还有关于弹簧刀和血迹的事。每一次这类事发生的时候，诺玛不是全然不知，就是记不清楚了。她在抽屉里发现了砒霜，但是不记得自己曾把它放在了那儿。她曾宣称自己有好几次都失忆了，每当她不记得自己做过的事的时候，她就会忘记一大段日子里所发生的事。对于这一点，我们要探究一下，她所说的是否是真的，还是出于什么原因编造出来的？她是一桩庞大的、疯狂的阴谋的潜在受害者，还是这桩案件的主使者？她是否将自己塑造成一个正遭受着精神状况不稳定所带来的伤害的女人，还是在她心中就隐藏着谋杀的想法，她对此不敢承担责任所以就做出这种'自卫'的行为？"

"她今天的情况与往日不同。"奥利弗夫人缓缓地说，"你注意到了吗？与之前判若两人。不是……不是那么疯癫了。"

波洛点点头。

"不再是奥菲莉亚了,也不是依菲琴尼亚①。"

公寓外面的一阵骚动声吸引了他们的注意力。

"您是否认为——"奥利弗夫人停住了。波洛走到窗外,俯视下面的院子。一辆救护车开来了。

"他们是来把尸体拉走的吗?"奥利弗夫人颤抖地问道。接着又闪现出一阵怜惜之情:"可怜的孔雀。"

"他也没有什么讨喜的个性。"波洛冷酷地说。

"他非常爱打扮……还那样年轻。"奥利弗夫人说。

"这对女人来说就足够了。"波洛小心地把卧室门打开了一条小缝,探头看向外面。

"不好意思。"他说,"我要离开一小会儿。"

"你要去哪儿?"奥利弗夫人质询道。

"据我所知,在您的国家,问这种问题不太礼貌。"波洛责备地说道。

"啊,真是不好意思。"

"卫生间也不在那边。"当她从门缝里向外看去的时候,压低声音在他背后嘟囔道。

她又回到了窗户那儿,看着内院的情况。

"雷斯塔里克先生已经坐出租车来了。"几分钟后,当波洛悄悄返回的时候,奥利弗夫人一边看着窗外一边说,"克劳迪亚跟他一起来的。你刚才是偷偷跑去诺玛的房间,还是去了某个你想去探看的地方?"

---

①依菲琴尼亚,《希腊神话》中的人物。希腊军队准备好了扬帆驶向战场,可是风却迟迟不来。他们的领袖——国王阿伽门农外出寻找食物,没想到却误伤了一头神鹿。他必须接受天神们的惩罚,那就是献出他的女儿依菲琴尼亚作为祭祀品。阿伽门农不舍爱女,却又不能宣战不出战。正犯难时,他的女儿依菲琴尼亚主动挺身而出,表示愿意为国献身。最终天神心生怜悯,依菲琴尼亚免于一死。

"诺玛的房间里满是警察。"

"这一定让你很着急。你手里拿着的那个黑色的皮夹里装的是什么？"

波洛也连忙反问了一句。

"您那个印有波斯宝马的帆布袋子里装的是什么？"

"我的购物袋吗？那里面只有两只鳄梨啊。"

"那么，我把这个皮夹交给您。您要小心点，不要压着它，拜托您。"

"这是什么？"

"我一直想要找的东西，我已经找到了。啊，事情已经开始推进了。"他是指外面行动所产生的声响。

波洛的话在奥利弗夫人听来，远比那几个英文单词的本来意思深刻。雷斯塔里克高声叫喊着，满是愤怒。克劳迪亚正在打电话。时不时可以看到一名警方速记员在公寓和隔壁公寓两方往来，记录下弗朗西丝·凯莉和那个谜一样的女人雅各布斯小姐的证词。来来往往的人奉命行事，最后离开的是两个拿着摄像机的人。

接着一位身形高大、全身松松垮垮的红发年轻人突然闯进了克劳迪亚的卧室。

他丝毫没有注意到奥利弗夫人，开口对波洛说："她都做了什么？谋杀吗？她的男朋友？"

"是的。"

"她承认了吗？"

"看起来是的。"

"这不够。她是否完完全全地承认了？"

"我没听到她这么说。我没有机会亲自问她任何事。"

一位警察进来了。

"斯蒂林弗利特医生?"他问道,"那位法医想要跟您说句话。"

斯蒂林弗利特医生点点头,跟着他走出了房间。

"那么他就是斯蒂林弗利特医生了。"奥利弗夫人说,她思考片刻,"样子不错,不是吗?"

第二十三章

尼尔检察官拿出一张纸，在上面记录下几行字；之后扫视了一下屋子里的五个人。他的声音清脆而严肃。

"雅各布斯小姐呢？"他说。看了一眼站在门口的警察。"我知道康诺利警长已经记录下她的证言，但是我还想亲自问她一些问题。"

雅各布斯小姐被带到了这个屋里，尼尔站起身来，彬彬有礼地跟她打招呼。

"我是尼尔检察官。"他一边说着话，一边跟她握手，"我很抱歉又要打搅您，但是这次就是随便问问。我只是想要更清楚地知晓您所看到的和听到的情况。我恐怕这会令人有些痛苦——"

"痛苦？一点都不。"雅各布斯小姐说。她坐在给她搬来的一张椅子上。"当然了，我会感到震惊。但是没什么其他情绪。"她补充道，"看起来你们把所有事情都收拾好了。"

他推测她是指尸体已经被移走了。

她的那双善于观察、善于评判的眼睛匆匆掠过这群人，记下了波洛那毫不遮掩的惊讶，（这到底是怎么回事？）记下了奥利弗夫人轻微的好奇之感，还有斯蒂林弗利特医生满头红发的背影。对于邻居克劳迪亚，她点头致意，最后她向雷斯塔里克先生投去怜悯的一瞥。

"您肯定是那个姑娘的父亲了。"她对他说,"向一个完全陌生的人致以哀悼是没什么用的。最好不要开口。我们现今生活在一个悲惨的世界,或者对我来说是这样的。在我看来,姑娘们太用功了。"

接着她镇定地转向了尼尔。

"您要问什么?"

"雅各布斯小姐,我想请您用您自己的话把您所看到和听到的确切地描述出来。"

"我想我这次说的跟我之前说的会有很大差距。"雅各布斯小姐出乎意料地说,"您知道的,事情通常就是这样。一个人试图尽可能地准确描述的时候,就会用到更多的词。我不认为这会让描述显得更准确。我想,人们无意间就会在看到的或是听到的事情上添油加醋,但是这次我会尽全力的。

"我先是听到了一阵惊叫。我被吓住了。我想肯定是有人受伤了。所以当有人来敲我的门的时候,我已经准备朝着门口走去。我打开了门,看到了我的其中一位邻居——那三个住在公寓六十七号房间的姑娘中的一个。我恐怕记不清她的名字了,虽然我能认出她来。"

"弗朗西丝·凯莉。"克劳迪亚说。

"她有点语无伦次,结结巴巴地说着有人死了,她认识的某个人叫大卫什么的,我没记住他的姓。她颤抖着哭泣。我带她进来了,给了她一点白兰地,接着就自己过去看了。"

大家都觉得以雅各布斯小姐的性格,她肯定是会这么做的。

"您知道我发现了什么吗?需要我描述一下吗?"

"可以简单说一说。"

"一位年轻人,那种年轻时尚的青年,穿着极其艳丽的衣装,还留着长头发。他躺倒在地板上,明显已经死了。他衬衫上的血迹都干了。"

斯蒂林弗利特医生似乎被震动了。他转头密切关注着雅各布斯小姐。

"接着我发现屋里还有另一位姑娘。她站在那里,拿着一把厨房里的菜刀。她似乎很平静,很镇定,真的,非常奇怪。"

斯蒂林弗利特医生说:"她说了什么吗?"

"她说她曾试图到浴室里把手上的血迹洗掉,接着她又说:'但是您无法真的清洗掉这类痕迹,您能吗?'"

"实际上,是无法洗掉这些该死的血迹吧。"

"我不能说她让我想起了麦克白夫人。她是,我该怎么说呢?非常淡定。她把菜刀放在桌子上,在椅子上坐下。"

"她还说了别的什么吗?"尼尔检察官问道,他的眼神落在了面前粗略的记录上。

"什么关于仇恨的东西。去恨一个人不安全。"

"她说了什么关于'可怜的大卫'之类的话吗?您对康利诺警官是这么说的,还说她想要摆脱他。"

"我忘了。是的。她说他一定要她来这里,还说了什么露易丝。"

"对于露易丝,她都说了什么?"波洛问道,猛地前倾身子。雅各布斯小姐有些不解地看着他。

"什么都没说,真的。只是提到了这个名字。'就像露易丝。'她说,接着就闭嘴了。她是在说了去恨一个人不安全之后才说了这句话的……"

"那么接着呢?"

"接着她告诉我,她非常淡定,说我最好是去叫警察。我照做了。我们就坐在这里等你们来……我想我不该留她一个人在那儿。我们什么都没说。她似乎完全陷入自己的思考中了,至于我,嗯,坦白来说,我也不知道要说些什么。"

"您能看出她的精神状态是不稳定的吗?"安德鲁·雷斯塔里克问,"您能看出她不知道自己做了什么,以及为什么这么做吗?可怜的孩子。"

他祈求般地说着,还带着些期盼。

"如果您是说在犯了谋杀罪之后还能表现得如此镇静淡定,那么我赞同您的说法。"

雅各布斯小姐的口吻明显是不赞同的。

斯蒂林弗利特医生说:"雅各布斯小姐,她有没有在任何时刻承认是她杀了人?"

"啊,是的,我之前说过,这是她说的第一句话。好像是在回答我的问题一样。她说:'是的,我杀了他。'接着就说到自己洗手的事了。"

雷斯塔里克咆哮着把头埋在手中。克劳迪亚把手放在他的肩膀上。

波洛说:"雅各布斯小姐,您说那个姑娘把刀放在桌子上,那把刀子离您很近吗?您是否看清楚了?那把刀是否已经清洗过了?"

雅各布斯小姐有些犹疑地望向尼尔检察官。很显然,她是觉得波洛在这次官方性的问询中加入了一些不同的非正式的成分。

"如果您不介意回答这个问题的话……"尼尔说。

"不,我不认为那把刀清洗过了或者是被擦拭过。那上面沾染了一些黏糊糊的东西。"

"啊。"波洛靠回了椅子上。

"我本以为你们应当对那个凶器很了解的。"雅各布斯小姐有些责难般地说,"你们警方没有检查过吗?要是没有的话,这也太疏忽了吧。"

"啊,是的,警方检查过了。"尼尔说,"但是我们想要得到您的帮助。"

她有些狡黠地看了他一眼。

"我想,您真正的意思是想要看看您的目击者的观察能力有多强。有多少部分是编造的,有多少是他们真切看到的,或者是他们以为自己看到了的。"

尼尔一边微笑一边说:"我不是在质疑您,雅各布斯小姐。您是最好的目击者。"

"我对这一过程并不感到享受,但是我想要是遇到了这类的事,躲也躲不过。"

"恐怕是这样的。谢谢您,雅各布斯小姐。"他四下里看看,"还有人要问问题吗?"

波洛示意他还有问题。雅各布斯小姐在门口不太情愿地站住。

"什么问题?"她说。

"关于您说到的那个叫露易丝的女人。您知道那个姑娘说的是谁吗?"

"我怎么会知道?"

"有没有可能她说的是露易丝·卡彭特夫人呢?您认识卡彭特夫人吗?"

"我不认识。"

"您知道她最近从大楼的窗户纵身跃出的那件事吧?"

"当然了,我知道。我不知道她的教名是露易丝,而且我也跟她不熟。"

"又或者，可能，您不大愿意跟她结识？"

"我没这么说过，而且这个女人已经死了。但是我要承认您说得相当对。她是公寓里最讨人厌的租客，我和其他住在这里的租客总是向公寓管理者抱怨她。"

"抱怨的内容是什么呢？"

"坦白说，那个女人酗酒过度。她的公寓正好在我的楼上，她经常举办嘈杂的聚会，充满了玻璃酒杯被打碎的声音，家具被推翻的声音，还有大声唱歌和大喊大叫的声音。各种人来来往往，出出进进。"

"她可能是个寂寞的女人。"波洛暗示道。

"她给我的印象可不是这样。"雅各布斯小姐刻薄地说，"验尸结果显示她处于长期过度担忧自己身体健康的状态，但那完全出自她的幻想，她看起来什么毛病都没有。"

做了对于已故的卡彭特夫人不带任何同情色彩的评价之后，雅各布斯小姐就离开了。

波洛把注意力转向安德鲁·雷斯塔里克。他温和地问道："雷斯塔里克先生，不知道我想的是不是正确的，您是认识卡彭特夫人的吧？"

雷斯塔里克过了一会儿才回答。他深深叹了一口气，将目光转到波洛身上。

"是的。我一度跟她熟识，那是很多年前的事了，那时我对她很熟悉……不，我要说她那时并不叫卡彭特。那时她的名字是露易丝·比雷尔。"

"您曾……呃，爱上了她！"

"是的，我爱上了她……完完全全地爱着她！因为她的缘故我离弃了我的妻子。我们去了南非。仅仅过了一年,我们就分手了。她回到了英国。从那时起我就再也没有听到过她的消息,我甚至不知道她究竟怎样了。"

"那么您的女儿呢?她是否也认识露易丝·比雷尔?"

"当然了,她不记得她。她那时还是个五岁的孩子而已!"

"但是她确实不认识她吗?"波洛坚持不懈地问道。

"是的。"雷斯塔里克缓缓地说,"她知道露易丝。也就是说,露易丝来过我们家。她曾跟孩子一起做过游戏。"

"那么有可能,即使时光流逝,但是那个姑娘还记得她。"

"我不知道,我真的不知道。我不知道她长什么样,露易丝到底有多少改变。我跟您说过,我永远不想再见到她。"

波洛温和地问道:"但是雷斯塔里克先生,您收到过她的信件,是吗?我的意思是,您回到英国后,曾收到过她的信件吧?"

又是一阵默默无语,接着是一声不愉快的长叹。

"是的,我收到过她的信件……"雷斯塔里克说。接着,他突然有些奇怪地问道,"波洛先生,您怎么会知道呢?"

波洛从口袋里拿出了一张叠得很整齐的信纸。他打开了它,把它递到雷斯塔里克手里。

后者看着这封信,稍显困惑地微微皱起了眉。

亲爱的安迪:

我在报纸上看到你归国的消息。我们必须要见一面,聊聊我们这些年都过得怎么样了——

信在这里中断了,接着又写了下去。

安迪，你猜这封信是出自谁手？露易丝。你敢说你已忘了我！

亲爱的安迪：

你可以在信封上看到我的地址。我和你的秘书住在同一幢大楼的公寓里。世界真是小啊！我们一定要见个面。你下周一或周二能来我这里喝杯酒吗？

安迪亲爱的，我一定要再见见你……只有你对我来说意义重大——你也一定没有真的忘记我，是吗？

"您是怎么找到这封信的？"雷斯塔里克轻轻地指着信问波洛。

"是我的一个朋友在一辆搬运车上找到的。"波洛说，并瞥了一眼奥利弗夫人。

雷斯塔里克有点厌恶地看着奥利弗夫人。

"我可不是有意为之。"奥利弗夫人说，似乎在回应他的眼神，"我想被人搬出来的家具大概是她的，那个男人不小心把一张桌子摔了出去，上面的一个抽屉掉了出来，到处都是杂物，一阵风把这张纸吹到了院子里，于是我捡起了它，想要把它还给那个男人，但是他们不耐烦地说他们不需要这个，所以我就不假思索地把它放在我的外套口袋里了。直到今天下午，我要把外套送去清洗的时候，整理口袋，才发现了它。所以这实在不是我的过错。"

她停住了，有点喘不过气来。

"最终她是否把信寄给您了呢？"波洛问。

"是的,她寄了,是一封更加正式的版本!我没有回信。我想我还是不要回信最好。"

"您不想再见见她?"

"她是我最不想见到的人!她是个极其难对付的女人,一贯如此。我听闻过很多她的闲言碎语,比如她酗酒过度。并且还有——其他的事。"

"您保留了她的信件吗?"

"没有,我撕毁了它!"

斯蒂林弗利特医生插话问道:"您的女儿曾经跟您提到过她吗?"

雷斯塔里克有些不情愿回答。

斯蒂林弗利特医生催促道:"您知道的,如果她提到过她,这个事实会很重要。"

"您们这些医生!是的,她曾有一次跟我提到过她。"

"她具体说了什么?"

"她说这个的时候很突然。'爸爸,我前几天看到了露易丝。'我很惊讶,说:'你在哪儿见到她的?'她回答道:'在我公寓的餐厅里。'我有点尴尬,就说:'我想不到你还会记得她。'她说:'我永不会忘记。妈妈也不会让我忘了她的,即使我自己要忘记她。'"

"是的。"斯蒂林弗利特医生说,"是的,这的确很重要。"

"小姐,至于您,"波洛突然转向克劳迪亚说,"诺玛曾经跟您提到过露易丝·卡彭特吗?"

"是的,在她自杀之后。她说她是个邪恶的女人什么的。她说话的口气很孩子气,我想您知道我的意思是什么。"

"那晚您是在这间公寓里吧,或者更准确地说是在清晨,当卡彭特夫人的自杀案件发生的时候？"

"那晚我不在这里，不在！我不在家里。我记得我是第二天回来的时候才听说这件事的。"

她转身面对雷斯塔里克说："您记得吗？那是二十三号。我去了利物浦。"

"是的，当然了。你代表我去出席海威尔信托会议。"

波洛说："但是诺玛那晚是待在这里的吗？"

"是的。"克劳迪亚有些不安地说。

"克劳迪亚，"雷斯塔里克把手放在她的肩膀上面，"你究竟对诺玛了解多少？肯定是有什么事，你肯定隐瞒了什么事。"

"没有的事！我能知道些什么？"

"你觉得她脑子有些不清醒，是吗？"斯蒂林弗利特医生用一种随意的口吻问道，"那个黑发的姑娘也这么想。就跟您一样。"他补充道。之后猛地转向雷斯塔里克说："我们大家都表现得很正常，极力避免说到这个问题，但是心里想的却是同一件事情！除了尼尔检察官之外。他什么都没有去想。只是在搜集事实：疯狂或是一桩谋杀。那么夫人，您呢？"

"我？"奥利弗夫人吓得跳了起来，"我不知道。"

"您是想保留自己的判断吗？这我不怪您。这很困难。整体说来，大多数人会赞同自己心之所想的事情。他们对此会用各种各样的词汇，就是这样。脑袋不正常，异想天开，胡思乱想，精神有问题，经常出现幻觉……有任何人觉得这个姑娘神志正常吗？"

"贝特斯比小姐。"波洛说。

"怎么又出现了一位贝特斯比小姐呢？"

"是一位女校长。"

"如果我有女儿的话，我会把她送往那所学校的。当然了，我跟诸位不一样。我了解。我了解这个姑娘的一切事！"

诺玛的父亲盯着他。

"这个人是谁？"他向尼尔质询道，"他怎么能说他知道我女儿的一切事呢？"

"我了解她。"斯蒂林弗利特医生说，"因为她在过去的十天都接受着我的专业治疗和关照。"

"斯蒂林弗利特医生，"尼尔检察官说，"是一位资质极高的著名心理分析学家。"

"她是如何落入您的手中的，在没有取得我的同意的前提下？"

"问问那个'小胡子'吧。"斯蒂林弗利特医生说，向波洛点点头。

"您、您……"

雷斯塔里克因为过于生气都说不出话来了。

"我曾经收到过您的指示。您希望在我找到她之后，好好地照料并保护她。我找到了她，并且我劝服斯蒂林弗利特医生看护她。她处在危险之中，雷斯塔里克先生，真的是极端危险。"

"她会比现在更危险吗？因为谋杀罪而被逮捕！"

"从法律上来说，她没有被控有这项罪名。"尼尔嘟囔道。

他继续说："斯蒂林弗利特医生，据我所知，您愿意对雷斯塔里克小姐的精神状况做出自身的专业判断，还有她对自己的行为的本质和意义到底了解多少做出解释，是这样吗？"

"关于《麦诺腾法规》的规定，我们还是在法庭上再谈吧。"斯蒂林弗利特医生说，"我们现在要知道的是，这个姑娘心智是否正常？好的，我告诉您。这个姑娘心智正常，就跟在我们这间屋子里的所有人一样！"

第二十四章

1

众人都目瞪口呆地看着他。

"没有预料到这一点,是吧?"

雷斯塔里克愤怒地说:"您错了!这个姑娘甚至不知道自己做了什么!她是无辜的,完全是无辜的!她不能对连她自己都不知道是否做过的事情负责任!"

"您让我继续说下去。我知道我在说什么,您不明白。那个姑娘心智正常,能为她的行为负责。过一会儿,我们就会让她进屋来,自己说清楚。她是唯一一个没有得到为自己辩解的机会的人!啊,是的,他们仍旧看守着她,有一名女警察在她的卧室里看守。但是在我们问她一些问题之前,我要说点什么,你们最好还是先听听。

"那个姑娘到我这里的时候,已经服下了不知道多少毒物。"

"一定是他给她的!"雷斯塔里克咆哮道,"那个堕落、可恶的小子!"

"毫无疑问,是他诱使她吃的。"

"感谢上帝。"雷斯塔里克说,"对此我真是感谢上帝。"

"您为什么要感谢上帝?"

"我误解了您。我以为您坚持说她神志正常,是要把她送入虎口。都是毒品造成了这个局面。毒品使得她做出了她的判断力绝对不会允许她做的事情,还使她对自己所做过的事情一无所知。"

斯蒂林弗利特提高了声音。

"如果您能少说两句,不要做出一副什么都知道的样子,让我说下去,我们还能了解得更多。首先,她不是个瘾君子。她身上没有针孔。她没有吸海洛因。有什么人,可能是那个小伙子,也可能是别的什么人,偷偷在她不知道的情况下让她服下了毒物。不是那种紫心锭或是什么时下流行的药物,而是一种相当有意思的混杂的药物。迷幻药让她产生了一系列的幻梦,有噩梦也有美梦。大麻把时间要素弄得混乱了,所以她会把一次几分钟的经历当作是持续了一个小时的事。除此之外,还有几种奇怪的药物,我现在还不想让你们知道。一个对于药物很是熟稔的人带着这个姑娘在地狱里游历。兴奋剂、镇定剂都曾经控制过她,让她把自己看作是一个与别人迥然不同的人。"

雷斯塔里克打断他说道:"这就是我所说的啊。诺玛不该负责任!有人催眠了她,要她去做这些事的。"

"您还是没能了解我的观点!没人让这个姑娘去做她不想做的事!他们所做的是,让这个姑娘去相信自己做了这样的事。现在我们把她带进来,看看她身上到底发生了什么。"

他请示般地看着尼尔检察官,后者点点头。

斯蒂林弗利特医生在走出客厅的时候,侧身对克劳迪亚说:"你把另一个姑娘安置在哪里了?那个你从雅各布斯那里带过来,给她服下了镇定剂的那位?是在她房间的床上吗?最好摇醒她,想办法把她带过来。所有能帮上忙的,我们都需要。"

克劳迪亚也走出了客厅。

斯蒂林弗利特医生回来了,扶着诺玛,还粗声粗气地鼓励着她。

"这才是好姑娘……没人会咬你的。坐在这里吧。"

她顺从地坐下了,她那副温驯的样子还是让人相当惊恐。

女警察在门口有些生气地走来走去。

"我需要你说实话。这绝对不会像你所想的那样艰难。"

克劳迪亚带着弗朗西丝·凯莉进来了。弗朗西丝打着大大的哈欠。她的黑头发就像是一块幕布一样搭在脸上,把她那哈欠连连的嘴遮住了一半。

"您需要一点提神的饮品。"斯蒂林弗利特医生对她说。

"我希望你们能让我去睡觉。"弗朗西丝有些含混地嘟囔道。

"在我对大家质询完毕之前,谁也别想去睡觉!现在,诺玛,你回答我的问题,那个在走廊上的女人说你向她坦陈是你杀了大卫·贝克,是这样吗?"

她用顺从的口吻回答道:"是的,我杀了大卫。"

"是用刀刺死的吗?"

"是的。"

"你是怎么知道是你刺死了他的呢?"

她看上去有些疑惑不解。"我不知道您在说什么。他躺倒在地板上,死了。"

"刀在哪里?"

"我把它拾起来了。"

"那上面有血迹吗?"

"是的,他的衬衫上也有血迹。"

"它摸起来是什么样的感觉,刀上的血迹?你沾到手上的,你想要洗掉的血迹,是湿的吗?还是像草莓果酱?"

"摸起来有些像草莓果酱,是黏的。"她颤抖了一下,"我一定要洗干净我的手。"

"很合理。嗯,一切事情都能说通了。被害人,谋杀者,你,还有凶器,这就齐备了。你还能记起到底是不是你自己下的手吗?"

"不……我不记得了……但是一定是我动了手,不是吗?"

"不要问我!我又不在现场。是你自己这么说的。但是在这个案件之前还出过一桩命案,是不是?之前的那桩命案。"

"您的意思是,露易丝?"

"是的,我指的就是露易丝……你第一次想要谋杀她是在什么时候?"

"很多年前吧,嗯,很久之前。"

"当你还是个孩子的时候……"

"是的。"

"已经等待多年了,是吗?"

"我已经忘了。"

"直到你再次见到她,并且还认出了她?"

"是的。"

"当你还是个孩子的时候,你就恨她。为什么?"

"因为她把我的父亲抢走了。"

"而且她令你的母亲倍感忧伤?"

"母亲也恨露易丝。她说露易丝实在是个邪恶的女人。"

"你们经常会谈到她,是吗?"

"是的。我真希望她能不这么做……我不想要总是听到她的事情。"

"单调无趣,我明白。仇恨不会有什么新意。当你再次见到她的时候,你是真的想要谋杀她吗?"

诺玛似乎在思考。她的脸上现出一些饶有趣味的神色。

"我没有……真的,您知道的……这都是很多年前的事情了。我不能想象自己会……这也就是为什么——"

"为什么你不敢确定是自己杀了她?"

"是的,我的心中有很多奇怪的想法,知道我自己并没有杀了她。但是这就像一场梦境一样。或许她真的是自己从窗户里纵身跃下的。"

"嗯,为什么不是这样的呢?"

"因为我知道是我做的,我说了是我做的。"

"你是说你动的手?你对谁说了这样的话?"

诺玛摇摇头。"我不能……那人是一个向我展露善意的人,想要帮我。她说她会假装什么都不知情。"她继续说着,语速变快,情绪更加激动,"我在露易丝的门外,七十六号,我刚从那里出来。我觉得自己像是在梦游一样。她们,她,说出事了。跌落在院子里面。她反复告诉我这跟我没什么关系。甚至没人会知道,我不记得我做过什么了,但是我手上有东西——"

"东西?什么东西?你是指血迹吗?"

"不,不是血,是撕碎的窗帘之类的东西。当我把她推下去的时候。"

"你记得是你把她推下去的,是吗?

"不,不。这就是让我烦心的地方。我不记得任何事。这就是为什么我期盼着。这也就是为什么我要去——"她把头转向波洛,"去找他——"

她又转头去看斯蒂林弗利特医生。

"我永远记不清我做过什么,一件也记不得。我变得越来越惊恐。因为有那么一大段的时间是空白的,完全空白,有些时段的事我记不清楚,有时我不记得自己去了哪儿、干了什么。但是我发现了一些东西,一些肯定是我自己藏起来的东西。玛丽被我下了毒,他们在医院里发现她被下了毒。并且我发现在我的抽屉里藏着除草剂。在公寓房里,我又找到了弹簧刀。还有一把我根本就不记得我曾经买过的左轮手枪!我杀了人,但是我不记得自己杀了他们,所以我不是一个真正的谋杀犯,我只是疯癫了!最起码我自己是这么认为的。我疯了,我无法抑制自己。人们不该去责怪一个不记得自己在发疯的时候所做过的事的人。如果我来到这里,杀了大卫,这正证明我疯了,不是吗?"

"您很乐意发疯吗?"

"我……是的,我想是的。"

"如果是这样,为什么你要向别人说是你把一个女人推出窗口的呢?你把这件事告诉了谁?"

诺玛转头,迟疑着。接着她举起手,指向某个人。

"我告诉克劳迪亚了。"

"完全不是这样的。"克劳迪亚斥责她,"你从没有告诉我这类的事!"

"我说了,我说了。"

"什么时候?在哪里?"

"我不知道。"

"她告诉我她把这一切都向你说了。"弗朗西丝一字一句地说道,"坦白来说,当时我以为她是有些歇斯底里,编造了这一切。"

斯蒂林弗利特医生看向波洛。

"她可能会编造这一切。"他带着判断的意味说着,"要想解决这个问题,要花费不少心血。但是如果假设是这样的话,我们需要找到动机,一个强有力的动机,一个让她计划谋杀两个人的动机,露易丝·卡彭特和大卫·贝克。孩子式的仇恨?多年前发生的旧事?荒谬无稽。大卫,只是想要'逃离他'?这不会成为她杀他的动因的!我们想要比这更有力的动机。一笔惊人的财富,是的!贪婪!"他四下里看了看,把语调换成了普通的声音。

"我们还需要一点帮助。这里还有个人不在。您的夫人真是让我们久候了,雷斯塔里克先生。"

"我想不到玛丽会去哪里。我打过电话了。克劳迪亚也在我们能想到的地方留言了。过去这么久了,她起码该从某个地方给我打个电话啊。"

"或许我们都想错了。"赫尔克里·波洛说,"说起来,或许,最起码夫人的一部分已经在这里了。"

"您到底是什么意思?"雷斯塔里克愤怒地咆哮道。

"夫人,能麻烦您一下吗?"

波洛身子向前靠向奥利弗夫人,奥利弗夫人有些呆住了。

"我交给您代为保管的那个包——"

"啊。"奥利弗夫人把手伸到自己的帆布袋里摸索着。她把那个黑色的皮夹递到了波洛手里。

他听到近旁有人发出了剧烈的吸气声,但是他并没有转过头去。

他小心翼翼地把包装纸去掉,举起了那个东西,一顶金色的蓬松的假发。

"雷斯塔里克夫人不在这里。"他说,"但是她的假发在这里。

真有意思。"

"波洛，您是怎么找到这个的？"尼尔问道。

"从弗朗西丝·凯莉小姐的旅行袋里找到的。她到现在都没有机会把它弄走。你们要看看她戴上这顶假发是什么样的吗？"

他灵巧地一跃，熟练地拨开搭在弗朗西丝脸上的黑色头发，趁她无法反抗之际，就把一顶金发戴到了她的头上。她怒目注视着众人。

奥利弗夫人惊叫道："天呐！这就是玛丽·雷斯塔里克。"

弗朗西丝就像是一条愤怒的毒蛇那样弓着身子。雷斯塔里克从椅子上跃起，准备冲向她，但是尼尔紧紧钳制住了他。

"不，我们不会让您动手的。把戏结束了，您知道的，雷斯塔里克先生，或者我该叫您罗伯特·奥威尔。"

一堆咒骂的话从这个男人的口中崩出。弗朗西丝提高声音尖声叫骂道："闭嘴，你个蠢蛋！"

2

波洛放下了他的战利品——那顶假发。他走向了诺玛，并且温柔地握起她的手。

"对您残酷的折磨都过去了。受害者不会被牺牲的。您没有发疯，或者是杀了任何人。有两个残忍的、毫无心肝的坏人耍了您，他们处心积虑地对您用药，还对您撒各种谎，费尽各种心机想要您自杀或者是相信自己有罪或是真的疯了。"

诺玛目瞪口呆地看着另外一位阴谋者。

"我的父亲，我的父亲？他竟然会如此待我，他的女儿？我的父亲是爱我的——"

"那不是您的父亲,乖孩子,他是在您父亲死后才来这里的,想要冒充他去抢夺一大笔财产。只有一个人或许能认出他,或者应该说能辨认出这个人不是安德鲁·雷斯塔里克——那个十五年前曾经是安德鲁·雷斯塔里克情妇的女人。"

第二十五章

四个人坐在波洛的屋子里。波洛坐在他的方椅上，喝着一杯黑醋栗蜜糖水。诺玛和奥利弗夫人坐在沙发上。奥利弗夫人身着与她不太相称的果绿色锦缎外套，配上一个费心打造的发型，显得很是快活。斯蒂林弗利特医生从椅子上伸出两条细长的腿，似乎可以越过半个屋子。

"那么现在，我还有很多事情要问。"奥利弗夫人说道，她的声音里透着一股责难的意味。

波洛连忙息事宁人。

"但是，亲爱的夫人，您想想，我欠您的真是难以言喻。所有这一切，我所有的好主意都是被您启发的。"

奥利弗夫人疑惑地看着他。

"不是您把'第三个女郎'这个词汇说给我听的吗？我从这一点开始着手，也在这三个合租公寓的女郎身上结束了。从专业技术角度来说，我一直把诺玛当作那第三个女郎，但是当我绕了一大圈之后，才找到正确的切入方式。那个遗失的问题，那块缺失的拼图，每一次都是同样的，回到了这第三个女郎身上。

"一直是这样，如果您懂我的话，那个不在场的人。她对我而言就是个名字而已。"

"我从未把她跟玛丽·雷斯塔里克联系在一起。"奥利弗夫人说,"我在克劳斯海吉斯见过玛丽·雷斯塔里克,跟她说过话。当然了,我第一次见到弗朗西丝·凯莉的时候,她的黑发挡住了脸。不论是谁都会被她骗过去的。"

"但是还是您,夫人,让我留意到女性的外貌是如何轻易地被发型所改变的。您要记住,弗朗西丝·凯莉可是受过戏剧表演训练的。她擅长易容,她也可以在需要的时候改换腔调。作为弗朗西丝,她留着长长的黑发,半遮着自己的脸庞,擦着浓重惨白的遮瑕粉,化着浓黑的眉毛和睫毛膏,声调是低沉喑哑的。而玛丽·雷斯塔里克,戴着精心打理过的波浪形卷发,穿着普通的衣物,她的口音稍带一些殖民地的腔调,她说话时的那种清脆声音,与弗朗西丝形成了完全不同的鲜明对比。虽是这样,但是从一开始,她就让人觉得不像是一个真实存在的人物。她是个什么类型的女人?我不知道。

"我对她完全摸不到头脑,完全,我,赫尔克里·波洛,一点也摸不清楚她。"

"听听,听听。"斯蒂林弗利特医生说,"第一次,我听到您这么说,波洛!真是什么奇迹都会发生!"

"我真的不明白她为什么要扮演两个角色。"奥利弗夫人说,"似乎没什么必要。"

"不,这对她来说很重要。您看,这让她不论在什么时候都能拿出不在场证明。想想它就在那儿,一直都在,就在我眼前,我就是会忽视它!那顶假发,我下意识地一直留意它,但是不明白为什么它会让我分心。两个女人,永不在同一时刻同时出现。她们的生活安排得如此巧妙,当人们不去特别留心的时候,是不会注意到这两个人的日常行程会有如此大的差异。玛丽总是去伦敦,去购物,去寻找房产中介,还拿着一大沓单子去看货品,假装那是她消磨时间的方式。弗朗西丝去伯明翰、曼彻斯特，甚至飞往国外，经常跟切尔西区属于她的那个艺术圈子里的年轻男人打交道，她雇用他们从事一些法律不允许的行为。韦德伯恩画廊的画框都是经过特别设计的。冉冉上升的年轻艺术家在那里举办画展，他们的画作销售得都很不错，还被运往国外。运往国外参展的画作的画框里都被偷偷放置了小包的海洛因，艺术欺诈，善于伪造身份不清不楚的绘画大师，这类事都是她策划和组织的。大卫·贝克就是她所雇用的一个艺术家，他是个天赋异禀的善于画仿作的画家。"

诺玛嘟囔道："可怜的大卫。当我第一次遇到他的时候，还以为他很好呢。"

"那些画作。"波洛像在说梦话一般，"总是、总是不断在我脑海中重现。为什么雷斯塔里克会把那幅肖像画带到办公室里呢？这对他又有什么特殊的意义吗？我对自己如此愚钝感到很不满意。"

"我不明白这两幅肖像画到底是怎么回事？"

"这是个绝妙的主意。它是用来起到某种身份认证的作用的。两幅肖像画，丈夫和妻子，是当时一位极受欢迎且十分入时的人像画家所画的。当把原来的画作从储藏室里拿出来之后，大卫·贝克就把奥威尔的肖像画跟雷斯塔里克的对调了，还将奥威尔的样貌画得年轻了二十岁。没人会想得到这幅画像会作假；那种风格，画作的笔触，还有画布，都是令人心悦诚服的优秀作品。雷斯塔里克把它挂在自己办公桌后面的墙壁上。任何多年前曾经认识雷斯塔里克的人可能都会这么说：'我都快要认不出您了！'或者'您真是变了好多'。他们会再看看肖像画，但是只会以为自己是真的忘了他的相貌究竟如何。"

"这对于雷斯塔里克来说是有很大风险——或者应该说是奥威尔——要去承担的。"奥利弗夫人若有所思地说。

"可能没您想的那么大。从商业信用来说,您看,他从未加入社保。他只是一家知名企业中的一员,多年旅居海外,哥哥去世之后,他回到英国来料理他哥哥的产业。他携在海外结识不久的新夫人一起回来,跟一位年迈、半瞎,但是声名显赫的舅舅住在一起,那位舅舅自他还在上学时起就跟他不是太熟络,他没有什么疑问就接纳了他。他也没有什么亲密的近亲,除了那个五岁就跟他分开的女儿。当他原先离开这里去南非的时候,还在公司的两位老办事员也相继去世了。年轻的职员都不会在公司待太久。他们家族的律师也去世了。据此可以断定,在弗朗西丝决定牟取这家的财产的时候,就已经把这家的情况摸得明明白白的了。"

"看起来,她在两年前就在肯尼亚遇到了他。他们都是骗子,虽然兴趣点不一致。他专做各式各样采矿方面的伪造交易,雷斯塔里克和奥威尔曾一起去荒野之地探查过矿藏。曾经流传过雷斯塔里克已死亡的谣言——可能是真的——谣言之后又被击破了。"

"我猜这场赌博涉及很多钱?"斯蒂林弗利特医生问道。

"数量惊人的钱财。这是一场巨大的赌博,赌注骇人。最后他赢了。安德鲁·雷斯塔里克本身就很有钱,他还是他哥哥的财产继承人。没人质疑过他的身份。然而后来,事情就变得不妙了,天空阴云密布,他收到了一个女人的来信,如果这个女人见到了他,她就会立马认出他不是安德鲁·雷斯塔里克。另一件糟糕的事情也发生了,大卫·贝克开始敲诈他。"

"我想,或许他们早就料想到了。"斯蒂林弗利特医生沉思着说。

"他们没有预料到会这样。"波洛说,"大卫之前从未敲诈过他们。我想是因为这个男人惊人的财富冲昏了大卫的头脑,他觉得相形之下,他为这个男人伪造肖像画所得到的报酬也未免太微薄了,他想要更多的钱。所以雷斯塔里克给他开了一张大额支票,假装是为了他的女儿,防止她跟那个他看不上的男人成婚。不论他是否真的愿意娶她——我不知道,他可能是真心的。但是想要敲诈像奥威尔和弗朗西丝·凯莉这样的人是很危险的。"

"您的意思是这两个人就这样冷血地计划谋杀大卫和露易丝,如此坦然,就这样去做了?"奥利弗夫人问道。

她看上去有些支撑不住了。

"他们可能把您也添加在名单里了,夫人。"

"我?您的意思是他们中的一个在背后敲了我一棒吗?我想是弗朗西丝做的,而不是那只可怜的'孔雀'?"

"我不认为是那只'孔雀'做的。那个时候您已经去过博罗登大楼了。您可能是跟踪弗朗西丝去了切尔西区,或者她是这么想的,您还为您的那次行为编造了如此多的理由。所以她就偷偷溜了出来,在您头上重重一击,以便能暂时抑制住您的好奇心。您没有听进去我对您说有危险的警告。"

"我完全不敢相信是她!在那个脏兮兮的工作室里,她躺在那里做出一副伯恩-琼斯的女主角的样子。但是为什么——"她看向诺玛,接着又看看波洛,"他们要利用她,费尽心机,想要嫁祸给她,给她用药,让她相信是她谋杀了那两个人。为什么呢?"

"他们想要一个替罪者……"波洛说。

他从椅子上站起身来,走向了诺玛。

"乖孩子,你已经经历过如此可怕残酷的事,这样的事不会再发生在你身上了。现在记住,你要永远对自己充满信心。在危急关头知晓什么是彻头彻尾的邪恶,这是对人生中潜在危险的一种防御。"

"我想您是对的。"诺玛说,"一想起我发了疯,真的相信自己发了疯,真是件恐怖的事……"她颤抖着,"即使现在,我也不知道为什么我能逃脱,为什么每个人都竭尽全力相信不是我杀了大卫,即使在我自己都认为是我杀了他的时候?"

"血迹有问题。"斯蒂林弗利特医生简单明了地说,"凝结得如此之快。就如雅各布斯小姐所说,那衬衫上的血迹都'硬了',不是湿的。在弗朗西丝做出那一番尖叫表演之前,您若杀他也不过是五分钟之前的事。"

"她是怎么做到的——"奥利弗夫人开始有些明白了,"她去过曼彻斯特——"

"她搭乘了早一班的火车回来,在车上换上了玛丽的假发和衣装。走进了博罗登大楼,以一位没人认识的金发女郎的样子乘坐电梯。在公寓里,大卫早就在那里等候她了,是她告诉他这么做的。当她刺向他的时候,他完全没有防备。接着她再次走出去,等待着诺玛到来。她溜进一间公共更衣室,在那里改头换面,之后又在路上偶遇她的一个朋友,在博罗登大楼跟她告别,她就上楼继续她的把戏,我想她对此相当享受。等到警察被叫到这里的时候,她认为不会有人怀疑其中的时间差的。诺玛,我要说,那天你可真是让我们如坐针毡。你坚持说那两个人都是你所杀的那个样子!"

"我想要坦白,想要这一切都结束……您曾经、您曾经有没有想过我可能真的杀了人?"

"我？你把我当作什么人了？我知道我的病人会做什么，不会做什么。但是我想你不会把事情弄得如此复杂困难。我不知道尼尔会支持我们多久，这并不属于警方办案的流程。但是看看他对波洛的那副顺从样子。"

波洛笑了起来。

"尼尔检察官和我相知多年。除此之外，他自己也已经做了相当全面的调查。您从未到过露易丝家门前。弗朗西丝把门牌号换了。她把你们门牌上的六和七对调了。这些数字是松动的，是用钉子钉在上面的。克劳迪亚那天晚上不在家，弗朗西丝给你下了药，所以这整件事对你来说就是噩梦一桩。"

"我突然明白了。那个唯一有可能杀了露易丝的人就是真正的'第三个女郎'，弗朗西丝·凯莉。"

"你知道吗，其实你有些认出她了。"斯蒂林弗利特医生说，"当你跟我描述说，一个人不知怎么就变成了另一个人的时候。"

诺玛若有所思地望着他。

"您对人真是粗鲁。"她对斯蒂林弗利特医生说。他看上去有些呆住了。

"粗鲁？"

"您对每一个人说的那些话。您冲他们大吼大叫的样子。"

"啊，是的，是的，可能我有点……我有点气急了。人们有时会让人极端恼火。"

他突然向波洛咧嘴一笑。

"她是个不错的姑娘，不是吗？"

奥利弗夫人站起来，深深吐了口气。

"我必须要回家了。"她看看那两个男人，又看看诺玛，"我们该如何安置她呢？"她问道。

他们都被这问话吓住了。

"我知道她暂时跟我一起住。"她继续说下去,"并且她说她很快活。但是我的意思是这还有个问题,真的是个问题。因为她的父亲给她留下了一大笔钱,我所说的是她真正的父亲,把一大笔钱都留给了她。这会引起很多麻烦的,会有很多人来祈求施舍。她可以回去跟老罗德里克爵士住在一起,但是这对一个姑娘来说太无趣了,他几乎又聋又瞎,而且就是个彻头彻尾的自私鬼。顺便提一句,他那些遗失的文件怎么样了?还有那个姑娘,还有皇家植物园的那档子事呢?"

"在他以为已经找过了的地方发现了它们,是索尼娅找到的。"诺玛说,接着又补充道,"老舅公罗迪和索尼娅要结婚了,就在下周。"

"真是越老越迷糊!"斯蒂林弗利特医生说道。

"啊哈!"波洛说,"那么这位年轻的女士选择在英国留下好好搞政治运动啊。可能对她来说是个明智的决定,那个娇小的女人。"

"我们不说这个了。"奥利弗夫人总结似的说,"我们还是说说诺玛的事,人要脚踏实地一点。要去制订计划。这个姑娘不知道如何自己去拿主意。她等待着有人来告诉她、指导她。"

她严肃地看着他们。

波洛一言未发。他笑了。

"啊,她?"斯蒂林弗利特医生说,"嗯,我告诉你,诺玛,我周二要飞往澳大利亚。我要先去看看情况——看看那边为我所做的安排是否合适,这之后,我会给你发个电报,你来跟我会合。接着我们就结婚,你要记住我的话,我并不是想要你的钱。我不是那种想要筹钱去建造研究机构或者诸如此类的医生中的一员。我只是对人感兴趣。我也认为你有能力管住我。比如我对你有些粗鲁啊,我自己都没注意到。这真是奇怪,真的,当你想起这些糟心的事情的时候,就会像只陷入蜜糖里的苍蝇一样,然而最后却不是我去管你,而是你来管我。"

诺玛静静地站在那里。她认真细致地看着约翰·斯蒂林弗利特,就好像是用完全不同的观点来思考事物一样。

接着她笑了。真是个甜美的笑容,就像是个年轻快乐的奶妈一样。

"没问题。"她说。

她穿过屋子走向赫尔克里·波洛。

"我也很粗鲁。"她说,"那一天,当您在用早餐的时候,我来到这里。我跟您说您太老了,帮不了我。这么说真是粗鲁,而且这并不是真的……"

她把手放在他的肩膀上,吻了他。

"你快去给我们叫辆出租车。"她对斯蒂林弗利特医生说道。

斯蒂林弗利特医生点点头,离开屋子。奥利弗夫人拿起手提包和一条皮毛围巾,诺玛穿上外套,跟着她走出门。

"夫人,稍等片刻——"

奥利弗夫人转过身来。波洛从沙发垫子的缝隙处找出了一撮美丽的灰色卷发。

奥利弗夫人生气地叫起来:"如今做什么东西都是这样,质量低劣!我指的是发夹。它们松掉了,什么都掉下来了!"

她皱着眉走了出去。

一两分钟后,她又把头探进来。她有些狡猾地低声问道:"告诉我,没关系的,我把她送到楼下了,你之前是有意把这个姑娘送到这位医生那里的吗?"

"当然是了。他的资历——"

"别提他的资历了。您知道我在说什么。他和她,是你有意为之吗?"

"如果您一定要知道的话,是的。"

"我也这么认为。"奥利弗夫人说,"你总是考虑得很周全,不是么?"

Third Girl
Copyright © 1966 Agatha Christie Limited. All rights reserved.
Letter for Chinese Reader, New Star Edition by Mathew Prichard © 2013 Mathew Prichard.
Translation © 2023 arranged by New Star Press, Agatha Christie Limited. All rights reserved.
www.agathachristie.com
The Poirot icon is a trademark, and AGATHA CHRISTIE, POIROT, *Agatha Christie* and the AC Monogram Logo are registered trade marks of Agatha Christie Limited in the UK and elsewhere. All rights reserved.
Published by agreement with ACL.
Simplified Chinese edition copyright: 2023 New Star Press Co., Ltd.

图书在版编目（CIP）数据

第三个女郎 /（英）阿加莎·克里斯蒂著；王璐译. —— 2 版. —— 北京：新星出版社，2023.8
ISBN 978-7-5133-3825-7

Ⅰ. ①第… Ⅱ. ①阿…②王… Ⅲ. ①侦探小说 - 英国 - 现代 Ⅳ. ① I561.45

中国版本图书馆 CIP 数据核字 (2022) 第 091204 号

午夜文库
谢刚 主持

第三个女郎

[英] 阿加莎·克里斯蒂 著；王 璐 译

责任编辑	曹晓雅	统筹编辑	王 欢
责任校对	刘 义	责任印制	李珊珊
封面插图	宣 和	装帧设计	周伟伟

出 版 人　马汝军
出版发行　新星出版社
　　　　　（北京市西城区车公庄大街丙 3 号楼 8001　100044）
网　　址　www.newstarpress.com
法律顾问　北京市岳成律师事务所
印　　刷　三河市兴达印务有限公司
开　　本　910mm×1230mm　1/32
印　　张　8.75
字　　数　210 千字
版　　次　2023 年 8 月第 2 版　2023 年 8 月第 1 次印刷
书　　号　ISBN 978-7-5133-3825-7
定　　价　42.00 元

版权专有，侵权必究。如有印装错误，请与出版社联系。
总机：010-88310888　传真：010-65270449　销售中心：010-88310811